Roberto Alajmo

ES WAR DER SOHN

Roman

Aus dem Italienischen
von Annette Kopetzki

Carl Hanser Verlag

Die italienische Originalausgabe erschien 2005
unter dem Titel *È stato il figlio* bei Mondadori in Mailand.

Die Übersetzerin dankt dem Deutschen Übersetzerfonds
für die Förderung der Arbeit an diesem Buch.

1 2 3 4 5 15 14 13 12 11

ISBN 978-3-446-23627-1

Satz: Satz für Satz. Barbara Reischmann, Leutkirch
Druck und Bindung: Friedrich Pustet, Regensburg
Printed in Germany

Kaum hat er das Telefongespräch beendet, legt Tancredi ein Ohr an die Tür, um zu hören, was auf der anderen Seite vor sich geht. Doch weil die Tür sehr dick ist, braucht er ein paar Sekunden, bis er begreift, dass er die Ohrmuschel fest an das Holz drücken muss, wenn er einzelne Geräusche unterscheiden will. Der Versuch wird sehr sorgfältig ausgeführt. Als sein Ohr sich an der lackierten Oberfläche der Tür praktisch festgesaugt hat, fängt er endlich die letzten Sätze eines Gesprächs zwischen den Großeltern auf. Großmutter sagt: »… Fonzio, hast du alles verstanden?«

Und gehorsam wie immer antwortet der Großvater: »Ich setz mich hier hin, ganz ganz brav …«

Es folgt ein Flüstern von ihm oder ihr, das Tancredi nicht versteht. Ein paar Sekunden vergehen, dann erklingt hinter der Tür wieder die Stimme von Großmutter Rosa: »Gut gemacht … ja, so kannst du bleiben …«

Dann hört er wieder nichts mehr. Die Großmutter geht nie besonders liebevoll mit ihrem Mann um. Aber darüber kann er jetzt nicht nachdenken, Tancredi hat selbst zu viele Probleme, um sich auch noch mit Racheplänen für Großvaters gekränkte Würde zu beschäftigen. Bei allem Respekt und Mitgefühl: Was kümmert ihn der Großvater, besonders in einem Moment wie diesem. Über seinen quälenden Gedanken und der schlechten Akustik verpasst er den gesamten Fortgang des Dialogs, der ihn gewiss interessiert hätte, sehr sogar. Wäre es ihm nämlich gelungen, etwas zu erlauschen, hätte er genauer erfahren, was seine Familie wirklich über ihn denkt, vor allem nach dem, was in der letzten halben Stunde passiert ist. Vielleicht war es nicht mal eine halbe Stunde: Alles ist innerhalb von fünfzehn Minuten oder sogar weniger passiert. Sicher ist nur, dass Tancredi vor einer halben Stunde noch geschlafen und nicht einmal warnende Vorzeichen im Traum gesehen hat, nichts, was erahnen ließe, was binnen kurzem geschehen würde. Er versucht, sich zu erinnern, doch es gelingt ihm auch nicht, einen Traum zu rekonstruieren, der im nachhinein als Grenzscheide gelten könnte zwischen seinem Leben davor und danach, dem Leben, mit dem er sich von nun an wohl oder übel wird abfinden müssen.

Je länger er über die Sache nachdenkt, desto weniger kann er sich einen Reim darauf machen. Es ist nicht einmal auszuschließen, dass er sich noch inmitten eines Alptraums befindet. Ja, er hofft es sogar. Er hofft, dass er im nächsten Augenblick aufwacht und seine Mutter erblickt, die ihm lächelnd eine Tasse Kaffee anbietet, damit das Erwachen aus tiefem Schlaf weniger traumatisch ist. Vor allem aber hofft er, beim Aufwachen auch seinen Vater zu erblicken, der hinter der Mutter steht und ihr Vorwürfe macht, weil sie ihren Sohn verwöhnt, indem sie ihm den Kaffee bis an das Sofa bringt, wo er die Nacht verbracht hat. Er würde es hinnehmen, wenn sein Vater laut wird, wenn er seine Wut an ihm auslässt und ihm die ersten Momente nach dem Aufwachen verdirbt wie schon Hunderte Male zuvor. Er würde sich misshandeln lassen, auch das ist er gewohnt, und diesmal wäre er bereit, alle Gemeinheiten stumm zu ertragen, sogar eventuelle Ohrfeigen, einfach alles. Denn wenn er noch aufwachen könnte, wenn seine Mutter ihm noch den Kaffee bringen könnte, wenn insbesondere sein Vater sich wegen des Kaffees, den die Mutter ihm bringt, aufregen könnte, dann würde das nur eins bedeuten: dass sein Vater noch lebt.

Doch dem ist nicht so, und Tancredi weiß es genau: Das alles kann nicht mehr geschehen, weil sein Vater sich auf der anderen Seite der Tür befindet. Mitten im Wohnzimmer. Auf dem Fußboden. Tot. Um genau zu sein: ermordet. Das Wort verletzt Tancredi, es ist ein Riss, der ihn schmerzhaft durchfährt. Aber er tut gut daran, sich auch an die grausamsten Aspekte der neuen Situation zu gewöhnen. Die glücklichen Zeiten der Familie Ciraulo sind vorbei.

Jetzt hört er hinter der Badezimmertür nur Gemurmel, das Weinen seiner Mutter und der Großmutter, abgerissene Sätze. Ihm ist sogar, als könnte er das Schweigen seines Großvaters hören. Tancredi weiß genau, dass der Großvater ebenfalls dort ist und dass er nicht spricht, weil auch er fassungslos ist angesichts dessen, was sich soeben vor seinen Augen abgespielt hat. Erst jetzt wird Tancredi bewusst, dass er nicht einmal mehr Zeit gehabt hat, mit dem Großvater zu sprechen. Es ist alles viel zu schnell gegangen. Gut, das ist nun nicht mehr zu ändern. Vielleicht hätte er ihm nichts Wichtiges zu sagen gehabt, aber zwischen dem Großvater und ihm hat es immer ein stillschweigendes Einverständnis gegeben. Sie hätten sich angesehen, beide hätten die Augen gesenkt, und das hätte genügt. Andererseits war da ohnehin nichts mehr zu machen.

Tancredi löst das Ohr von der Tür, im Moment gibt es sowieso wenig zu hören. Er lässt seine Blicke schweifen und versucht, Trost in der Umgebung zu finden, die nunmehr seine Welt ist. Das Badezimmer ist ein Limbus, in dem er für ungewisse Zeit eingeschlossen bleiben wird. Ein Limbus, in dem er nicht mal zwei Schritte hintereinander machen kann, ohne gegen die sanitären Anlagen zu stoßen. Hinter dem Klo gibt es allerdings ein Fensterchen. Einer der beiden Fensterflügel ist an einer Ecke gesplittert, doch die Milchglasscheibe ist noch nicht unwiderruflich kaputt. Das Fensterchen könnte ein Schlupfloch zur Außenwelt werden, es liegt jedoch hoch oben, und die Mauer ist sehr dick; um es zu öffnen, müsste man auf den Klodeckel steigen und sich weit vorbeugen. Das lohnt sich nicht und wäre auch keine gute Idee, da er besser daran tut, sich so wenig wie möglich blicken zu lassen. Wenn er schon hier drin eingeschlossen bleiben muss, dann lieber ganz und gar eingeschlossen, ohne einen Blick auf die Wirklichkeit da draußen, die Anlass zur Reue oder Sinnesänderung geben könnte.

Er bemerkt, dass er noch immer das tragbare Telefon in der Hand hält. Es stellt die einzige Verbindung zur Außenwelt dar, die ihm geblieben ist. Er könnte jemanden anrufen, während er die kommenden Entwicklungen abwartet. Mariantonia nicht. Das ist zwecklos. Er hat sie schon angerufen. Sie haben besprochen, was es zu besprechen gab. In Wahrheit nicht viel: Nachdem sie gehört hatte, was passiert war, war ihr nichts Besseres eingefallen, als die Rede darauf zu bringen, welche Auswirkungen der Mord an seinem Vater auf ihre Beziehung haben würde. Sie hatte angefangen zu weinen, wie üblich, und er hatte wie üblich nichts gefunden, was er ihren Tränen entgegensetzen konnte. Also hatte er sich hinter seiner Trauer verschanzt und nichts mehr gesagt. Sie hatte versucht, ihn aufzurütteln, doch wenigstens dieses eine Mal meinte er im Recht zu sein: Er hatte andere Sorgen.

Tancredi rechnet sich aus, dass ihm noch ein paar Minuten bleiben, um jemanden telefonisch von dem Geschehen zu benachrichtigen, bevor die Polizei kommt. Der Gedanke ist ihm lästig, denn er möchte nicht derjenige sein, der allen erzählt, wie die Dinge gelaufen sind. Nicht nur das: Selbst wenn er Lust zum Plaudern hätte, er wüsste gar nicht, an wen er sich wenden sollte. Tancredi hat keine Freunde, mit denen er so befreundet wäre, dass er ausgerechnet jetzt mit ihnen reden könnte. Also begnügt er sich damit, das Telefon zu betrachten und sich zu fragen, wozu das Telefon ihm in einer misslichen Lage wie dieser nützen könnte. Und zwangsläufig kommt er zu dem Schluss: zu nichts, hier und jetzt ist das Telefon ein nutzloses Utensil. Allenfalls könnte er es den anderen zurückgeben. Vielleicht muss seine Familie telefonieren. Womöglich fällt ihnen gerade ein, dass das Telefon drüben bei ihnen gebraucht werden könnte und zurückgeholt werden muss. Tancredi ist versucht, das Badezimmer zu verlassen und ihnen das Telefon auszuhändigen. Er steht auf, geht zur Tür und will klopfen. Im letzten Augenblick hält er jedoch inne, weil er erkennt, wie lächerlich es wäre, wenn er von innen an die Badezimmertür klopft, weil er herausmöchte. Andererseits erscheint es ihm riskant, ohne Vorwarnung die Tür zu öffnen. Wer weiß, was er auf der anderen Seite vorfindet. Fest steht, dass sein Vater tot mitten im Zimmer liegt, und die Erinnerung an diesen Anblick genügt, damit er auf das Verlassen des Badezimmers, egal in welcher Form, verzichtet. Verglichen mit der Aussicht, auf die andere Seite zurückkehren zu müssen, erscheint es ihm gar nicht mehr so übel, hier eingeschlossen zu sein. Da draußen herrscht der Alptraum, vor dem er fliehen möchte. Also bleibt er besser, wo er ist. Er legt das Ohr wieder an die Tür und hört die Stimme des Großvaters, der versucht, Tancredis Mutter zu beruhigen: »Loredana, lass das doch …«

Nein, eigentlich möchte Tancredi lieber nicht zuhören. Er geht von der Tür weg und sucht erneut nach etwas, was er tun oder denken könnte. Doch in diesem Badezimmer gibt es im Grunde nichts, was eine eingehende Beschäftigung lohnen würde. Da ist zum Beispiel die Klobrille aus rosa Plastik. Das einzige Detail, das zu dieser Klobrille anzumerken wäre, ist, dass sie schon immer einen Defekt hatte: Der Deckel bleibt nicht von allein oben, wenn er angehoben wird. Probiert man es, steht er nur wenige Augenblicke, dann klappt er wieder zu. Manchmal scheint er durchzuhalten, doch irgendwann fällt er unweigerlich wieder nach unten. Wenn man pinkelt, braucht man also immer eine freie Hand, damit der Klodeckel oben bleibt.

Gerade als er sich schon fast an die Idee gewöhnt hat, dass es nichts zum Nachdenken gibt, erfährt er durch das Fenster etwas, was angesichts der Situation unvermeidlich scheint, dem er jedoch unbewusst zu entkommen hoffte: das Sirenengeheul der Polizei. Oder der Carabinieri, das macht keinen Unterschied. Doch es muss die Polizei sein, Tancredi meint sie am Geräusch der Sirenen zu erkennen. Erst in der Ferne, dann immer näher. Sie kommen. Dann bleibt der Lärmpegel stabil, und er begreift, dass sie angekommen sind: Die Autos haben mit quietschenden Reifen direkt vor dem Klofensterchen angehalten.

Es folgt noch etwa eine Minute, in der Tancredi nichts anderes tut, als sich zu konzentrieren und zu warten, bis die Polizisten die Treppe heraufgekommen sind. Er versucht, sie sich vorzustellen, und malt sich aus, wie sie mit gezückten Pistolen zwei Stufen auf einmal nehmen. Das geht allerdings nur bis zum ersten Stock, weiter oben funktioniert das Licht im Treppenhaus nicht mehr. Nach ihren kühnen Sprüngen bis zum ersten Treppenabsatz werden die Polizisten langsamer geworden sein. Sie haben wahrscheinlich versucht, sich an den Wänden entlangzutasten. Aber die Wände sind widerlich, der Putz ist abgeblättert und voller Risse, fasst man sie an, hinterlassen sie einen feuchten Schmierfilm auf den Fingerspitzen. Wahrscheinlich sind die Bullen schon nach wenigen Sekunden nur noch mühsam und vorsichtig Stufe für Stufe vorwärts gekommen, von einem Ekelgefühl übermannt, das der im Treppenhaus herrschende Gestank nach Urin und Speiseabfällen sicher noch verstärkt hat. Ihr Pech.

Tatsächlich vergeht ziemlich viel Zeit, bevor sie in die Wohnung stürmen. Tancredi schaut auf seine Uhr. Seit das passiert ist, was passiert ist, sind nicht mal zwanzig Minuten vergangen. Jetzt hört man aufgeregte Stimmen, Befehle, jemand schreit. Doch von alledem kann er nur ein schwaches Echo erhaschen. Einige Stimmen übertönen die anderen, eine gehört einem Polizisten, die andere seiner Mutter. Arme Mama: Ihr Mann ist tot, und sie wird gezwungen, sich einem Verhör zu unterziehen. Wieder legt Tancredi das Ohr an die Tür und lauscht. Es sind Fragen, die sie sicher nicht hören will, denn sie antwortet mit bruchstückhaften Sätzen, fast irre: »Man hat ihn mir umgebracht!«

»Signora, reißen Sie sich zusammen.«

»Umgebracht hat man ihn mir!«

»Ich weiß, Signora.«

»Verstehen Sie, dass man ihn mir umgebracht hat?«

»Das verstehe ich, Signora.«

»Verstehen Sie das? Verstehen Sie das?«

Nein, offenbar versteht der Polizist nicht. Ein letztes »Verstehen Sie?« wird angereiht, es verhallt unbeantwortet.

Dann hört Tancredi auf der anderen Seite nur noch konfuse Geräusche, die Stimme des Polizisten, der aufgeregt ruft: »Helft mir, helft mir doch!«

Er kann sich vorstellen, was passiert. Seine Mutter ist ohnmächtig geworden. Sie wird gerade ohnmächtig. Es ist, als sähe er die Szene vor sich: Sie legt die Hand auf die Augen und dann: »Mir wird schlecht. O Gott, mir wird schlecht.«

Sicher sitzt seine Mutter gerade auf dem Sessel, ihrem Lieblingsplatz, wenn es sie es darauf anlegt, das Bewusstsein zu verlieren. Diese Ohnmachtsanfälle hat sie von Zeit zu Zeit. Aber es sind wirklich bloß Anfälle, denn sie kann sprechen, während sie ohnmächtig ist. Sie wiederholt: »Mir wird schlecht. O Gott, mir wird schlecht.«

Tancredi weiß, dass die Großeltern, die einzigen, die ihr in dieser Situation beistehen könnten, in diesen plötzlichen Zusammenbrüchen keinen Grund zur Sorge sehen. Sie wissen aus Erfahrung, dass man nur zu warten braucht, bis der Anfall vorübergeht. Ein anderes Heilmittel gibt es nicht, doch obwohl er das weiß, verspürt Tancredi Gewissensbisse: Seine Mutter leidet, und er, ihr einziger Sohn, kann ihr nicht helfen.

Sie ist eine schmächtige Frau und jetzt überdies vom Kummer stark angegriffen. An diesem Morgen hat sie ein Hauskleid mit gelben Kreisen und verblichenen roten Quadraten angezogen. Da es für den Winter zu dünn war, hat sie sich eine Art Wollmäntelchen über die Schultern gelegt, das sie selbst gehäkelt hat. Es ist gelb, fast dasselbe Gelb wie die Kreise auf dem Kleid, aber nur fast. Tancredi möchte ihr helfen, doch er kann nicht rauskommen. Inzwischen ist ihm klar, dass sein Platz hier drin ist, so widersinnig das auch scheinen mag: eingeschlossen im Badezimmer, während im Nebenzimmer das Schicksal seiner Familie auf dem Spiel steht.

Wenn seine Mutter ihre Ohnmachtsanfälle hat, liegt sie meistens lange mit geschlossenen Augen und halb geöffnetem Mund da. Dann fängt sie an, ein zweigeteiltes Wimmern auszustoßen: »Ahoaho … Ahoaho … Ahoaho …«

Offenbar kümmert sich diesmal niemand darum, denn die »Ahoahos« seiner Mutter bilden einen fortlaufenden Generalbass unter den Stimmen der Polizisten. Durch sie erfährt Tancredi nun offiziell die Nachricht vom Tod seines Vaters. Das geschieht, als jemand sagt: »… Ciraulo, Nicola, Alter zweiundvierzig Jahre.«

Diese Umkehrung von Vor- und Nachnamen trifft Tancredi wie ein Peitschenhieb jäher Erkenntnis. Es ist die bürokratische Kälte, die ihn erschreckt. Nach allem, was geschehen ist, mag das verrückt erscheinen, doch genau so ist es: Nunmehr ist der Tod seines Vaters offiziell auch für den Rest der Welt eine offene Wunde. Tancredi setzt sich auf den Rand der Badewanne und bedeckt seinen Mund mit einer Hand, damit man, falls er weinen muss, die Schluchzer nicht hört. Doch die Schluchzer kommen nicht. Er wartet, sie wollen noch immer nicht kommen. Es ist, wie wenn man Brechreiz hat und sich auf das Erbrechen gefasst macht, doch dann kommt es nicht mehr. In seinem Fall siegt die Neugierde auf das Geschehen im Nebenzimmer über den Impuls, zu weinen. Er kehrt an seinen Posten zurück, von wo aus er einen Dialog auffängt. Einer scheint der Chef zu sein, der andere ist offenbar sein Vize.

»... wo bleibt denn Carollo?«

»Er ist krankgeschrieben.«

»Immer noch? Was hat er denn?«

»Erst war er beurlaubt wegen Heirat, jetzt wegen Krankheit.«

»Wer soll sich denn dann um diese Ermittlung kümmern?«

»Äh, also eigentlich sollte ich ...«

Die beiden scheinen nicht besonders gut miteinander auszukommen. Der Chef ist unwirsch, man merkt, dass er den anderen nicht um sich haben will, aber er muss ihn ertragen. Wenigstens scheint es Tancredi so. Die beiden Bullen stehen sehr nah bei der Badezimmertür, darum kann er von innen fast alles hören.

»Aus der Einsatzzentrale haben wir die Meldung, dass zu Lasten des Genannten nur eine kleine Vorstrafe wegen Denkmalsbeschädigung vorliegt. Vor fünf Jahren ist Ciraulo im Verlauf einer Demonstration von Arbeitslosen mit einem Dutzend Menschen auf das Dach der Kathedrale gestiegen, und von dort oben haben sie mit Dachziegeln geworfen. Er wurde angezeigt und zu einer Geldstrafe verurteilt, die, soweit der

Zentrale bekannt, nie gezahlt wurde. Das ist alles, was über Ciraulo Nicola vorliegt, abgesehen von der Tatsache, dass er jetzt tot ist.«

Dieser Satz verletzt ihn. Natürlich ist Tancredi der erste, der diese Tatsache zur Kenntnis genommen hat. Doch der arrogante Unterton, den er in der Stimme des Bullen wahrnimmt, mutet ihn beleidigend an, und über seiner Empörung verpasst er einen Teil des Dialogs. Als er wieder auf Empfang gehen kann, sagt eine Stimme: »... drei Schüsse sind das mindeste, um so einen Menschen umzubringen. Lebend hat er wenigstens hundert Kilo gewogen.«

Sein Vater war dick. Groß und dick.

»Wissen die Verwandten, wer ihn umgebracht hat?«

»Ich glaube nicht.«

»Man hat ihn mitten in ihrem Wohnzimmer umgebracht, und sie wissen nicht, wer es war?«

»Tja, ich glaube nicht, dass sie nichts wissen.«

»Habt ihr sie schon gefragt?«

»Noch nicht.«

»Was soll das heißen, ›noch nicht‹?«

»Sie sind noch zu erschüttert ...«

Tancredi hört nicht mehr genau zu. Was er da auffängt, sind Bruchstücke eines polizeilichen Ermittlungsverfahrens, die ihn nicht besonders interessieren. Sie müssten ihn eigentlich interessieren. Aber so ist er eben. Immer kommt bei ihm ein Moment, wo es scheint, als würden die Sachen, die ihm passieren, auch die schlimmen, irgend jemand anders passieren. Um sich zu zerstreuen, fängt er wieder an, die Einzelheiten im Badezimmer zu betrachten. Kleinere Gegenstände, zum Beispiel die Zahnbürsten. Die Zahnbürste seines Vaters ist rot, ein feuriges Rot wie das Temperament ihres verstorbenen Besitzers. Die Borsten sind durch allzu häufigen Gebrauch weit gespreizt. Es wäre an der Zeit, diese Zahnbürste zu ersetzen, doch dafür ist es jetzt zu spät. Ihre Nutzlosigkeit lässt die Bürste noch älter erscheinen. Tancredi spürt, dass er wieder kurz davor ist, in Rührung zu geraten. Auf die Zahnbürste zu starren, bereitet ihm einen wohltuenden Schmerz. Dieses schmerzerfüllte Betrachten ist zwar eine Qual, aber auch eine Art Kur, die guttut. Eine Qual und eine Kur. Während er die Zahnbürste anschaut, durchlebt er eine Menge widerstreitender Gefühle, und letztendlich fallen sie mit den Gefühlen zusammen, die er bis gestern für seinen Vater empfand. Müsste Tancredi dieses Gefühlswirrwarr in einem Satz zusammenfassen, fiele ihm darum nichts Besseres ein als eine vielleicht etwas banale Formulierung, die den Grundgedanken jedoch genau trifft: Diese Zahnbürste erinnert ihn an seinen Vater.

Er fasst sich rasch wieder, denn in diesem Augenblick versucht jemand, die Tür aufzumachen. Tancredi war so in Gedanken versunken, dass er nicht sagen könnte, wie oft die Türklinke auf und ab bewegt wurde. Es muss sich um einen Polizisten handeln, allein schon wegen der Heftigkeit, mit der an der Klinke gerüttelt wird. Er hört jemanden fragen: »Wer hat sich da drin eingeschlossen?«

Tancredi hält den Atem an. Die Frage ist an ihn gerichtet, weil er drinnen sitzt, doch auch an die anderen Bullen, von denen der Fragesteller wissen will, ob sie eine Ahnung haben, warum die Badezimmertür abgeschlossen ist. Tancredi ist kurz davor, entdeckt zu werden, aber er hat nicht die geringste Absicht, es ihnen leichter zu machen. Einige Sekunden vergehen, und man hätte allen Grund, zu erwarten, dass der Versuch, die Tür zu öffnen, jetzt mit größerer Insistenz wiederholt wird. Doch das geschieht nicht. Die Stimme auf der anderen Seite bleibt allerdings sehr nah. Es ist der Chef. Der Chef, der fragt: »Was für Schwiegereltern sind das?«

»Was meinen Sie?«

»Schwiegereltern von ihm oder ihr?«

»Ach so: von ihm. Oder nein, von ihr. Vater und Mutter von ihm.«

Chef und Vize stehen direkt vor der Tür. Zwei Schritt von ihm entfernt, und sie wissen es nicht. Er dagegen weiß es, er hört sie ganz genau: »Schön sauber, diese Wohnung.«

Tancredi glaubt zu wissen, was der Chef meint. Die Wohnung der Ciraulo ist unglaublich sauber. Was Besuchern beim Eintreten zuallererst auffällt, ist der schreiende Gegensatz zwischen dem heruntergekommenen Treppenhaus und dem gepflegten Zustand der Wohnung. Seine Mutter legt Wert darauf, sich zu unterscheiden: Während draußen alles Gestank, Dreck und Dunkelheit ist, wird drinnen jeder schlechte Geruch ausgemerzt, nämlich sofort von einem Lavendeldeodorant verdeckt, das stets vor kurzem und reichlich versprüht wurde. Die Wohnung muss immer reinlich und ordentlich erscheinen, selbst dann, wenn im Wohnzimmer ein Verbrechen begangen wurde. Die einzige nicht behebbare Schwachstelle der Wohnung ist der Mangel an Licht: Es gibt nur ein Fenster auf den Vicolo Tamburinai, also muss man schon morgens das elektrische Licht brennen lassen. Im Wohnzimmer hängt ein Kronleuchter mit zwölf Glühbirnen, deren Wirkung von einer großen Anzahl Kristalltropfen vervielfacht wird. Seine Mutter ist sehr stolz darauf.

Alles in allem ist es keine elegante Wohnung, im Gegenteil. Doch sie vermittelt den Eindruck, sorgfältig instandgehalten zu werden. Es gibt einen Wandschrank mit Spiegeltüren, die das Wohnzimmer doppelt so groß erscheinen lassen. Gegenüber vom Fenster wurde eine Vitrine aus hellem Holz plaziert, wo einige Gegenstände ausgestellt sind: eine Puppe in einem Kleid aus Organza, Gläser, Tässchen, ein altes Radio aus falschem Nussbaum, Figürchen von Schäfern und Fischern. Außerdem gehört ein einsames Buch zur häuslichen Szenerie, weil es nicht mit dem Rücken nach vorn im Regal steht, sondern absichtlich dekorativ aufgestellt ist, so dass man den zur Hälfte roten, zur Hälfte weißen Einband mit den schiefen Gesichtszügen von Totò sieht: *'A livella*, in der Volksausgabe.

Hinter der Tür gehen die Ermittlungen der Polizei weiter. Bei Tancredi kommen fast immer abgerissene Sätze, manchmal nur einzelne Worte an: »... Bossoli?«

»Hä?«

»Willst du die Leute endlich befragen?«

Der Chef scheint den Vize wirklich nicht leiden zu können. Möglich, dass es zwischen den beiden früher mal Streit gegeben hat und die Beziehung seither gestört ist. Tancredi macht sich seine Gedanken anhand dessen, was die Stimmen ihm nahelegen. Doch das sind deren Probleme. Für ihn ist es jetzt wichtiger, die Fragen zu hören, die jemand seiner Mutter stellt. Er kann nicht herausfinden, wer das Verhör durchführt. Seine Mutter scheint sich erholt zu haben, wenn die Polizisten es jetzt erneut versuchen. Trotzdem, was für eine Rücksichtslosigkeit.

»Das ist mir klar ... Aber Sie müssen verstehen, dass dies für uns die wichtigsten Stunden sind ...«

»Ahoaho ...«

»... darum erlaube ich mir, nachzufragen: Wenn es etwas gibt, was Sie gesehen haben, etwas, was Sie gehört zu haben meinen, einen Eindruck, irgendwas ...«

»Ahoaho ...«

»Hat Ihr Mann nichts zu Ihnen gesagt, bevor er starb? Glauben Sie, es gibt jemand, der Ihrer Familie übelwill?«

»Was für ein Unglück! Was für ein Unglück!«

»... jemand, der so etwas tun konnte?«

»Was soll ich jetzt nur machen? Was soll ich machen?«

Wenn seine Mutter unter Druck steht, neigt sie dazu, alles,

was sie sagt, zweimal oder ein Vielfaches von zweimal zu wiederholen.

»Es ist aus, es ist aus …«

Eine Variante ist erlaubt: »Ich bin ruiniert. Ruiniert bin ich.«

Tancredi hat noch Zeit, diese Variation zu bemerken, dann muss er seine Aufmerksamkeit wieder der Badezimmertür zuwenden. Andere Stimmen: Diesmal sprechen sie über ihn. Seit wann genau, weiß er nicht, doch sie sprechen über ihn.

»… er hat sich schon vor unserer Ankunft im Badezimmer eingeschlossen.«

»Und wo ist er jetzt?«

»Immer noch im Badezimmer.«

»Noch immer da drin?«

Der Tonfall verrät aufs äußerste strapazierte Geduld. Und die nächste Frage ist direkt an Tancredi gerichtet: »Wer ist da drin?«

Es ist die Stimme des Chefs. Während er schreit, versucht er hartnäckig, die Tür zu öffnen. Die Klinke wird heftig gerüttelt, doch von Tancredi kommt keine Antwort.

»Ist da jemand?«

Tancredi beschränkt sich darauf, die sich bewegende Klinke zu beobachten. Das einzige, was sich im Badezimmer bewegt. Die Stimme droht: »Gleich lassen wir die Tür aufbrechen.«

Das versteht Tancredi nicht recht. Es könnte ein Befehl des Chefs an seine Beamten sein. Doch auch dieser Satz wurde mit lauter Stimme ausgesprochen, als sollte er ihn hören. Tatsächlich scheint auf der anderen Seite nichts zu geschehen, die Polizisten schreiten nicht ein.

»Nun?«

Tancredi hütet sich, zu antworten. Er hütet sich sogar, zu atmen. Bis er auf der anderen Seite, diesmal leiser, den Befehl hört: »Na gut, fangt an.«

Sofort macht sich jemand am Türschloss zu schaffen, um herauszufinden, ob sich die Tür öffnen lässt, ohne sie aufzubrechen. Tancredi fragt sich, wie lange sie brauchen werden, bevor sie ihn herausholen. Nach dem Lärm zu urteilen, scheinen es zwei zu sein. Er hält sich von der Tür fern, weil er fürchtet, umgeworfen zu werden, wenn die Tür sich überraschend öffnet. Doch dann gewinnt seine Neugierde die Oberhand, und obwohl die Polizisten direkt hinter der Tür stehen, wagt er näherzukommen und sogar wieder das Ohr an die Tür zu legen.

»Sie sind der Vater?«

»Vater von wem?«

»Des Opfers. Sie sind der Vater des Opfers?«

»Immerhin …«

Ein typischer Ausspruch des Großvaters. Es könnte ironisch wirken, soll aber nur vage klingen. Großvater Fonzio möchte sich völlig zu Recht durch nichts aus der Fassung bringen lassen. Doch der Vize fragt ihn ohne Umschweife: »Haben Sie gesehen, wer …?«

Er will sagen: wer ihn umgebracht hat. Fast meint Tancredi die Auslassungspunkte zu hören, die genau das bedeuten. Der Polizist versucht, Großvater Fonzio dazu zu bewegen, den Raum dieser Auslassungspunkte auszufüllen, doch Fonzio nutzt die Gelegenheit nicht, er bleibt stumm. Darauf beginnt ein Zweikampf aus Schweigen, vielleicht auch aus Blicken, von dem nur die Spannung bei Tancredi ankommt. Zäh verstreichen die Minuten, in denen niemand etwas sagt. Er könnte schwören, dass der Großvater jetzt seine Fingernägel betrachtet, während der Vize ihn anstarrt. Die anderen ringsumher schweigen. Auch die Türklinke auf seiner Seite hört auf, hektisch auf und nieder zu gehen. Die mit dem Schloss der Badezimmertür beschäftigten Beamten halten einen Moment inne. Seit ein paar Sekunden ist sogar das »Ahoaho« seiner Mutter verstummt. Das Schweigen zieht sich so lange hin, bis der Vize sich durchringt, es zu brechen. Er bringt gerade noch so viel Stolz auf, die Frage nicht zu wiederholen: »Also?«

»Was: Also?«

»Also, hören Sie mich nicht?«

»Ich habe nichts gehört. Ich bin ein bisschen taub.«

»Ich habe gesagt: Wo waren Sie, als es passiert ist?«

»Wo ich war?«

»Ja.«

»Wo ich war? Im Badezimmer.«

»Sie waren auch im Badezimmer?«

»Wieso, wer war denn sonst noch im Badezimmer?«

»Ihr Enkel ist jetzt im Badezimmer.«

»Ja, jetzt. Vorher war da aber niemand. Nur ich war da.«

»Und was haben Sie vom Badezimmer aus gehört?«

»Was soll ich schon hören? Ich höre ja nicht mal was, wenn ich dabei bin, wie kann ich da hören, was hier drin passiert, wenn ich im Badezimmer bin?«

»Sie haben keine Stimmen gehört?«

»Was für Stimmen?«

»Stimmen, Leute, die sprechen, Ihren Sohn, Schüsse, Leute, die schreien ...«

»Wer hat geschrien?«

»Signor Ciraulo, man hat Ihren Sohn umgebracht, ist Ihnen das klar?«

»Der Ärmste ...«

»Jaja, der Ärmste, der Ärmste ... Wollen wir dann also jetzt herausfinden, wer ihn umgebracht hat? Wollen wir das? Ja oder nein?«

»Natürlich wollen wir. Wir müssen sogar.«

»Und wie sollen wir das, verflucht noch mal, herausfinden, wenn ihr uns nicht helft? Soll ich euch etwa sagen, wer ihn umgebracht hat? Dass ich es war, womöglich?«

»Aber nein, Dottore, was haben Sie denn damit zu tun?«

Das macht er sehr gut, der Großvater. Man muss Widerstand leisten. Widerstand leisten um jeden Preis. Jetzt klingt die Stimme des Bullen verzagt: »Sie verarschen mich. Sie wollen mir nicht helfen.«

»Nicht doch, Dottore, um Himmels willen. Ich will Ihnen ja helfen, aber ich war nun mal eben grad auf dem Klo, als es passierte. Darum weiß ich wirklich absolut nichts. Haben Sie meine Frau schon gefragt?«

»Nein.«

»Warum fragen Sie dann nicht sie, weil wenn es darum geht, irgendwas zu sehen, könnte sie ja was gesehen haben.«

Das ist das Schöne an Großvater Fonzio: Bei ihm weiß man nie, ob er gerade den Idioten spielt oder wirklich einer ist. Das wutverzerrte Gesicht, mit dem der Vize das Verhör beendet, sieht Tancredi nicht, aber er kann es sich vorstellen.

Unterdessen haben die beiden Bullen hinter der Tür wieder begonnen, an dem Schloss zu hantieren. Sie machen sich nun schon recht lange daran zu schaffen und haben es noch immer nicht aufbrechen können. Allmählich glaubt Tancredi, dass sie es nie hinkriegen werden. Es sei denn, sie entschließen sich, die Tür einzutreten. Wenn man es recht bedenkt, könnten sie das jeden Moment tun. Darum weicht er, als sie ihr Herumfuhrwerken unterbrechen, schnell von der Tür zurück, denn er fürchtet, dass sie sich jetzt entschieden haben. Um nicht von der fallenden Tür umgeworfen zu werden, setzt er sich auf die Toilette. Von dort kann er die Situation ohne unmittelbare Gefahr für Leib und Leben kontrollieren. Doch bevor seine Gedanken, ungeachtet der ernsten Lage, wieder zu schweifen beginnen, hört er die Stimme der Großmutter. Er erkennt sie sofort am harten, schroffen Ton. Das Gegenteil von dem der Mutter. Sie sagt: »Setzen Sie sich.«

Viel bekommt Tancredi von der Toilette aus nicht mit,

doch nach dem, was er heraushören kann, scheint Großmutter nicht mal ein Minimum an höflicher Betonung in den Satz gelegt zu haben. Es war weniger eine Einladung als ein Befehl. Außerdem verfügt Großmutter Rosa nicht nur über die passende Stimme, sondern auch über die entsprechende Statur.

»Nein danke, ich bleibe stehen.«

Bis jetzt sind das nur Höflichkeitsfloskeln, doch Tancredi weiß, dass dieser Dialog wichtig ist. Er will ihn nicht verpassen. Also nähert er sich wieder der Tür, damit er besser hört. Mit geheuchelter Höflichkeit erklärt die Stimme der Großmutter: »Bitte entschuldigen Sie, aber ich bleibe sitzen. Mir ist heute nicht danach, aufzustehen.«

»Dafür habe ich Verständnis. Sie sind die Mutter, ist das richtig?«

»Ciraulo Rosa.«

»Die Mutter …«

»Eben: die Mutter.«

Tancredi kennt sie gut und weiß: Der ungeduldige Ton bedeutet, dass sie so wenig wie irgend möglich kooperieren will. Kein Wort über das Allernötigste hinaus. Das gehört zu ihrem Charakter, so ist Großmutter Rosa. Sie ist verbittert und hadert mit der Welt. Als der Moment gekommen war, da sie die Bilanz ihres Lebens ziehen musste, entdeckte sie, dass sie noch etwas guthatte, und da sie nicht mehr abkassieren konnte, beschloss sie, sich zu rächen, indem sie fortan dem Rest der Menschheit das Leben schwer machte. Wer auch immer sie jetzt verhört, wird das bald merken.

»Darf ich Sie fragen, wo Sie waren, als –?«

»Im Salon.«

Die Antwort kommt barsch und prompt. Die Schlüsse, die der Polizist in der nun folgenden Pause zieht, lassen sich leicht erraten: Wenn sie sich am Tatort aufhielt, hat sie alles gesehen.

Doch die nächste Frage ist noch nicht die entscheidende: »Im Wohnzimmer?«

»Im Salon.«

»Der Salon ist das Wohnzimmer?«

»Es gibt insgesamt drei Zimmer. Hier ist ein Schlafzimmer, da ist noch ein Schlafzimmer, dann kann das hier wohl nur der Salon sein. Wie sollte dieses Wohnzimmer denn aussehen?«

»Ich habe vorhin versucht, mit Ihrer Schwiegertochter zu sprechen …«

»Aha.«

»In ihrem jetzigen Zustand kann sie uns nicht helfen …«

»Pah, meine Schwiegertochter könnt ihr vergessen.«

»Es ist sehr schlimm für sie.«

»Für uns alle ist es sehr schlimm. Ihr hat man den Mann umgebracht, mir hat man den Sohn umgebracht.«

Das Verhör führt der Chef persönlich. Jetzt hat Tancredi die Stimme erkannt. Er kann kein Sizilianer sein. Einer aus dem Süden, Neapolitaner vielleicht, aber kein Sizilianer. Die Großmutter scheint ihn einzuschüchtern. Er hüstelt, um Zeit zu gewinnen und das Thema zu wechseln. Die nächste Frage ist keine Frage. Sie klingt fast wie eine flehentliche Bitte: »Wie auch immer, wir sind jetzt schon fast seit einer Stunde hier und wissen noch immer nichts.«

»Tja. Und was wollen Sie von mir?«

»Wir wollen wissen, was Sie gesehen haben. Waren Sie dabei?«

»Hm.«

»Haben Sie den Mörder gesehen?«

»Und ob ich ihn gesehen habe.«

»Kannten Sie ihn?«

»Dottore, kann ich Sie jetzt mal was fragen?«

Während der letzten Sätze hat Tancredi den Atem angehalten. Er ahnt, dass man gleich zum Schluss kommen wird. Seine ganze Aufmerksamkeit ist auf die Worte der Großmutter konzentriert. Auf die Worte, die sie gleich aussprechen wird, notgedrungen aussprechen muss. Tancredi weiß, dass er auf etwas anderes nicht mehr hoffen kann. Es ist nur noch eine Frage von Sekunden.

»Fragen Sie.«

»Haben Sie denn immer noch nicht kapiert, wer meinen Sohn umgebracht hat?«

Großmutters Stimme hat jetzt eine weniger starke dialektale Färbung, dafür aber einen hämischen Unterton. Der Bulle muss Autorität zurückgewinnen, darum reagiert er auf die Frage mit einer Gegenfrage: »Müsste ich es wissen?«

»Keine Ahnung. Ich kann Ihnen Ihre Arbeit ja nicht abnehmen ...«

Wenn er nicht in dieser misslichen Lage wäre, müsste Tancredi jetzt unwillkürlich lächeln. Bevor sie den Bullen zufriedenstellt und ihm sagt, was sie sagen muss, treibt Großmutter Rosa ihr Spielchen mit ihm. Sie hat ihn in eine Position der Unterlegenheit gebracht, und er ist zu schwach, um zu parieren. Außerdem kann er nicht vergessen, dass er einer Frau vorgerückten Alters gegenübersitzt, der man soeben den Sohn ermordet hat. Auch wenn der Bulle kurz davor sein sollte, die Geduld zu verlieren, kommt Großmutter Rosa ihm sogar jetzt noch zuvor, indem sie fast sofort hinzufügt: »Haben Sie immer noch nicht kapiert, dass es mein Enkel war?«

Tancredi ist jetzt zwanzig Jahre alt. Er betrachtet sich im Spiegel über dem Waschbecken und versucht, eine Art Bilanz zu ziehen. Es ist nicht zu übersehen, dass er der Mutter gleicht, von der er die magere Gestalt geerbt hat, während die Größe vom Vater kommt. Die Haare trägt er kurz, mit einer kleinen Tolle, die von der am gestrigen Abend benutzten und noch immer leidlich wirksamen Portion Gel aufrecht gehalten wird. Vom Vorabend stammen auch das graue Hemd und die schwarzen Hosen. Sein Bart ist einen Tag alt, er hat diesen Typ Bart, der ein bisschen am Kinn und ein bisschen auf den Wangen wächst, aber nicht überall. Tancredi berührt ihn mit den Fingerspitzen, es ist ein unreifer Bart. Das Gesamtbild ist zerknittert, das Hemd hängt halb aus der Hose. Verständlich: Er hat in diesen Kleidern geschlafen. Aber darum geht es nicht. Angestrengt versucht er, einen objektiven Eindruck von sich zu gewinnen. Er ist erwachsen. Er kennt seine Pflichten, und er hat beschlossen, sich ihnen nicht mehr zu entziehen. Die Realität, mit der er von nun an leben muss, ist so, wie sie ist, und etwas anderes hat er nicht zu erwarten.

Seine Familie hat ihn gedeckt, solange sie konnte, doch über eine bestimmte Grenze durfte sie nicht hinausgehen. Das weiß er. Jetzt, wo die Großmutter es der Polizei gesagt hat, fährt Tancredi dennoch ein Stich durchs Herz, den er eigentlich nicht verspüren dürfte. Dieser Groll, der ihn packt, ist ganz und gar unangebracht. Er muss zeigen, dass er seiner Aufgabe gewachsen ist. Was gleich passieren wird, weiß er. Er weiß, was sich auf der anderen Seite dieser Tür abspielt, aus der plötzlich ein nur allzu leicht zu überwindendes Bollwerk geworden ist. An der lauten Stimme, die er nun hört, erkennt er, dass der Chef die Polizisten zusammenstaucht, weil die ihn schon längst hätten herausholen sollen.

»Habt ihr diese verdammte Tür endlich aufgekriegt?«

Den Beamten fällt nichts zu ihrer Verteidigung ein. In Erwartung neuer Befehle hören sie sogar auf, an der Tür zu hantieren.

»Tretet sie ein und Schluss. Ist er noch drin?«

Einer der beiden Polizisten antwortet: »Hier ist er nicht rausgekommen …«

»Habt ihr gehört, ob er sich bewegt? Hat er was gesagt?«

»Eigentlich nicht, seit wir hier sind.«

Der erste Stoß gegen die Tür muss ein Tritt gewesen sein. Eine eher filmreife denn wirkungsvolle Aktion, mit der sie die Tür nur zum Wackeln bringen. Der zweite Aufprall dagegen ist dumpfer und kräftiger. Es scheint sich um die Technik des energischen Schulterstoßes zu handeln, doch am Ergebnis ändert sich nichts: Die Tür gibt nicht nach. Gleich darauf hört er die Stimme seiner Mutter, die stöhnend die Türrahmen ihrer Wohnung zu retten versucht: »Es ist Massivholz …«

Der Vize versucht, die Situation in die Hand zu nehmen: »Wir brauchen ein Brecheisen, eine Stange, einen Riegel, irgendein Stück Eisen …«

Das müssen sie aber erst finden. Tancredi beschließt, sein Schicksal auf dem Klodeckel sitzend zu erwarten. Schlimmer kann es sowieso nicht kommen. Und er kann nichts tun, was den Lauf des Schicksals ändert.

Der Vize muss jetzt ganz nah sein, denn seine Stimme dröhnt geradezu. Vielleicht wirkt das Holz der Tür wie ein Verstärker. Außerdem tobt sich der Bulle mit Faustschlägen gegen die Tür aus: »Komm raus, das ist besser für dich! Wir haben's sowieso gleich geschafft! Ist nur noch eine Frage von Sekunden!«

Das Trommelfeuer der Fausthiebe bricht erst ab, als der Chef zwischen zwei Hieben eine Frage unterbringen kann: »Wie heißt er?«

Der Vize antwortet: »Tancredi, glaube ich.«

»Tancredi?«

»Hm.«

»Was für ein Scheißname …«

Jetzt redet der Chef. Den Mund fast an den Türrahmen gepresst, sagt er so ruhig er kann: »Tancredi, hör mal zu. Wenn du jetzt rauskommst, unterhalten wir uns, und du erklärst mir, was passiert ist. Ich möchte deine Version hören. Das ist alles. Eins sage ich dir: Mach deine Lage nicht noch schlimmer. Hier ist deine Mutter, tu's für sie. Signora, sagen Sie es ihm …«

Die Mutter schweigt. Sie hat wieder angefangen zu weinen, Tancredi hört, wie sie im Hintergrund die Nase hochzieht. Das würde genügen, um zu begreifen, dass sie nicht willens ist, zu kooperieren. Was sie betrifft, kann ihr Sohn im Badezimmer eingeschlossen bleiben, solange er will.

Offenbar wurde die Brechstange, oder was immer es ist, inzwischen gefunden, denn sie hantieren wieder an der Tür herum. Und nach dem Lärm und der Entschlossenheit zu urteilen, die sie dabei an den Tag legen, werden sie es schaffen, die Tür zu öffnen. Sie schlagen zu, setzen den Hebel an, schaben, stemmen, brechen das Schloss auf, heben die Tür aus den Angeln. Öffnen sie.

Zunächst einmal öffnen sie nur die Tür, mehr nicht. Niemand kommt herein. Niemand wagt es, und Tancredi schwant, dass sie Angst haben, überrumpelt zu werden, vielleicht durch einen verzweifelten Ausbruchsversuch seinerseits. Blitzartig erkennt er, warum: Sie glauben, dass er bewaffnet ist. Also sind nicht sie in Gefahr, sondern er. Wie soll er sie beruhigen, wie ihnen zeigen, dass er keine Pistole hat? Schon will er zu sprechen beginnen, da wird ihm klar, dass es genügt, wenn sie ihn in diesem Moment sehen, wie er auf der Kloschüssel sitzt. Seine Hose hat er noch an, und der Klodeckel ist zugeklappt, aber er sitzt wirklich so da als ob. Auch sein Blick ist auf den Boden gerichtet als ob, und er ist so verlegen als ob. Es vergehen noch ein paar Sekunden, in denen Tancredi flüchtig ein Gedanke durch den Kopf geht: Es wäre besser, wenn sie ihn erschießen. Jetzt, sofort. Ein konzentrierter Schmerz statt des verwässerten Schmerzes, der ihn für den Rest seines Lebens erwartet. Doch der Gedanke hat nicht genug Zeit, Form anzunehmen.

Schließlich kommen die beiden Polizisten, dieselben vielleicht, die die Tür aufgebrochen haben, mit größter Vorsicht näher. Sie halten Pistolen in der Hand, und das erschreckt ihn doch noch ein wenig. Er hofft, dass sie klug genug sind, die Situation auf Anhieb zu erfassen. Sie müssen ihn nicht hinter

der Tür oder in irgendeiner Ecke suchen: Da ist er, sitzt auf der Toilette. Und er ist unbewaffnet.

Ohne die gezückten Pistolen zu senken, machen die Bullen den anderen ein Zeichen, dass sie hereinkommen können. Tancredi lässt sie gewähren, bleibt reglos sitzen. Einer der ersten, die eintreten, muss der Chef sein. Man erkennt es sofort am unterwürfigen Gebaren der anderen Polizisten. Er ist groß, wie Tancredi ihn sich vorgestellt hat, doch er hat einen Schnurrbart, und das hat Tancredi nicht erwartet. Die Stimme klang nicht nach einem mit Schnurrbart. Auch jetzt nicht, als er sarkastisch sagt: »Guten Morgen!«

Tancredi antwortet nicht, er blickt wieder zu Boden. Auf eine Handbewegung des Chefs hin wird er von drei Polizisten aus dem Badezimmer gezerrt und auf einen der Stühle im Wohnzimmer gesetzt. Aus den Augenwinkeln sieht er den Körper seines Vaters am Boden liegen, doch er dreht sich nicht um, er will ihn nicht sehen. Einen Augenblick lang kreuzt sein Blick den der Großmutter. Nein, er sucht ihn sogar. Doch Großmutters Augen sagen gar nichts. Sie ermutigen ihn nicht, sie verachten ihn nicht. Die Zeit, als die Familie immer auf seiner Seite stand, ist vorbei, jetzt muss er allein zurechtkommen, das sagen ihm diese Augen. Zum erstenmal in seinem Leben muss er allein zurechtkommen.

Der Chef nimmt sich einen Stuhl, dreht ihn um und setzt sich rittlings hin. Als seine Beamten mit den üblichen Grobheiten gegenüber dem Verdächtigen fertig sind, hebt er an: »Nun, junger Mann, wie es scheint, hattest du keine Lust, mit mir zu sprechen ...«

Der Chef wendet sich mit größerer Milde an den Jungen, als dieser in Anbetracht der Umstände erwarten durfte.

»Ich muss dir etwas sagen, Tancredi. Du heißt doch Tancredi, oder? Alles, was ich weiß, haben mir deine Verwandten gesagt, hat mir deine Großmutter gesagt. Wenn ich mich also irre, dann sag es mir, und wir sprechen darüber. Einverstanden? Also, einverstanden? Wenn du einverstanden bist, gib mir einen Wink.«

Mit dieser kumpelhaften Art wird er es bestimmt nicht schaffen, ihn zum Reden zu bringen. Tancredi rührt sich nicht. Der Bulle gibt ihm genügend Zeit, aber Fehlanzeige: Tancredi hält die Augen weiter starr auf den Boden gerichtet. Der Chef nimmt das zur Kenntnis: »Wer schweigt, stimmt zu. Dann sag mir erst mal: Bist du verheiratet? Verlobt?«

Wenn man es recht betrachtet, kann er auf eine harmlose Frage ruhig antworten. Aber was hat das mit der Sache zu tun, ob er verlobt ist oder nicht? Wahrscheinlich ist es eine Falle. Doch noch bevor er überlegen kann, worin sie besteht, hört Tancredi sich antworten: »Verlobt.«

Im selben Moment, in dem er den Mund aufmacht, bereut er es schon. Es ist das erste Wort, das er in Gegenwart der Ordnungshüter ausspricht. Das hätte er nicht tun sollen. Oder vielleicht hätte er drüber nachdenken und einen bedeutsameren Satz finden sollen. Doch er hat sofort geantwortet, und ihm ist kein denkwürdiger Ausspruch eingefallen. Jetzt muss er sich fragen, ob er richtig gehandelt hat. Ihm wird bewusst, dass er in dem Menschen, der ihn verhört, Erwartungen geweckt hat. Erwartungen, die er nicht befriedigen will. Dessen ist er sich sicher. Er macht den Mund zu, fest entschlossen, ihn so bald nicht wieder aufzumachen. Der Chef wartet darauf, dass mehr Worte kommen, aber sie kommen nicht, also stellt er eine Reihe Fragen, eine nach der anderen, ohne Plan und Ziel, einfach drauflos.

»Wer ist das Mädchen?«

»Wohnt sie hier in der Nähe?«

»Weiß sie, was passiert ist?«

»Hast du es ihr gesagt?«

»Hat sie angerufen?«

»Wie heißt sie?«

»Seit wann seid ihr zusammen?«

»Wollt ihr heiraten?«

»War dein Vater einverstanden?«

»Hattet ihr deswegen Streit?«

»Was hat er dir angetan?«

»War es wegen einer Sache, die du angestellt hattest?«

»Was habt ihr miteinander geredet, als du ihn gesehen hast?«

»Gab es vor kurzem irgendwelche Auseinandersetzungen?«

»Was bist du von Beruf?«

»Wo hast du die Pistole gelassen?«

Nach jeder Frage lässt der Chef ihm ein paar Sekunden Zeit, aber nicht viele. Selbst wenn Tancredi wollte, er könnte gar nicht so schnell antworten. Er hört sich die Fragen an, gerät jedoch bald in Verwirrung. In seinem Kopf folgt jetzt ein Gedanke zu schnell auf den anderen. Einige Fragen kann er nicht hören, andere versteht er nicht, und bei manchen sieht er nicht ein, was sie mit dem Ereignis zu tun haben sollen. Eine oder zwei beunruhigen ihn sehr, denn auch wenn er wollte, wüsste er nicht, was er darauf antworten soll. Ein Grund mehr, stumm zu bleiben.

Nachdem er ihn nach der Pistole gefragt hat, macht der Chef eine lange Pause. Vielleicht sind ihm die Fragen ausgegangen. Vielleicht ist auch er müde. Nein, er fängt wieder an: »Hast du Hunger?«

»Hast du Durst?«

»Willst du mit deiner Mutter sprechen?«

Da Tancredi weiterhin schweigt, macht der Chef irgendwann eine verärgerte Geste, als wollte er ihm eine Ohrfeige geben. Er hebt den Arm, doch die Hand schnellt nicht los. Nein, er senkt sie wieder und begnügt sich damit, den Kopf zu schütteln. Er lässt ein paar Sekunden verstreichen, dann kommt er zum entscheidenden Punkt: »Bist du es gewesen oder nicht?«

Jetzt erwartet er sogar ein Geständnis. Er kann sich gehackt legen.

»Hab wenigstens den Mut, zu sagen: Ich war es nicht.«

Das hätte der Bulle wohl gerne, wenn Tancredi zumindest die Verantwortung auf sich nehmen würde, alles abzustreiten. Doch nein, da kommt nichts: Schweigen. Der Chef seufzt und sucht Trost bei den Zuhörern des Verhörs. Auch Tancredi hebt den Kopf und sieht vollkommen gegensätzliche Blicke auf sich gerichtet: Feindseligkeit bei den Polizeibeamten, umfassendes Verständnis hingegen bei seinen Verwandten. Es ist offensichtlich, dass sein Verhalten zur Frustration des Chefs beiträgt. Aber das interessiert Tancredi nicht, es darf ihn nicht interessieren. Einzig und allein die Familie darf ihn interessieren. Seine Mutter und die Großeltern haben sich keine der Fragen entgehen lassen und beifällig das Ausbleiben der Antworten beobachtet. Irgendwann meinte Tancredi in einem Aufstöhnen der Mutter eine Missbilligung der aggressiven Verhörtechnik zu erkennen. Niemand hat gewagt, etwas zu sagen, niemand hat protestiert. Doch das ist eine Frage der Wahrnehmung: Tancredi hat trotzdem das Gefühl, in dieser misslichen Lage auf die Unterstützung seiner Familie zählen zu können. Und dieser Eindruck ist entscheidend. Sie können ihm nicht helfen, aber sie halten zu ihm. Es ist ihnen egal, ob sie parteiisch wirken, ob sie auf der Seite desjenigen zu stehen scheinen, der vor dem Gesetz des Vatermordes schuldig ist. Tancredi fragt sich, wie die Polizei über dieses Verhalten denkt. Wie denkt der Chef darüber? Kann dieser Mann, der nicht von hier ist, sich in die Sichtweise der Familie hineinversetzen? Der moralische Freispruch durch die Verwandten müsste ihm doch, wenn schon nicht gerechtfertigt, so doch wenigstens verständlich erscheinen. Und dafür braucht der Bulle nicht einmal zu wissen, was für ein brutaler Typ sein Vater war. Wenn die Gefühle der Familie für Tancredi eine gewisse Ambivalenz aufweisen, dann liegt das an der doppelten Identität, die ihm in diesem Augenblick anhaftet. Denn was auch immer er getan hat, er bleibt auf jeden Fall ein Sohn. Man wird sehen, welche der beiden Identitäten letztendlich überwiegt: Sohn oder Mörder. Im Grunde ist der Chef ja auch ein Mensch aus dem Süden. Seine Erfahrung müsste ihm sagen, dass die Familie den Sohn schließlich wieder in den Kokon ihrer Zuneigung einspinnen wird, und der Tote – nun, der ruhe in Frieden. Noch besser müssten das die anderen

Polizisten verstehen, die, nach ihrem Akzent zu urteilen, fast alle Sizilianer zu sein scheinen. Sie nehmen Tancredis Schweigen noch gleichgültiger hin. Sie haben genau das erwartet. Der Chef nicht. Er besteht darauf, ihm Fragen zu stellen. Weil Tancredi aber trotz allen Drängens weiter auf den Boden starrt und nicht spricht, packt ihn die Ungeduld: »Sag wenigstens: Ich mache von meinem Recht Gebrauch, die Aussage zu verweigern, und wir können hier Schluss machen.«

Tancredi ringt sich endlich dazu durch, ihn anzusehen, aber nur, um herauszufinden, ob der Chef ihn auf den Arm nimmt. Da dieser sich unergründlich gibt, überlegt Tancredi, die angebotene Möglichkeit zu nutzen. Oder den Polizisten wenigstens durch Frechheit herauszufordern. Er nimmt all seinen Mut zusammen und sagt: »Ich mache von meinem Recht Gebrauch, die Aussage zu verweigern.«

Doch das war es offenbar nicht, was der Chef mit seiner Provokation zu erreichen hoffte, denn er zieht eine Grimasse. Sein Pech. Tancredi verspürt eine bittere Genugtuung darüber, dass er den Bluff des Bullen aufgedeckt hat und dieser jetzt gezwungen ist, einen Rückzieher zu machen.

»Du weißt, dass es nach dem Stand der Dinge besser für dich wäre, wenn du kooperierst …«

Nach dem Stand der Dinge sieht Tancredi sich berechtigt, wieder in sein verstocktes Schweigen zurückzufallen, ja, er ist sogar beleidigt, weil man seine Rechte in Zweifel zieht. Er ist gekränkt. Nicht wirklich gekränkt, aber fast. Eigentlich müsste er es sein. Und sie müssten das zur Kenntnis nehmen, bevor sie ihn weiter verhören. Er möchte nach Worten suchen, um seiner Empörung Ausdruck zu verleihen, doch ihm bleibt keine Zeit, weil der Chef beschließt, ihn in Ruhe zu lassen und die Einzelheiten des Tathergangs mit einem anderen Familienmitglied zu vertiefen. Tancredi sieht ihn aufstehen und weggehen. Ein Polizist fragt: »Was ist, nehmen wir ihn mit?«

Tancredi kann sich nicht beherrschen, er blickt den Chef ängstlich an. Die Vorstellung, dass sie ihn mitnehmen wollen, ist beunruhigend, egal, wohin sie ihn bringen werden. Mit den Augen bittet er, ihm die Gnade zu gewähren, noch ein wenig Zeit in seiner Wohnung verbringen zu dürfen, bevor er weggebracht wird. Die Gnade wird weder gewährt noch verweigert: Das Gesuch bleibt einfach unerledigt, ebenso wie die Frage des Polizisten, der schon bereit war, Tancredi mitzuschleppen, und sich jetzt in Ermangelung eines Befehls wieder mit verschränkten Armen neben ihn stellt. Der Chef ist mit anderen Dingen beschäftigt, er sucht einen neuen Zeugen zum Befragen. Nach ein paar Sekunden wendet er sich an die Großmutter, die immer noch in ihrem Lieblingssessel sitzt.

»Signora –«

Doch er wird sofort unterbrochen:

»Was wollen Sie denn jetzt noch?«

Der Polizist ist sprachlos. Tancredi ahnt, dass dies nur ein Trick der Großmutter ist, um ihr Gegenüber nervös zu machen und in Verlegenheit zu bringen. Vielleicht nützt es nichts, aber auf jeden Fall bedeutet es einen Punktvorteil in der Partie, die zwischen Polizei und Familie gespielt wird.

»Ich fühl mich nicht gut. Mir geht's schlecht.«

»Bleiben Sie so, Signora, bleiben Sie ruhig sitzen.«

»Schlecht geht's mir.«

»Bleiben Sie ruhig –«

»Ich kann mich nicht bewegen.«

»Dann bewegen Sie sich doch nicht. Bleiben Sie, wo Sie sind.«

Während die Konversation sich hinzieht, hat Tancredi Zeit, die Großmutter zu betrachten. Ihre Ausmaße sind wirklich gewaltig. Wenn er es recht bedenkt, muss sie die fetteste Frau sein, die er je gesehen hat. Und sie ist wirklich seine Großmutter, die Mutter seines Vaters. Der Gedanke überrascht ihn, er weiß nicht, warum. Vielleicht wegen des Stolzes, den sie immer noch ausstrahlt, obwohl der Tod ihres Sohnes sie zutiefst erschüttert haben müsste. Vielleicht weil Tancredi weiß, dass er für den Tod ihres Sohnes verantwortlich ist. Vielleicht weil er den Gedanken, für diesen Tod verantwortlich zu sein, noch nicht akzeptieren kann. Aber er muss ihn akzeptieren.

Der Chef verliert jetzt keine Zeit mehr: »Ich muss wissen, wie die Sache sich abgespielt hat.«

»Und das soll ausgerechnet ich Ihnen erzählen?«

Verglichen mit eben hat der Ton sich geändert. Was sie sagt, klingt entgegenkommender. Tancredi versteht, dass es schmerzhaft für sie sein muss, die Ereignisse dieses Morgens noch einmal zu durchleben, doch gleichzeitig ahnt er, dass sie diese schmerzhafte Prozedur stoisch über sich ergehen lassen wird. Noch während der Chef nach einer Formulierung sucht, mit der er sie zum Sprechen motivieren kann, hebt Großmutter Rosa kurzerhand mit einer Vorbemerkung an: »Ich gehöre zu denen, die, wenn sie was machen müssen, dann machen sie das. Also bringen wir's hinter uns.«

Und dann hält sie inne, damit die Vorbemerkung ihre ganze Bedeutungsschwere entfalten kann. Der Chef nickt, um zu zeigen, dass er verstanden hat und sie auffordert, weiterzusprechen. Vielleicht fürchtet er, sie könnte ausgerechnet in dem Moment aufhören, in dem sie kurz davor ist, ihm die Wahrheit zu enthüllen. Er scheint eingreifen zu wollen, um ihr die entscheidende Ermunterung zu geben, aber das ist nicht nötig, denn die Großmutter spricht weiter: »Alles kam davon, dass er gestern abend ausging ...«

Doch jetzt ist es der Chef, der sie unterbricht. Er will seine Sache gut machen. Er setzt sich sogar hin. Zunächst einmal will er wissen, wer das Subjekt des Satzes ist: »Wer ist ausgegangen?«

Großmutter Rosa hält es jedoch für überflüssig, zu präzisieren, von wem sie spricht, und verfolgt unbeirrt den einmal eingeschlagenen Weg.

»... sie sind jung, was sollen sie schon machen? Sie gehen aus. Sie gehen sich amüsieren. Das ist sowieso ein komisches Bürschchen. Eigentlich bin ich ganz froh, dass er sich ein bisschen zerstreuen geht, wo er doch immer so traurig ist, immer so finster. So sehen Sie ihn jetzt auch, aber glauben Sie, er sieht so aus, weil das passiert ist, was passiert ist? Ha, von wegen! So ist er immer. Immer traurig, immer so ein vergrämter Stockfisch. Wenn er ab und zu mal ausgeht, kann's ihm also nicht schaden. Ein bisschen Zerstreuung ...«

Tancredi ist beeindruckt von der plötzlichen Wortfülle. Man brauchte nur den Korken zu ziehen, prompt ist die Großmutter ein reißender Fluss an Informationen. Er versucht, sich mit dem Porträt zu identifizieren, das Großmutter Rosa von ihm zeichnet, aber es gelingt ihm nicht: Er findet, dass sie übertreibt. Wahrscheinlich tut sie das, um die Lage des Enkels in den Augen der Justiz zu verbessern. Ja, so muss es sein. Wenn das so ist, dann ist Tancredi einverstanden. Mehr noch: Von jetzt an wird er sich bemühen, so zu erscheinen, wie die Großmutter ihn beschreibt. In der Hoffnung, dass alles bald ein Ende hat.

Bevor sie weitermacht, lässt sie dem Polizisten gerade eben genug Zeit, ein einziges Wort einzuschieben: »Also –«

»Also ging er tanzen, mit Freunden, was weiß ich? Wohin gehen sie, diese jungen Leute, wenn sie ausgehen? Wissen Sie das? Unsereins, wir Alten, wir können das nicht wissen. Anfangs hat sein Vater ihn noch gefragt, aber umsonst. Also hat er dann irgendwann nicht mal mehr gefragt. Das Bürschchen ist mittlerweise erwachsen, kann machen was er will. Basta.«

»Und dann?«

»Und dann, und dann ... Das Problem gestern abend, das war, wie er ausging ...«

»Wie denn?«

»Na, mit dem Auto.«

Großmutter Rosa legt ein gewisses Gewicht in diese Worte, sie erwartet, dass ihr Gegenüber die Tragweite der Eröffnung begreift, die sie gerade gemacht hat. Doch der Chef wartet nur auf die Fortsetzung. Tancredi lächelt innerlich: Der Bulle kann natürlich nichts verstehen. Als die Großmutter sieht, dass der Polizist nichts versteht, fixiert sie ihn und erklärt: »Mit dem Volvo.«

Tancredi weiß, was der Chef jetzt denkt. Er fragt sich, was ein Volvo in einer Familie von Hungerleidern zu suchen hat, die in einem elenden Loch im Vicolo Tamburinai im Kalsa-Viertel haust. Da sie den Zweifel in den Augen des Polizisten liest, bietet Großmutter ihm das Almosen einer weiteren Präzisierung: »Dem Volvo seines Vaters.«

Möglich, dass sich nun endlich ein Schimmer der Erkenntnis im Kopf des Bullen Bahn bricht: »Das alles war wegen des Autos?«

Großmutter Rosa hört ihm nicht zu, sie folgt ihrem eigenen Gedankengang und hat nicht die Absicht, sich ablenken zu lassen. Mit ihrer Antwort geht sie allerdings schon über die Frage hinaus: »Nicht nur, dass er ihn nicht nehmen durfte, dann fährt er den Volvo auch noch irgendwo gegen –«

»Ein Unfall?«

»Was weiß ich? Ein Unfall, ein Zusammenstoß, irgend sowas.«

»Und das Auto?«

»Das Auto … Heute morgen, als mein Sohn es entdeckt hat, der Ärmste, hat er gleich angefangen, verrückt zu spielen.«

»Haben die beiden gestritten?«

»Gestritten? Handgreiflich sind sie geworden. Nicola ließ niemand was durchgehen. Erst recht nicht bei dem Auto, das war sein ein und alles.«

»Und Ihr Enkel?«

»Welcher Enkel?«

Eine momentane Verwirrung. Tancredi merkt, dass die Großmutter nach all den Enthüllungen, die sie soeben gemacht hat, benommen ist, als litte sie unter einem plötzlichen Gedächtnisschwund. Als hätte sich schlagartig das Gewicht der Jahre und der Trauer auf sie gelegt und ihr die ganze Autorität genommen, die sie bis eben ausgestrahlt hat. Der Polizist hilft ihr sogar, damit sie wieder zu sich kommt: »Tancredi.«

Und er schaut zu ihm hin. Tancredi will schon nicken, da erkennt er gerade noch rechtzeitig, dass dies ein Zugeständnis wäre, und er hat beschlossen, kein einziges Zugeständnis mehr zu machen. Jedenfalls genügt wenig, nur das eine Wort, damit die Großmutter sich erholt und den Gedächtnisschwund oder was auch immer es war überwindet. Mehr braucht sie nicht, um die Erzählung an der Stelle wiederaufzunehmen, wo sie sie unterbrochen hat, und es ist, als hätte sie den Faden nie verloren.

»Tancredi, der ist auch arm dran, was sollte er denn machen? Er hatte unrecht. Dazu gibt es nicht viel zu sagen. Sie haben ihn doch gesehen! Der tut keiner Fliege was zuleide, ist viel zu weichherzig. Wissen Sie, wie man bei uns sagt? Eine dreifach gute Seele.«

Der Chef, der kein Sizilianer ist, weiß es nicht. Man sieht seinem Gesicht an, dass er nicht Bescheid weiß. Tancredi aber weiß es: eine dreifach gute Seele, das bedeutet blöde. Jetzt übertreibt Großmutter, findet er, wenn sie ihn als einen Trottel darstellt, obwohl er sogar verstehen kann, warum sie das tut: Sie will den Polizisten weismachen, dass er ein armer Schwachkopf und vollkommen unzurechnungsfähig ist. Wie auch immer, aus Zeitmangel lässt sich die Sache nicht vertiefen: Großmutter Rosa marschiert auf ihrem Weg voran. Sie hatte gesagt, sie wolle alles erzählen, und sie möchte ihr Versprechen in der kürzestmöglichen Zeit vollständig erfüllen.

»Darum hat er, als er merkte, dass er ertappt worden war, geschluckt, was es zu schlucken gab, und war still.«

»Still, nun ja, bis –«

»Bis sein Vater die Hand erhob.«

»Er hat zugeschlagen.«

»Tja.«

»Und Tancredi?«

»Tancredi hat das nicht hingenommen.«

»Hat er reagiert?«

»Tja.«

»Ich verstehe. Sein Vater war aber viel stärker –«

»Ja, aber nicht nur ein bisschen, er war sehr viel stärker. Ein Schrank war er, mein Sohn. Ist ein Jammer mit ihm, ein Jammer mit meinem Enkel, und auch mit mir ist's ein Jammer … Eine Viertelstunde lang hat er ihn verdroschen, mindestens.«

»Und ihr anderen?«

»Wir, was konnten wir schon machen? Auf meinen Mann darf man nicht zählen. Herzensgut und lieb, aber … Meine Schwiegertochter: Reden wir lieber nicht von ihr … Und ich bin eine arme alte Frau. Außerdem war es sinnlos, sich mit Nicola anzulegen.«

Die Rolle der Großmutter ist nicht leicht. Sie versucht, eine Zerreißprobe in ihrem Gefühlsleben in Worte zu fassen: ein Verwandter ist das Opfer, ein anderer Verwandter ist der Mörder. So kommen Aussagen zustande, die, das wird Tancredi jetzt bewusst, in den Augen eines Außenstehenden widersprüchlich erscheinen könnten. Großmutter Rosas Bericht spricht mal zugunsten des Sohnes, mal zugunsten des Enkels. Als gäbe es in dieser Geschichte kein Opfer und keinen Mörder, sondern nur ein tragisches Schicksal, das den einen traf, indem es ihn tötete, und den anderen, indem es ihn am Leben ließ. Belastende und mildernde Umstände wechseln einander ab, je nachdem und ohne Logik. Den Chef scheinen solche Feinheiten jedoch nicht zu interessieren. Er versucht nur, genau zu verstehen, was passiert ist, und baut dabei auf den Ablauf der morgendlichen Ereignisse: »Es gab also keine Möglichkeit, die beiden zu trennen.«

»Keine. Er prügelte so lange auf ihn ein, bis es geschah.«

»Bis was geschah?«

»Bis es geschah, dass Tancredi schoss.«

Dann schweigen sie, auf dass die letzten Worte mit ihrem ganzen Gewicht im Raum stehen bleiben. Die Augen am Boden, spürt Tancredi die Blicke und das Urteil aller Anwesenden auf sich lasten. Er fixiert einzelne Marmorsplitter in den Fußbodenfliesen. Nur zu gerne fände er dort einen Punkt, wo er anfangen könnte, ein Loch auszuheben, um sich darin zu verkriechen. Etwas anderes durfte er zwar nicht erwarten, trotzdem spürt er ein Stechen zwischen Herz und Magen. Nicht wirklich im Herzen und nicht wirklich im Magen. Aber es tut weh.

Die Großmutter – arme Großmutter, ganz leer ist sie jetzt, nachdem sie alles von sich gegeben hat, was sie zu sagen hatte – schüttelt den Kopf, als gäbe es nichts mehr hinzuzufügen. Der Chef scheint nicht gänzlich einverstanden. Er besteht darauf, die Einzelheiten schärfer ins Auge zu fassen.

»Wo ist die Pistole?«

Großmutter Rosa seufzt. Sie hat genug von der Fragerei.

»Dottore, wie soll ich das wissen? In dem ganzen Durcheinander hier …«

»Gehörte sie Ihrem Sohn? Oder Tancredi?«

»Das kann ich Ihnen nicht sagen. Von Pistolen verstehe ich nichts. Ich wusste nichts davon. Wem sie gehörte, wem nicht, bei wem sie auftauchte.«

»Und wo ist das Auto?«

»Wo soll es schon sein? Vorm Haus geparkt.«

Der Chef verabschiedet sich mit einer Geste respektvollen Dankes von der Großmutter. Er macht dem Vize und ein paar anderen Beamten ein Zeichen, ihm zu folgen, und sie gehen alle miteinander hinaus. Nachdem so viel gesprochen wurde, senkt sich nun eine bleierne Stille auf das Zimmer. Tancredi versucht, die Augen zu heben, vermeidet es aber, in die Richtung zu blicken, wo der Leichnam seines Vaters liegt, um den herum sich immer noch einige Polizisten zu schaffen machen. Es gibt einen Blickwechsel mit der Großmutter, dann mit der Mutter und dem Großvater. Gesagt wird besser nichts, das ist klar.

Plötzlich bekommt er Lust, ans Fenster zu gehen und hinauszuschauen. Er steht vom Sofa auf, was augenblicklich die Reaktion zweier Bullen hervorruft, die ihn an den Armen packen. Sie haben ihn die ganze Zeit im Auge behalten. Er erklärt: »Ich wollte aus dem Fenster gucken.«

Zu seiner Verteidigung schaltet sich die Mutter ein: »Der Ärmste, was kostet euch das?«

Die Polizisten beraten sich stumm und gestatten ihm, ans Fenster zu treten, aber nur in ihrer Begleitung. Einer postiert sich rechts, einer links von ihm. Der auf der linken Seite hält sogar seinen Arm fest, um zu verhindern, dass er etwas tut, was er nicht tun darf. Tancredi wird klar, dass sie es ihm hätten verbieten können, und er fragt sich, warum sie ihm stattdessen die Erlaubnis gegeben haben. Schließlich ist es in solchen Situationen das Einfachste, sich keinerlei Verantwortung aufzuladen. Wenn er sich jetzt aus dem Fenster stürzen würde, müssten sie dafür bezahlen, zwei einfache Polizisten. Schließlich muss er sich eingestehen, dass die Polizisten ihm erlauben, aus dem Fenster zu gucken, weil seine Lage ihr Mitleid erregt. Sogar die Bullen haben Mitleid mit ihm.

Aus dem Fenster blickt man auf die Straße. Und auf der

Straße steht der Volvo. Der Chef, der Vize und die anderen Polizisten sind schon unten. Es war nicht nötig, das Kennzeichen anzugeben oder die Farbe des Autos zu nennen: Der Volvo steht direkt vor dem Hauseingang, und ein Irrtum ist unmöglich, denn er ist phantastisch, schwarzglänzend und das einzige strahlend schöne Detail inmitten der allgegenwärtigen Verwahrlosung des Wohnviertels. Gestern noch hat sein Vater ihn ein wenig gewaschen, darum ähnelt er mit seiner spiegelblanken Oberfläche jetzt einem Raumschiff, das wegen eines Motorschadens in der Kalsa notlanden musste. Doch Tancredi weiß, dass die Vollkommenheit des Volvos durch eine kleine Abschürfung auf der rechten Seite beeinträchtigt ist. Vom Fenster aus kann man den Schaden nicht sehen. Doch er weiß, dass er da ist, und auch die Bullen haben ihn entdeckt. Gerade geht der Vize in die Hocke, um die Stelle von nahem zu untersuchen. Als Tancredi gestern abend ein Wendemanöver gemacht hat, um aus einem Parkplatz herauszufahren, hat er mit dem Wagen eine kleine Mauer gestreift. Er hatte gedacht, er käme noch vorbei, aber nein: Er kam nicht mehr vorbei. Die rauhe Oberfläche der Mauer hat mehrere Kratzer auf der Seite hinterlassen. Einer dieser selbsternannten, illegalen Parkplatzwächter war dabei, er hatte Tancredi bei dem Manöver geholfen. Seine Anwesenheit hatte Tancredi noch nervöser gemacht. Und statt sich zu entschuldigen, hatte dieser Parkplatzwächter dann jene Worte ausgesprochen, die noch lange in Tancredi nachhallten: »Das geht nicht mal mehr mit Schmirgelpaste weg!«

Tatsächlich handelte es sich um einen ziemlich tiefen und ausgeprägten Kratzer. Tancredi erinnert sich gut daran, er wird sich sein Leben lang daran erinnern. Wegen dieses Kratzers ist alles passiert. Und im Lichte dessen, was passiert ist, erscheint ihm das Auto etwas weniger glänzend als sonst. Als hätte der allgemeine Niedergang des Viertels begonnen, auf die schöne Ausnahme des Volvos überzugreifen. So ist das immer mit Autos. Man bewahrt ihre Makellosigkeit so lange wie möglich, man pflegt den Motor und die Karosserie, doch dann genügt ein kleiner Kratzer, und von da an stürzt alles unweigerlich auf das Verderben zu. Fortan passt man wahrscheinlich weniger gut auf, der zweite Schaden wird unterschätzt, und so geht es weiter. Vielleicht war es das, was seinen Vater so erschreckt und seine Reaktion provoziert hat: dass er seinen perfekten schwarzen Volvo an den Rand des Verfalls gebracht sah.

Trotzdem kann sich Tancredi für das, was geschehen ist, kein abwegigeres Motiv vorstellen als einen Kratzer im Lack. Dieser Kratzer hat die Kette der Ereignisse in Gang gesetzt, die zu dem Verbrechen führten. Wegen dieses Kratzers ist sein Vater gestorben. Er kann es immer noch nicht glauben. Es ist wie die Abschürfung an der Seite des Volvo – es widerspricht der Ordnung der Dinge.

Die Polizisten haben das Auto öffnen können, vermutlich hatten sie den Schlüssel. Sie sind hineingekrochen, sie durchsuchen das Innere, vielleicht nehmen sie Fingerabdrücke, Tancredi weiß es nicht. Dann fotografieren sie das Auto im ganzen und im Detail an der beschädigten Seite. Der Chef gibt die notwendigen Anordnungen und geht zum Hauseingang zurück, gefolgt vom Vize, der immer einen Schritt hinter ihm bleibt. Binnen einer Minute sind sie wieder oben, doch sie kommen nicht in die Wohnung. Sie bleiben auf dem Treppenabsatz stehen, wo sich eine kleine Schar Nachbarn versammelt hat. Es sind etwa fünfzehn Personen. Tancredi kann ein paar von ihnen sehen, und er hört ihre Gespräche durch die offene Wohnungstür. Sie reden über ihn. Das schmerzt ihn, denn sie zerreißen sich das Maul über seine Familie. Diesen Leuten begegnet er jeden Tag, und jetzt können sie durch die offene Tür ungehindert in eine Privatsphäre spähen, die schon durch das Eindringen der Polizei verletzt wurde. Von Zeit zu Zeit erkennt Tancredi einen Nachbarn, der sich auf die Zehenspitzen stellt, um mehr zu sehen, und fragt: »Was ist denn passiert?«

»Man hat ihn umgebracht.«

»Wer war das?«

Es folgt ein Stimmengewirr, in dem niemand Fragen stellt und niemand antwortet. Jeder folgt seinem persönlichen Gedankengang. Die Meinungen, die Tancredi aus dem Generalbass der Geräuschkulisse heraushört, sind im wesentlichen folgende:

»Der Ärmste, der Ärmste …«

»Vorgestern haben wir uns noch gesehen.«

»Tja …«

»Weiß man, wer es war?«

»So was Verrücktes …«

»Wer hätte das gedacht?«

»Seine Frau, die Ärmste …«

»Seine Mutter!«

Der Chef befiehlt dem Vize: »Überprüfen Sie, ob diese Leute etwas wissen.«

Doch als der Vize einen Schritt auf die Gruppe zu macht, erstirbt das Stimmengewirr, noch bevor er fragen kann, ob jemand ermittlungsrelevante Aussagen zu machen hat. Er fragt: »Hat jemand ermittlungsrelevante Aussagen zu machen?«

Nach dieser Frage herrscht einige Augenblicke Schweigen, als versuchten die Leute, sich die Formulierung zu eigen zu machen: ermittlungsrelevante Aussagen. Die Stille dauert an, bis schließlich eine Stimme aus der Menge im Namen aller spricht. Tancredi kann sie niemandem Bestimmten zuordnen.

»Wir waren hier.«

»Wo hier?«

Eine andere Stimme, diesmal eine weibliche, doch ebenfalls nicht identifizierbar, antwortet: »In unseren Wohnungen.«

Daraus entspinnt sich ein Gespräch, in dem der Vize die Fragen stellt und die Menge jedesmal mit einer anderen Stimme antwortet: »Wir haben nichts gesehen.«

»Gar nichts?«

»Absolut überhaupt gar nichts.«

Das Verhalten der Nachbarn macht Tancredi noch nervöser als er ohnehin schon ist, doch es irritiert auch den Vize, und er rächt sich, indem er eine Frau aus der Gruppe herausholt und sie nach ihrem Namen fragt, um wenigstens einen Namen in das noch immer leere Notizbuch zu schreiben, das er in der Hand hält. Signora Allotta erwidert seine Initiative mit einem beleidigten Blick.

»Was hab ich damit zu tun?«

»Sind Sie keine Nachbarin?«

»Und ausgerechnet von mir wollen Sie was hören? Warum suchen Sie sich nicht jemand anders? Sind ja genug Leute da ...«

»Wir fangen mit Ihnen an, dann nehmen wir die anderen dran.«

»Wir fangen an, wieso wir fangen an? Ich will aber nicht anfangen! Reden Sie doch mit den Verantwortlichen!«

»Und wer sind die Verantwortlichen?«

»Was weiß denn ich?«

Signora Allotta schweigt einen Augenblick, dann sagt sie mit etwas leiserer Stimme: »Reden Sie mit dem Vorsitzenden der Eigentümergemeinschaft.«

Das sagt sie mit verbittertem Unterton, und Tancredi weiß, was dahintersteckt: Seit Giovanni Giacalone Vorsitzender der Eigentümergemeinschaft ist, hat es zwischen Signora Allotta und der Eigentümergemeinschaft immer Probleme gegeben. Nur so lässt sich erklären, was in jeder Hinsicht eine Denunziation darstellt. Überdies ist Giovanni dabei, er steht mitten zwischen den anderen Hausbewohnern. Das verraten dem Vize mehrere Blicke, mit denen die Anwesenden herauszufinden versuchen, ob der Vorsitzende es für nötig hält, sich zu erkennen zu geben. Der Polizist wendet sich an ihn: »Entschuldigung, Sie sind …?«

Einen Augenblick zögert Giovanni bestürzt, er ist unsicher, ob er den Vorfall als einen Angriff verstehen soll. Dann beschließt er, sich nicht zu verstecken.

»Ich bin der Vorsitzende der Eigentümergemeinschaft: Giacalone Giovanni. Außerdem ein Freund der Familie Ciraulo.«

»Nun, wenn Sie ein so guter Freund sind, dann erzählen Sie mir doch mal ein bisschen was. Haben Sie die Schläge gehört?«

»Die hab ich gehört, und ob ich die gehört habe. Das war gegen acht Uhr heute morgen. Ich konnte sie sehr gut hören, weil es sonntags immer still ist.«

Giovanni neigt dazu, seine Einlassungen zu begründen, doch er spricht mit der Sicherheit desjenigen, der sich zum Sprechen ermächtigt fühlt. Das Amt des Vorsitzenden der Eigentümerversammlung verpflichtet ihn, gute Beziehungen zu den Behörden zu unterhalten. Und das erst recht, weil er wegen Signora Allotta gezwungen wurde, einzuschreiten. Er sagt allerdings, dass nicht er es war, der die Polizei gerufen hat. Außerdem erklärt er, er habe an diesem Morgen keinen Unbekannten in das Haus hinein- oder hinausgehen sehen.

Wenn Giovanni spricht, dann klingt das dank seiner Erfahrung mit dem Abfassen der Berichte über die Eigentümerversammlungen bereits wie ein polizeiliches Verhörprotokoll. Doch der Vize lässt sich nicht so leicht beeindrucken. Er nimmt Giovannis Behauptungen mit resignierter Skepsis auf, hebt den Blick und sieht ihn an, wie man jemanden ansieht, dem man nicht glaubt, dieses eine Mal aber zu glauben vorgibt, weil man zu müde ist, sich der Mühe des Misstrauens zu unterziehen. Auf jeden Fall muss der andere wissen, dass man ihm grundsätzlich nicht glaubt. Tatsächlich verspürt Giovanni das Bedürfnis, seine Erklärungen mit einem Seufzer abzuschließen: »Herrje …«

Was bedeuten kann: Mehr weiß ich leider nicht, mehr hab ich nicht gesehen. Doch auch: Was wollt ihr von mir? Ihr geht ja in zwei Stunden wieder nach Hause, während ich mich hier weiter mit diesem Viertel, diesem Haus, diesen Nachbarn herumschlagen muss. Dem Vize ist das völlig schnuppe, er will mehr wissen: »Kannten Sie ihn schon lange?«

»Ha! Brüder waren wir, das sag ich Ihnen. Jeden Morgen sind wir zusammen Kaffee trinken gegangen.«

»Was sind Sie von Beruf?«

»Kollege von Nicola. A-be-em.«

Tancredi kann sich vorstellen, was der Vize jetzt denkt: Die Leute, die in Arbeitsbeschaffungsmaßnahmen unter Vertrag stehen, können nicht nur auf den Lohn für ihre befristeten Anstellungen, sondern fast immer auch auf eine Reihe von Nebeneinkünften aus Schwarzarbeit zählen, die ihnen einen höheren Lebensstandard ermöglichen. So hoch, dass man sich das neueste Volvomodell leisten könnte, freilich nicht. Für einen Bullen ist das Thema daher sehr interessant: »Und was machen Sie sonst so, außer Ihrer ABM-Anstellung?«

Giovanni wird nervös. Er hatte nicht erwartet, persönlich in die Sache hineingezogen zu werden.

»Entschuldigen Sie, aber was habe ich denn damit zu tun?«

»Und der Verblichene?«

»Hä?«

»Ciraulo, Nicola, Ihr Freund. Was machte der, um seine Einkünfte aufzubessern?«

Giovanni beruhigt sich. Von sich selbst will er nicht reden, von anderen schon.

»Das Übliche: kleine Umzüge, außerdem sammelte er Alteisen, solche Sachen eben … Er hat sich Mühe gegeben.«

»Und der Sohn, was können Sie mir über den sagen?«

»Der Sohn half ihm manchmal beim Alteisen. Aber selten.«

»Warum selten? Was macht er sonst?«

»Nichts. Arbeitslos. Ich hab's seinem Vater ja immer gesagt, dass …«

Giovanni scheint erst jetzt zu bemerken, dass Tancredi ihm zuhört, und bricht mitten im Satz ab, doch was Giovanni sagen wollte, lässt sich leicht erraten. Tancredi denkt daran zurück, wie seine Großmutter ihn beschrieben hat: eine dreifach gute Seele. Heute morgen scheinen alle sich gegen ihn verschworen zu haben, das ist nicht fair.

Giovanni hat inzwischen gemerkt, dass er fast ins Fettnäpfchen getreten wäre, und hat jetzt noch weniger Lust ermittlungsrelevante Aussagen zu machen.

»Kann ich gehen?«

»Gehen Sie. Das heißt, warten Sie: Woher wissen Sie, dass es Tancredi war?«

»Hab ich gehört.«

»Von wem?«

»Hier im Haus …«

»Ich verstehe. Na, dann gehen Sie.«

Der Vize hat es eilig, die Sache zu beenden, weil inzwischen eine neue Figur die Bühne betreten hat. Es muss sich um eine wichtige Persönlichkeit handeln, denn der Chef geht dem Mann entgegen und begleitet ihn auf dem kurzen Weg, der zu dem Leichnam führt. Beflissen folgt ihnen der Vize, worauf unter den versammelten Nachbarn hinter seinem Rücken ein erleichtertes, vielstimmiges Aufatmen hörbar wird. Der Vorsitzende der Eigentümergemeinschaft kehrt in die Gruppe zurück, empfangen von einem Chor solidarischer Ausrufe.

»Warum knöpft er sich nicht seine Mutter vor? Pah!«

»Unsereins müssen die sich vorknöpfen, und dabei …«

Derweil streift der Neuankömmling sich Gummihandschuhe über, und Tancredi begreift, dass es sich um den Gerichtsmediziner handeln muss. Von seinem Platz aus kann er nur wenig von dem verstehen, was der Gerichtsmediziner den Chef fragt und was der Chef den Gerichtsmediziner fragt, der sich bereits bückt, um den Körper zu untersuchen. Er verschiebt ihn, hebt ihn an, mustert ihn und lässt ihn wieder sinken. Er geht rücksichtsvoll mit der Leiche um, immer wieder legt er sie in die Position zurück, in der sie sich zuvor befunden hat. Tancredi ist ihm dankbar für dieses Zartgefühl, obwohl er sich nicht verhehlt, dass es sich nur eine Leiche handelt. Doch trotz allem, was geschehen ist, bleibt es immer noch die Leiche seines Vaters. Schließlich teilt der Gerichtsmediziner mit leiser Stimme seinen Befund mit. Tancredi würde das gerne hören, doch er kann die Worte nicht deutlich unterscheiden.

»… potentiell tödlich …«

»… der Tathergang …?«

»… eine Vermutung …«

»Eins kann ich dir aber schon jetzt sagen …«

»… der Sohn, wie es scheint …«

Der Sohn, das ist er. Sie sprechen über ihn. Jetzt drehen sie sich zu ihm um. Der Gerichtsmediziner wiederholt: »… der Sohn …«

Dann sprechen sie fast flüsternd weiter, diesmal ist klar, dass sie nicht gehört werden wollen. Bei Tancredi kommt nicht mehr an als:

»… läppische Beweggründe, wie es scheint …«

»… nämlich …?«

»… wegen dem Auto, sie haben zu streiten begonnen …«

»… eine Beule …«

In Wahrheit ist es eigentlich keine Beule, jetzt würde Tancredi gerne klärend eingreifen, doch es wäre lächerlich, wenn er versuchen wollte, das Motiv gegenüber Außenstehenden zu verharmlosen, wenn es ihm selbst schon unvorstellbar banal vorkommt. Außerdem hätte er sowieso keine Zeit, irgend etwas zu sagen, denn der Arzt hat seine Arbeit offenbar beendet. Er und der Chef bleiben noch stehen, um die Leiche zu betrachten, aber nicht lange. Der Arzt zieht sich die Handschuhe aus, steckt sie in seine Jackentasche und riecht an seinen Händen. Der Chef fragt ihn etwas wegen eines Berichts, der Arzt antwortet, dass man abwarten muss. Sie verabschieden sich.

Der Gerichtsmediziner geht, doch die Polizei fährt mit ihren Ermittlungen fort, und der Vize gesellt sich erneut zum Chef, der unterdessen wieder angefangen hat, Tancredis Mutter zu befragen. Das interessiert ihn, denn er hofft, nach dem, was er von Freunden und Verwandten hören musste, werde von der Mutter ein schmeichelhafteres Urteil über ihn kommen. Mütter halten immer große Stücke auf ihre Söhne.

Sie sitzt jetzt auf einem Stuhl, wirkt aber nicht gefasster als vorher. Die Polizisten wissen nicht, wie sie mit ihr umgehen sollen. Sie stehen mit verschränkten Armen da und schauen

weg, in der Hoffnung, der Anfall möge endlich ganz vorübergehen.

»Mein Mann, mein Sohn ... Ogottogott! Ogottogott!«

Sie ist hin- und hergerissen zwischen dem Andenken an den Gatten und der Zukunft des Sohnes. Ein Ehemann ist ein Ehemann, aber auch ein Sohn ist ein Sohn.

»So was durfte nicht passieren, so was durfte einfach nicht passieren ...«

»Signora, können Sie mir bestätigen, was Ihre Schwiegermutter gesagt hat?«

»Was weiß ich, was sie gesagt hat?«

»Dass es Tancredi war, hat sie gesagt.«

Die Frau schüttelt den Kopf, doch nicht zum Zeichen der Verneinung, sondern der Missbilligung, und diese gilt wiederum nicht der Schwiegermutter, die sich etwas hat entwischen lassen, sondern dem Schicksal im allgemeinen.

»Das ist ungerecht, so ungerecht ist das …«

»Was ist ungerecht, Signora?«

»Er ist ein braver Junge …«

»Nun ja …«

»Hat bisher noch niemand je was Böses getan, nichts und niemand, und darum …«

Die Mutter lässt die Schlussfolgerung offen, damit ihr Gegenüber sie selbst ziehen kann. Ausnahmsweise entschließt sie sich dann aber doch, ihrem Gedankengang eine abgeschlossene Form zu verleihen: »… und gleich beim erstenmal, wo er was anrichtet … dann gleich so was … das ist ungerecht, wirklich ungerecht.«

Der Chef bleibt hart: »Signora, es ist keine Lappalie, was da passiert ist.«

Das war eine eigenmächtige Interpretation von seiten des Bullen. Die Mutter reagiert auf diese Worte, indem sie ihren zweigeteilten Jammerlaut wieder aufnimmt: »Ahoaho. Ahoaho …«

Diesmal ist er jedoch nicht als Klagelied intoniert. Im Vergleich zu vorher fehlt die Melodie, es ist ein Gejammer in Prosa. Außerdem gibt es zwischen zwei »Ahoahos« immer eine Pause, in der sie sich die Tränen trocknet oder die Nase schneuzt. Der Chef hat schlechterdings keine Möglichkeit mehr, hier noch Fragen unterzubringen. Doch nicht von ihm, sondern von der Mutter kommt unversehens ein Wutausbruch: »Alles wegen dem Auto! Ich will dieses Auto nicht mehr sehen! Schafft mir das Ding von meiner Haustür fort! Verkauft es! Schmeißt es weg! Ich will's nicht mehr sehen!«

Tancredi möchte ihr Geschrei nicht hören. Die Großmutter dreht sich zu ihr um, sogar der Großvater kommt aus der Küche zurück, in die er sich geflüchtet hat. Als sie gewahr wird, welche Aufmerksamkeit sie erregt hat, erschrickt die Mutter dann doch, und den Rest sagt sie mit leiserer Stimme: »Dieses verfluchte, dreimal verfluchte Auto! Ich hab's ja gewusst, dass es so enden würde. Ich hab's gewusst! Ich hab es euch gesagt!«

Die Polizisten blicken sich an. Da die Mutter sich jedoch nicht deutlicher erklärt, fragt der Chef: »Was haben Sie gesagt?«

»Dass wir es nicht kaufen sollten. Wir hätten es nicht kaufen dürfen.«

»Es muss ziemlich teuer gewesen sein ...«

»Darum geht es nicht. Schön wär's, wenn es nur das wäre ... Aber darum geht es nicht. Es ist, weil dieses Geld verflucht war. Wir hätten es wegwerfen sollen. Jawohl, wegwerfen hätten wir's sollen.«

Der Chef ist plötzlich hellwach: »Warum? Woher kam das ganze Geld?«

»Es waren nicht unsere Piepen. Die gehörten uns gar nicht.«

»Wem gehörten sie denn?«

Die Frage ruft einen heftigen Gefühlsausbruch bei der Mutter hervor, sie hebt wieder die Stimme: »Serenella gehörten sie!«

Und unter Tränen fügt sie hinzu: »Meiner Serenella!«

Tancredi schließt die Augen. Er weiß, dass nunmehr die Sphäre eines Leids betreten wurde, das mindestens ebenso herzzerreißend ist wie der durch den Tod des Vaters hervorgerufene Kummer. Die Mutter ist nicht mehr zu halten, ihre Tränen vervielfachen sich: »Meine kleine Serenella! Warum? Warum denn nur? Mich hätte Gott sich aussuchen sollen! Mich! Warum musste er dich nehmen und nicht mich?«

Der Tag, an dem Serenella umgebracht wurde, war auch ein Sonntag, aber im Sommer. Ein Sonntag mitten im Juli. Damals besaßen die Ciraulo einen klapprigen weißen Ritmo, mit dem sie überallhin fuhren, auch wenn sie sich zu sechst hineinzwängen mussten: Nicola und seine Mutter vorne, Loredana, Fonzio und Tancredi hinten. Und Serenella, die mit ihren sechs Jahren noch klein war und sowieso reinpasste, meistens vorne bei der Großmutter auf dem Schoß. Machten sie einen Ausflug mit den Giacalone, saßen die Kinder in deren Auto; ihre einzige Tochter war etwa in Serenellas Alter, und so konnten die Mädchen spielen, derweil die Erwachsenen es bequemer und ruhiger hatten.

In dieser Formation waren sie alle zusammen an einen Strand gefahren, den sie mal entdeckt hatten. Er lag in der Nähe von Termini Imerese direkt vor dem Wärmekraftwerk und war fast nie voll. Klar, das war damals ein Sonntag, außerdem im Juli, darum waren natürlich viele Leute da. Mit Mühe hatten sie sich durch den Verkehr gekämpft, mit Mühe hatten sie einen Parkplatz ergattert, und mit Mühe hatten sie eine gute Stelle gefunden, wo man die familieneigenen Sonnenschirme aufstellen konnte. Aber dann hatten sie sich an die Menschenmassen gewöhnt, und alles war glatt gelaufen: Sie hatten Fleisch gegrillt, und sie hatten gegessen. Dann legten die Männer sich irgendwo hin, um ein Nickerchen zu machen, während die Frauen mit den Kindern debattierten, damit die sich nicht sofort ins Wasser stürzten.

Loredana sagte: »Kommt ganz und gar nicht in Frage, wo ihr doch gerade eben erst gegessen habt.«

Begierig, ihre neuesten Kenntnisse in Sachen Uhrzeiten und Uhren auszuprobieren, erkundigte sich Serenella: »Und wann dürfen wir?«

»In zwei Stunden.«

Das Mädchen rechnete ein bisschen, und als das Ergebnis feststand, war der Tag für sie verloren.

»Um halb fünf? Dann ist es doch schon dunkel!«

»Da ist es noch nicht dunkel.«

Federica, die Tochter der Giacalone, in Sachen Uhren gänzlich ahnungslos, fragte: »Wann ist es halb fünf?«

Die Antwort kam von Serenella: »In zwei Stunden.«

»Und wieviel sind zwei Stunden?«

Serenella wollte zu einer ausführlichen, auf Minuten und Sekunden, auf langen und kurzen Uhrzeigern basierenden Erklärung ansetzen, doch die Mutter kam ihr zuvor: »Wenn man nach dem Essen ins Wasser geht, schlägt einem das auf den Magen, und man stirbt.«

Dieses Argument war ausschlaggebend für Serenella, da sie ungeachtet ihres Alters schon eine vage Vorstellung vom Tod entwickelt hatte. Sie wusste nicht recht, wie sie damit umgehen sollte, doch immerhin stellte sie sich dem Problem. Begreiflicherweise dachte sie nicht an ihren eigenen Tod. Sie fürchtete eher, dass einer aus der Familie sterben könnte, und sie wagte sogar so weit zu denken, wenn schon unbedingt jemand sterben musste, dann wäre es am besten der Großvater, also der Älteste der Familie. Das war eine Überlegung, für die sie sich natürlich schämte. Der arme Großvater. Serenella betrachtete ihn und empfand Mitleid mit ihm, weil er bald tot sein würde. Doch jetzt hatte sie von ihrer Mutter die unerwartete Neuigkeit erfahren: Auch sie, die Jüngste der Familie, konnte sterben. Das war ein Riss in der Ordnung, die Serenella mit Müh und Not in die Welt zu bringen versuchte. Es erschien ihr nicht gerecht. Federica bemerkte die Verwirrung ihrer Freundin und ergriff flugs die Gelegenheit, Eindruck zu schinden: »Ich hab mal einen gekannt, der ist baden gegangen, nachdem er gegessen hatte, und dann ist er gestorben.«

»Und wer war das?«

»Ein Schulkamerad von meiner Cousine.«

»Einer aus derselben Schule oder aus ihrer Klasse?«

»Aus ihrer Klasse.«

Dann musste es wahr sein. Serenella fügte sich in die Tatsache, dass sie jeden Augenblick sterben konnte, und fasste den umsichtigen Beschluss, vorerst auf das Baden zu verzichten. Tancredi und Federica machten es genauso. Von diesem Moment an tauchte in steter Folge abwechselnd eines der Kinder bei den Sonnenschirmen auf und fragte: »Wie lange noch?«

Die Antwort lautete: »Eine und eine dreiviertel Stunde.«

»Eine Stunde und fünfunddreißig Minuten.«

Und so weiter, in Abständen von fünf oder zehn Minuten. Eine Zeit, die die Frauen am Tisch sitzend verbrachten, wo sie regelmäßig die Stühle verrückten, um den Schatten zu nutzen, und eine Unterhaltung über die Hitze führten. Serenella und Federica spielten in der Nähe mit Sand und registrierten alles, was die Erwachsenen sagten.

Großmutter Rosa begann: »Was für eine Hitze …«

Loredana und Antonietta, Giovannis Frau, waren an den Strand gefahren, um der Hitze zu entfliehen, darum konnten sie diese Ansicht keinesfalls teilen. Sie protestierten: »Gar nicht wahr, hier sind wir im Schatten.«

»Von wegen, hier weht sogar ein bisschen Wind.«

Und das war verständlich, denn warum hätte man sonst bis hierher fahren sollen? Doch Rosa war anderer Meinung. Das einzige Lüftchen, das die Großmutter spüren konnte, stammte von dem mit Stieren und Toreros verzierten schwarzen Fächer, den ihre Schwester ihr mal von einer Spanienreise mitgebracht hatte.

»Was redet ihr da? Die Luft steht, und wie die steht. Was für ein Glück, dass ich mir wenigstens meinen Fächer mitgenommen hab.«

Mit dieser Kritik zielte die Großmutter auf die mangelnde Voraussicht von Schwiegertochter und Nachbarin, die ein so essentielles Zubehör vergessen hatten. Um sich zu rächen, hörten die beiden auf, von der Hitze zu sprechen, und lenkten die Diskussion auf ein für sie vorteilhafteres Gebiet: die Kinder. Im Laufe des Gesprächs ließ Loredana sich einen folgenschweren Satz entwischen: »Mein Sohn kommt mir komisch vor in diesen Tagen. Ja, komisch.«

Antonietta erkundigte sich: »Was hat er denn?«

Rosa blickte in eine Richtung, in der es nichts zu sehen gab, und sagte: »Ich bin zwar keine von denen, die sich einmischen, aber mir kommt dein Sohn eigentlich andauernd komisch vor.«

Loredana war durchaus bereit, zuzugeben, dass Tancredi unvorhersehbare Anfälle von Schwermut hatte, doch nur unter der Bedingung, dass ihre Gesprächspartner Einwände erhoben und lebhaft widersprachen: Nicht doch, ach was, das stimmt ja gar nicht, dein Sohn ist normal, völlig normal. Darum reagierte sie beleidigt auf die Bemerkung der Schwiegermutter: »Was kommt dir an ihm komisch vor?«

Antonietta, die spürte, dass Unfriede drohte, zog sich aus der Konversation zurück, um sich der Betrachtung ihrer Fingernägel zu widmen, in deren Verlauf der Plan einer Instandsetzung gefasst wurde, sobald Schere und Feile zur Hand wären. Schwiegermutter und Schwiegertochter setzten das Gespräch fort. Letztere fragte erneut: »Was hat er?«

Rosa schien plötzlich das Interesse an dem Thema verloren zu haben und zeigte sich abgeneigt, es zu vertiefen. Da ihr Gegenüber jedoch beharrlich blieb, fragte sie ihrerseits: »Siehst du es denn nicht?«

»Was soll ich sehen?«

»Hast du's denn nicht selbst gesagt?«

»Was hab ich gesagt? Ich hab was gesagt?«

»Erinnerst du dich nicht?«

»Kannst du mich nicht dran erinnern?«

Dieses nur aus Fragen bestehende Gespräch zog sich noch eine gute Weile hin, da keine der beiden Frauen wagte, den entscheidenden Stoß auszuführen. Anschließend verlegten sie sich auf Unterstellungen, so dass ein Zuhörer – in diesem Fall Serenella – Grund zu der Vermutung gehabt hätte, Tancredi leide an unaussprechlichen, verborgenen Gebrechen. Tatsächlich ließ Serenella sich sogleich zu Vermutungen anregen, sie achtete nicht mehr auf das Gespräch und sah ihren Bruder plötzlich in einem neuen Licht. Tancredi saß am Strand in der prallen Sonne, damit beschäftigt, Bimssteine oder eine Handvoll Sand ins Wasser zu werfen, der sich in Gewehrsalven verwandelte, wenn er auf der Wasseroberfläche auftraf. Er war ein magerer Junge und schnell zu dieser plötzlichen Länge aufgeschossen, die dem Rest keine Zeit lässt, im gleichen Verhältnis mitzuwachsen. Man hofft in solchen Fällen immer, dass der Rest, vor allem die Intelligenz, mit den Monaten und Jahren noch nachkommt. Auch Serenella hatte das bis jetzt geglaubt: dass ihr Bruder nur vorläufig blöd war, dass die Intelligenz sich früher oder später bei ihm einstellen würde. Aber offenbar war das ein Irrtum. Sie beobachtete ihn weiter. Während Tancredi weiterhin Sand und Steine ins Wasser warf, redete er mit sich selbst, sagte etwas, was seine geheimen Gedanken betraf, und es schien, als werfe er Steine und Sand auf Gegner, die nur er sah.

Flüchtig dachte Serenella, wenn es unbedingt nötig war, dass ein Familienmitglied starb, wäre sogar ihr Bruder eine gerechtere Wahl: Er war nicht nur älter als sie, sondern auch dumm. Doch sie entschied, diesen und alle anderen Gedanken zu verscheuchen, indem sie Federica vorschlug, ihre Puppen im Sand zu vergraben, nach einem Drehbuch mit dem Titel »Barbie in der Wüste«. Die Handlung war schnell erzählt: Ein Räuber hatte die Puppen entführt und zum Tode verurteilt. Grausam, wie er war, hatte er sie bis zum Kopf eingegraben, nur weil ihm die Idee gekommen war, ihre Köpfe mit Honig zu beschmieren und so die fürchterlichen roten Wüstenameisen anzulocken. Federica erhob Einspruch: »Es gibt keine Ameisen in der Wüste.«

Serenella fühlte sich in ihrer Ehre als Regisseurin, Drehbuchautorin und Alleinverantwortliche für das Spiel empfindlich getroffen.

»Doch, die gibt's. Rote Ameisen.«

»Und warum rote?«

»Weil sie braungebrannt sind. Weißt du nicht, was das für eine Sonne ist in der Wüste?«

»Ich glaube nicht, dass es da Ameisen gibt.«

»Und warum nicht?«

»Was soll denn das für eine Wüste sein, wenn es da was gibt?«

»Was hat das damit zu tun? Ameisen gibt's da.«

»Glaub ich nicht.«

»Dann spielen wir eben, dass es in dieser Wüste welche gibt.«

Wenn einer von den Eltern dabeigewesen wäre, hätte er am Tonfall der Mädchen gemerkt, dass die Situation brenzlig wurde. Doch sie merkten es nicht, denn die Mütter plauderten, und die Väter schliefen im spärlichen Schatten der Mauer um das Wärmekraftwerk. Plötzlich stürzte Serenella sich auf Federica. Vielleicht war es auch Federica, die sich auf Serenella stürzte – das Ganze geschah so schnell, dass niemand genau hätte sagen können, wer angefangen hatte. Es war jedoch Serenella, die mit größerer Kampfbereitschaft ein Haarbüschel der Gegnerin fest im Griff behielt, weil ihre Idee mit der Wüste in Zweifel gezogen worden war. Federica konnte sich nicht bewegen, denn sie hatte Angst, die Freundin könnte ihr noch mehr weh tun, ihr vielleicht sogar die Haare ausreißen. Das einzige, was sie tun konnte, war schreien, und sie schrie. So erregte sie die Aufmerksamkeit der Mütter, die unter lautem Geschrei herbeigelaufen kamen.

»Sereneella!«

»Federiica!«

Ihr Erscheinen genügte jedoch nicht – ebensowenig wie Vorwürfe und Bitten –, um die Mädchen zu trennen. Loredana musste Serenellas Finger einzeln aus Federicas Haaren lösen, und das war nicht leicht. Es folgte ein kurzes Verhör.

»Serene', was soll das denn? Was fällt dir ein?«

»Sie hat angefangen.«

»Ihr habt doch eben noch so schön gespielt …«

»Und warum hat sie mir eine Ohrfeige gegeben?«

»Na komm, vertragt euch wieder. Los, vertragt euch.«

Antonietta, die witterte, dass Vergebung für Serenella in der Luft lag, schaltete sich ein: »Fast hätte sie dem Kind die Haare ausgerissen!«

»Immer mit der Ruhe, ist ja nichts passiert, rein gar nichts ist passiert.«

»Wie man's nimmt …«

Zumindest eine kleine Strafe hätte Antonietta ihr gegönnt, da sie diese aber nicht offen einklagen konnte, begnügte sie sich damit, ihre Tochter zu umarmen.

»Komm her, komm zu Mama.«

Mit demonstrativ beschützendem Gebaren verließen beide Mütter den Schauplatz, die jeweilige Tochter an der Hand. Als sie weit genug weg waren, hieß es: »Wir kümmern uns nicht mehr um die.« Und: »Spiel einfach nicht mehr mit ihr.«

Die Väter bekamen im Halbschlaf Wind von dem Streit, hielten es aber nicht für nötig, einzugreifen. Nicola begnügte sich damit, sein Körpergewicht umzuverteilen, indem er den Bauch auf die rechte Seite verschob. Er hatte es vorgezogen, das Handtuch, das seine Frau ihm mitgegeben hatte, als Kissen zu benutzen, und sich direkt auf den Sand gelegt, darum war er jetzt durch das Umdrehen und Schwitzen von allen Seiten paniert. Überdies war ihm durch das Gezänk der Kinder der Schlaf abhanden gekommen. Nach einem vergeblichen Versuch, wieder einzuschlafen, setzte Nicola sich resigniert auf und meditierte über einem drohenden Rülpser, bis er ihn in ein langanhaltendes Ausatmen verwandelt hatte. Er seufzte, fand innerhalb einer Minute zum aufrechten Gang zurück und schleppte sich benommen über den Strand ans Meer. Dort angekommen, ließ er sich ins Wasser gleiten. Serenella beobachtete ihn. Das war ein schönes Bild: Ihr Papa lag rücklings da, mit ausgebreiteten Beinen und Armen selig auf den Strand gekreuzigt, wo ihn von Zeit zu Zeit die Wellen überspülten, und im Hintergrund ragte das große Wärmekraftwerk auf.

Das freilich nur partielle Bad des Vaters bildete den Präzedenzfall, auf den die Kinder sich beriefen, um es ihm nachtun zu dürfen. Auch Tancredi tauchte aus seiner Versunkenheit auf: »Mama, Mama, dürfen wir jetzt endlich baden?«

Loredana blickte missbilligend auf ihren Mann, der so ein schlechtes Vorbild abgab.

»In Gottes Namen! Wo euer Vater jetzt schon drin ist ...«

Tancredi und Federica jubelten im Chor, nur Serenella

blieb skeptisch und griff nach dem Handgelenk ihrer Mutter, um die Uhrzeit zu überprüfen: Es war erst vier. Der Schatten einer düsteren Vorahnung flog über ihr Gesicht: Wenn ich nun noch nicht verdaut habe? Wenn ich nun wirklich sterbe? Sie verglich ihr eigenes Schicksal mit dem des Klassenkameraden von Federicas Cousine, und beides schien ihr vollkommen übereinzustimmen. Sie stellte sich ihre Beerdigung vor und malte sich ein dichtes Gedränge aus, voller Blumen und weinender Menschen. Sogar Federica würde weinen und alles bereuen, was sie ihrer Freundin angetan hatte. Aber es wäre zu spät, denn ihre Freundin würde mittlerweile tot sein. Über diesem Gedanken hätte Serenella fast angefangen zu weinen, doch dann kam sie zu dem Schluss, dass das Sterben durchaus Vorteile bot, ja sogar eine gewisse Genugtuung bereitete. Schließlich wurden all ihre Tränen oder Überlegungen von dem Ungestüm hinweggefegt, mit dem Federica an ihr vorbeirannte, um ihrer Mutter die Schwimmflügel zu bringen, damit sie ihr angezogen wurden.

»Machst du sie mir an, Mama? Machst du sie mir an?«

Serenella war unschlüssig, ob sie jetzt in Tränen ausbrechen sollte, weil sie von derjenigen angerempelt worden war, die sie als ihre Exfreundin betrachtete, doch dann beschloss sie, sich sofort ins Wasser zu stürzen, denn so schöne rosa Schwimmflügel wie Federica besaß sie nicht, also wollte sie wenigstens als erste im Wasser sein. Und wenn sie sterben musste, sei's drum. Sie rannte zum Strand und stürzte sich ins seichte Wasser, so dass ihr Badeanzug sich prompt mit Sand füllte. Tancredi wählte einen gemächlicheren, stufenweisen Zugang, indem er nach und nach eintauchte und dem Meer jeweils nur einen Zentimeter mehr Haut überließ. Im Laufe der Nachmittagsstunden war das Wasser trübe und grünlich geworden, als würden sich hier Algen zersetzen. Doch die Freude am Baden überwog alle anderen Bedenken. Als die drei im Wasser waren, war es Serenella, die vorschlug: »Schwimmen wir bis zur Boje?«

Die Boje war etwa dreißig Meter vom Ufer entfernt verankert. Da man bis zu einer bestimmten Stelle mit den Füßen noch immer den Boden berührte, gab es nicht viel zu schwimmen. Das war zu schaffen. Serenella bestimmte auch Sinn und Zweck des Wettkampfes: »Wer als letzter ankommt, ist doof.«

Tancredi hatte keine große Lust, doch als er sah, wie seine Schwester loslegte und Federica ihr folgte, ließ er sich von seinem Stolz als Mann und älterer Bruder mitreißen und nahm die Verfolgung auf. Er konnte zwar Federica überholen, die trotz ihrer rosa Schwimmflügel sehr langsam war, aber das Zögern, mit dem er sich an die Verfolgungsjagd gemacht hatte, wurde ihm zum Verhängnis – Serenella kam als erste bei der Boje an.

Loredana, die die Kinder vom Ufer aus beobachtete, sagte: »Ach du liebe Zeit, Kinder, was macht ihr denn da?«

Doch als sie sah, dass die Situation ungefährlich war, ließ sie ihrem mütterlichen Stolz über Serenellas Sieg freien Lauf: »Sie schwimmt wie ein Fischchen!«

Dritte in der Gesamtwertung wurde Federica, bei ihrer Ankunft vom Chor der beiden anderen empfangen: »Du bist die

Doofe, du bist die Doofe!«

Serenella war stolz auf sich, obwohl es ihr ein wenig Sorgen bereitete, dass sie im tiefen Wasser schwamm und keinen Boden mehr unter sich spürte. Sie hielt sich an der Boje fest und hatte keine Angst. Ihr Herz klopfte zum Zerspringen, denn sie war fast die ganze Strecke mit angehaltenem Atem geschwommen. Doch sie hatte keine Angst mehr zu sterben. Auch an ihre Vorahnungen von eben erinnerte sie sich nicht mehr. Wassertropfen in den Augen trübten ihr die Sicht, sie wusste nicht, ob sie genug Kraft haben würde, ans Ufer zurückzuschwimmen, doch nach dem wenigen, was sie darüber wissen konnte, war der Moment, in dem das Sonnenlicht auf dem Meer zu zersplittern begann, der schönste, der absolut glücklichste Augenblick in ihrem Leben.

Alle drei kamen erst nach heftigem Widerstand aus dem Wasser, die Mädchen mit dem Plan, die kurze Zeit, die vom Nachmittag blieb, für eine Fortsetzung der Abenteuer ihrer Puppen zu verwenden; eine von Federica gestellte Bedingung vorausgesetzt, nämlich, dass in der Geschichte keine Ameisen oder andere mit dem Wüstenschauplatz unvereinbare Tiere auftauchten. Der nunmehr beschlossenen Version zufolge hatte der Räuber nach der Entführung der beiden Barbies beschlossen, für die Folter ein realistischeres Tier einzusetzen, im vorgegebenen Kontext mithin ein Kamel. Daraus folgte nur noch ein kleines Dilemma – gibt es in der Sahara Kamele oder Dromedare? –, das den Beginn der Handlung jedoch nicht lange verzögerte: Die beiden Puppen wurden den imaginären Tieren an den Schwanz gebunden und dann mit brutalem Realismus zerstückelt. Unvermeidlich folgte darauf allerdings die Entdeckung, dass im Fall der Barbiepuppe die Vierteilung irreversibel war. Die einzelnen Teile – Oberkörper, Beine und Arme – blieben separiert. Hieraus entstand der nächste Streit, die Mädchen beschuldigten sich gegenseitig, die Idee zu diesem zerstörerischen Spiel gehabt zu haben. Schon wollten sie wieder aufeinander losgehen, doch diesmal schritten die Mütter ein. Beim Trennen der Kinder sprach Loredana das Machtwort, das die Operationen der Heimkehr einleitete: »Die Mädchen sind müde.«

Unterdessen hatte Nicola mit Fonzio, Giovanni Giacalone und Tancredi eine Partie Karten begonnen. Tancredi spielte lustlos, nur um dem Vater einen Gefallen zu tun. Der Junge begriff das Spiel nicht, er warf die Karten blindlings ab, so dass auch Nicola bald die Lust verlor und, das Wort seiner Frau aufgreifend, anordnete: »Los geht's, später gibt's Staus.«

Er hatte seine eigene Vorstellung von der Rückreisewelle: Seine Berechnungen beruhten auf der Überlegung, dass der größte Teil der Leute um diese Zeit noch an den Stränden verweilen würde. Eine Einschätzung, die allerdings mit der fortschreitenden Leerung des Strandes kontrastierte, welche sich im Laufe des Nachmittags vor ihren Augen abgespielt hatte. Giovanni machte ihn darauf aufmerksam: »Siehst du nicht, dass wir grade jetzt mitten in den dicksten Verkehr reinkommen?«

»Na gut, weißt du, was wir machen? Wir fahren jetzt, und ihr könnt ja fahren, wann ihr wollt und wann's euch passt.«

Das widersprach der Idee, die die Giacalone, aber auch eine Mehrheitsfraktion der Ciraulo von einem solchen Ausflug hatten: Man fuhr auf jeden Fall gemeinsam. Doch vor Nicolas Entschlossenheit war jede Berufung auf Majoritätsverhältnisse nichtig. Freilich währte der Abbau des Lagers länger als üblich, weil außer Nicola niemand Eile hatte. Im Versuch, den Ablauf zu beschleunigen, begann er gleich selbst mit dem Transport des Gepäcks, doch sie brauchten trotzdem eine gute halbe Stunde. Einen Großteil der Zeit verloren sie mit der Suche nach dem linken Bein von Serenellas Barbie, das bei der Vierteilung verlorengegangen war. Da es sich nicht

fand und Serenella drohte, sie werde sich nicht vom Strand wegbewegen, bis es gefunden war, versprach die Mutter, ihr morgen eine neue Puppe zu kaufen. Serenella willigte ein.

Als die Gesellschaft sich in Bewegung setzte, war es halb sieben. Schon bald wurde deutlich, dass Nicolas Berechnungen falsch waren. Auf den ersten Unfall stießen sie gleich hinter Trabia. Es handelte sich um einen banalen Auffahrunfall, und die beiden beteiligten Autos waren ordnungsgemäß auf die Standspur gefahren worden. Dennoch hatte sich eine dreispurige Staukolonne gebildet, die stellenweise in totalen Stillstand mündete, da die vorbeifahrenden Autos an der Unfallstelle bremsten, um sich die Sache anzusehen. Als sie nah genug gekommen waren, um den Grund für den Stau zu erkennen, sagte Loredana: »Was gibt es da bloß zu gucken?«

Serenella fragte: »Was ist passiert? Was ist denn passiert?«

»Nichts ist passiert, die Leute sind eben bescheuert.«

Dennoch fuhren auch sie langsamer, um zu überprüfen, ob der Schaden schwerwiegend war, ob die beteiligten Fahrzeuginsassen ihnen bekannt waren, ob Blut geflossen war oder es gar Tote gegeben hatte. Nein, es war wirklich nur ein dummer Unfall, der es nicht lohnte, die zwanzig Minuten zu verlieren, die sie tatsächlich damit verloren hatten. Sie fuhren vorbei, erleichtert, dass sie wenigstens wieder Fahrt aufnehmen konnten, obwohl das Verkehrsaufkommen ziemlich dicht blieb, besonders in der Nähe von Auffahrten.

Den zweiten Unfall sahen sie auf der Höhe von Santa Flavia, doch es war kein wirklicher Unfall: der Motor eines Fiat 126 brannte. Sie brauchten weitere zwanzig Minuten, um zu erkunden, worum es handelte. Als die Ciraulo vorbeifuhren, war es den Insassen des Fiat gerade gelungen, die Rauchentwicklung fast gänzlich zu stoppen. Sie hatten nun nichts mehr zu tun und begannen daher, während sie auf die Pannenhilfe warteten, ihrerseits die vorbeifahrenden Autos zu betrachten. Die stillstehenden Verkehrsteilnehmer besichtigten die fahrenden Verkehrsteilnehmer und umgekehrt. Ein Austausch visueller Flüssigkeiten, der Verbitterung auf der einen, geheucheltes Mitleid auf der anderen Seite enthielt. Auch Serenella beobachtete sie und wurde von ihnen beobachtet.

Während sie im Schrittempo vorankamen, ergriff Rosa das Wort. Da niemand zu sprechen wagte, tat sie es und sagte: »Ich wusste ja, dass es so endet.«

Das war eine explizite Kritik an ihrem Sohn, doch Nicola ließ die Bemerkung an sich abprallen, er starrte nur auf die CD, die er am Rückspiegel aufgehängt hatte. Ihm war gesagt worden, damit könne man die polizeilichen Geräte zur Geschwindigkeitsmessung austricksen. Er hatte nie herausgefunden, ob das stimmte, aber beschlossen, das Ding weiter dort baumeln zu lassen, und sei es nur aus Aberglauben. Nachdem sie eine Weile vergeblich darauf gewartet hatte, dass ihr Sohn anbiss, präzisierte Rosa ihre Aussage: »Alles, aber auch alles kriegen wir ab.«

Unausgesprochener Gegenstand des Satzes: der Verkehr.

Nicola stritt nur sehr selten mit seiner Mutter. Mit allen anderen ja, mit seiner Mutter nicht. Nicht, dass er sich alles von ihr hätte gefallen lassen, er richtete es einfach immer nur so ein, dass er nicht mit ihr diskutieren musste. Der Einwurf seiner Frau dagegen rüttelte ihn auf: »Wir stecken mitten drin.«

»Na klar! Ihr habt ja auch eine Stunde gebraucht, um fertig zu werden! Wenn wir uns beeilt hätten, als ich was gesagt hab, wären wir jetzt schon längst da.«

Die Erwiderung übernahm seine Mutter: »Pah.«

»Pah und noch mal pah! Wer fährt denn hier? Ich oder wer sonst? Also haltet den Mund und genießt die Fahrt!«

»Schöne Fahrt ist das!«

Serenella hatte bei den Eltern im Auto fahren wollen, damit sie nicht neben Federica sitzen musste, nachdem die Beziehung ein weiteres Mal in eine Krise geraten war. Diesen Entschluss bereute sie jetzt, denn sie mochte es nicht, wenn die Erwachsenen stritten. Sie folgte der Debatte mit dem bangen Gefühl, das sie stets begleitete, wenn sie dieser Art familiärer Auseinandersetzungen beiwohnte, die zwar nicht zu wirklichen Zusammenstößen führten, doch einen schrilleren Tonfall der Stimmen mit sich brachten. Sie sagte: »Streitet doch nicht!«

Die Mutter antwortete: »Wir streiten nicht.«

Diskussionen erschienen Serenella generell als Vorboten

von Trennung und Scheidung, zwei Schicksalsschlägen, von denen sie ihre Klassenkameradinnen hatte erzählen hören. Obwohl sie die genaue Bedeutung der Begriffe nicht kannte, galten ihr diese beiden Ereignisse auf jeden Fall als das Schlimmste, was ihr passieren konnte. Erst als Vater, Mutter und Großmutter aufhörten zu streiten, hellte sich ihre Stimmung auf, so dass sie sich umwenden und durch das Fenster die neben ihnen im Stau stehenden Autos beobachten konnte, eine Tätigkeit, die in Anbetracht der Umstände das Höchstmaß an Unterhaltung darstellte. Manchmal schien die Schlange nebenan schneller zu sein, doch dann gab es ein unerwartetes Aufholen, und ihre Schlange, die auf der Überholspur, schaffte den Gleichstand oder sogar einen Vorsprung. Serenella stellte sich vor, sie machten ein Wettrennen mit den anderen. Sie freute sich, wenn ihr Auto vorrücken konnte, und bedauerte es, wenn sie von anderen überholt wurden. Dann hatte sie genug von diesem Spiel und verlegte sich aufs Beobachten. Den Wagen der Giacalone hatte man in diesem dichten Verkehr sofort aus den Augen verloren. In der Hoffnung, sie wiederzufinden, musterte Serenella die anderen Autos und spähte aufmerksam in das Innere der am Ritmo vorbeifahrenden Fahrzeuge hinein.

Da war ein Mann mit nacktem, stark behaartem Oberkörper. Seine Frau fasste sich an die Stirn, als versuchte sie, Kopfschmerzen zurückzuhalten. Er musste ein starker Mann sein, sie zu einem Dasein als Opfer prädestiniert. Serenella überlegte, dass sie ihren Eltern glichen, doch gleich darauf verscheuchte sie diesen Gedanken: Diese beiden hier waren zu hässlich.

Dann war da ein junges Mädchen, ganz allein im Auto. Für Serenella stand sofort fest, dass sie sich am Meer mit ihrem Verlobten gestritten hatte und jetzt nach Hause fuhr, entschlossen, allein zu bleiben, wenigstens so lange, bis sie jemanden fand, der es wert war, sich erneut zu verlieben. Und wer weiß, wie viel Zeit darüber vergehen würde, da sie eigentlich schon zu alt war, um einen neuen Freund zu finden. Serenella stellte sich sogar vor, dass das Mädchen sich schon am nächsten Tag wieder mit ihrem Verlobten vertragen würde, aber er – wie er wohl aussah? – würde sie trotzdem nicht heiraten.

Da war ein junges Paar in einem Sportwagen. Sie hatten das Radio angestellt, hielten die Fenster aber geschlossen, vielleicht wegen der Klimaanlage. Von ihrer Musik drangen nur die Bässe nach draußen, ein Klangskelett, das einem zwanghaften Trommeln glich. Er schlug den Takt auf dem Steuer, sie war so tief in den Sitz gesunken, dass nur der Kopf hervorschaute, und auch der nur teilweise.

In dem Auto direkt hinter ihnen saß ein anderes Paar. Sie hatten noch jemanden dabei, einen etwas jüngeren Mann, der Serenella wunderschön erschien. Ihr gefiel die melancholische Art und Weise, wie er aus dem Fenster blickte. Sie fragte sich, in welcher Beziehung er zu den beiden stand. Vielleicht war das Mädchen heimlich in ihn verliebt. Doch es war auch nicht ausgeschlossen, dass er und das Mädchen vorne ein Paar waren und der unbeteiligte Dritte nur der Fahrer, der tatsächlich ziemlich unglücklich wirkte. Serenella konnte sich nicht entscheiden, denn die drei schwiegen, und die Situation war schwer zu entschlüsseln.

Dann waren da, ebenfalls stumm, vier junge Männer mit kurzen Haaren in einem roten Polo. Sie mussten sich an diesem Tag mächtig amüsiert haben, bestimmt hatten sie am Strand Fußball gespielt und viel herumgeschrien. Doch ebenso wie die anderen wirkten sie jetzt ausgelaugt vom quälenden Warten, zu dem der Stau auf der Autobahn sie zwang.

Serenella fing an, die Autos zu zählen: Es waren mindestens zehn, die sich neben ihnen abwechselten, jedes Auto gefüllt mit Menschen und Leben, die für kurze Zeit neben ihrem anhielten. Manchmal blieben sie länger stehen, und Serenella hatte Gelegenheit, die Menschen ausgiebig zu betrachten. Manchmal fuhren sie vorbei und tauchten nach einer Weile wieder auf. Aber niemals sprachen sie, weder vorher noch nachher. Das war es, was die Insassen aller anderen Autos gemeinsam hatten: niemand sprach.

Auch in ihrem Auto sprach niemand, doch wenigstens waren alle damit beschäftigt, die neue Kassette von Brigan Tony anzuhören, und außerdem wusste Serenella, dass sie, wenn sie nur wollten, sofort ein Thema für ein Gespräch finden würden, auch wenn es ein Streitgespräch war. Das Schweigen in den Autos ringsumher war anders. Es schien, als hätten diese Menschen sich nichts zu sagen, und als sei das schon lange so. Sie taten Serenella leid: Das Leben der anderen war ganz bestimmt langweiliger, nicht so bunt wie das ihre. Diese Betrachtungen bestärkten sie in ihrem Stolz darauf, sie selbst zu sein und einer Familie anzugehören, wo Schweigen eine bewusste Entscheidung war.

Tatsächlich verharrte die Familie in ihrem bewussten Schweigen bis kurz vor der Stadt, dann begannen sie wieder zu sprechen. Der stockende Verkehr am Foro Italico war eine Lappalie, angesichts der Erleichterung darüber, dass sie fast zu Hause angekommen waren. Es war kurz nach zehn. Sie fanden einen provisorischen Parkplatz in zweiter Reihe, stiegen aus dem Auto und reckten die Glieder, während sie auf die Giacalone warteten, die wie üblich als letzte ankamen. Als auch das andere Auto erschien, gab es einen Austausch von Informationen über die Erlebnisse auf der Fahrt: »Habt ihr gesehen, was das für ein Verkehr war?«

»Jedesmal genügt irgendein Scheiß, damit alle stehenbleiben.«

Keiner von den Giacalone besaß die Taktlosigkeit, Nicola

darauf hinzuweisen, dass es ein Irrtum gewesen war, zur Hauptverkehrszeit loszufahren, und das hob seine Stimmung – zwar nicht bis zur guten Laune, doch fast. Aus diesem Grund wurde Serenella, als sie fragte, ob sie noch auf der Straße spielen dürfe, während die Erwachsenen und Tancredi den Hausrat aus den Autos luden, die Erlaubnis ausnahmsweise gewährt.

Mit Federica musste nicht wieder eigens Frieden geschlossen werden, die Ernüchterung der Fahrt in getrennten Autos hatte genügt, beide alles vergessen zu lassen. Sie improvisierten eine Art Versteckspiel zu zweit, das sich etwas mühselig gestaltete. Denn der geregelte Wechsel zwischen derjenigen, die abzählte, und derjenigen, die sich versteckte, wurde fortwährend von Serenella gefährdet, die unter allen erdenklichen Vorwänden den Part der Suchenden zu überspringen versuchte. Als Loredana die Mädchen streiten hörte, schritt sie ein: »Kinder, hört mal, Schluss jetzt mit dem Gezänk. Jetzt ist Schluss mit dem Streiten.«

Und an Antonietta gewandt: »Die Ärmsten, sie sind müde.«

»Wenn ihr müde seid, geht ihr ins Bett, habt ihr gehört?«

Die Drohung zeigte Wirkung, besonders bei Serenella, die sich hellwach fühlte und darum, wenn auch widerwillig, bereit erklärte, das Suchen zu übernehmen. Sie jammerte nur noch so lange, wie die Mutter ihr zuhörte. Als die Mutter sich dann entfernte, rannte Federica weg, um sich zu verstecken, und Serenella blieb allein zurück, um zu zählen.

Alles begann, während sie noch mit geschlossenen Augen an der Mauer stand.

Es begann mit einem Knall, der ihr ganz nah erschien. Serenella hörte auf zu zählen, aber sie drehte sich nicht um, sonst hätte sie mit dem Zählen wieder von vorne anfangen müssen. Gerade wollte sie beschließen, dass sie sich den Knall nur eingebildet hatte, als er sich wiederholte, genauso nah. Leise sagte sie: »Was ist das bloß?«

Und diesmal wandte sie sich von der Mauer ab, um die Szene zu beobachten, die sich keine zwanzig Meter von ihr entfernt abspielte. Es war ein außergewöhnliches Schauspiel, ähnlich jenen, die sie bisher nur im Fernsehen gesehen hatte und von denen sie vermutete, dass sie im wirklichen Leben nicht passieren konnten, oder wenn, dann auf jeden Fall mehr oder weniger wie im Fernsehen ablaufen mussten. Doch dies hier war ganz anders, es war eine Art Ballett. Ein Ballett, aber auch, ja, das war es, eine Schießerei. Ein Ballett, dessen Musik aus einer Schießerei bestand. Ein Ballett, bei dem die Balletttänzer selbst die Musik spielten. Die Tänzer hatten Pistolen. Also das war das Knallen gewesen, das sie gehört hatte: Schüsse. Keine Knallfrösche, wie sie, das wurde ihr jetzt klar, im ersten Moment gedacht hatte, nein: Schüsse.

Nach den ersten beiden hatte es einen dritten und vierten Schuss gegeben. Echte Schüsse, ohrenbetäubend. Auch das war nicht wie im Fernsehen, wo die Schüsse die Dialoge der Figuren niemals übertönten. Der Lärm der Pistolenschüsse vor ihr hatte eine fast materielle Konsistenz, über die sich kein anderes Geräusch mehr legen konnte. Peng, peng, peng, peng und nichts anderes. Wenn geschrien wurde, dann hörte Serenella es einfach nicht. Und es wurde bestimmt geschrien, denn im Fernsehen schossen und schrien die Leute immer gleichzeitig, vor allem die, die getroffen wurden.

Sie war wie angewurzelt stehengeblieben, um die Choreographie zu beobachten, die sich vor ihren Augen entfaltete, doch es fiel ihr schwer, das Ganze zu entschlüsseln. Sie verstand nicht, wer gegen wen kämpfte. Und sie hätte auch nicht sagen können, ob es schön oder hässlich war. Das war nicht wichtig. Auch die Gewalt war unwichtig, die Serenella nicht erkennen konnte, obwohl sie sich, wie die Schreie auch, doch irgendwo verbergen musste. Das einzige, was Serenella denken konnte, war, dass sie eine solche Szene noch nie gesehen hatte und nie wieder sehen würde, darum wollte sie sich keine einzige Sekunde entgehen lassen. Sie bekam Lust, Federica zu rufen und ihr zu zeigen, was da passierte, doch dann verzichtete sie darauf, weil sie sich nicht ablenken lassen wollte, und der Freundin außerdem etwas Unglaubliches erzählen konnte, wenn die endlich aus ihrem blöden Versteck herauskommen würde. Sogar mit den Wimpern zu zucken, erschien ihr in diesem Moment wie Zeitverschwendung.

Sie war so auf das Geschehen konzentriert, dass sie den nächsten Schuss nicht in Verbindung mit dem Stich brachte, den sie, mit einer winzigen Zeitverschiebung, in ihrem rechten Oberschenkel spürte. Er tat fast gar nicht weh, wenigstens anfangs nicht, darum senkte sie nicht einmal den Blick, um zu sehen, worum es sich handelte.

Immer noch liefen die Männer vor ihr hin und her. Sie hatten einen Augenblick innegehalten, und einer von ihnen hatte die Pistole gesenkt und direkt in ihre Richtung geblickt. Und Serenella dachte: Oh, die werden doch jetzt nicht auch noch auf mich schießen? Dann hatten sie wieder angefangen, sich gegenseitig zu beschießen, und sie hatte sich beruhigt, ja, es war ihr sogar gelungen, die Gruppe derjenigen, die schossen, von dem ausersehenen Opfer zu unterscheiden. Das war leicht: Es gab nur einen einzigen unbewaffneten Mann.

Kurz darauf wurde das Brennen im Bein stärker, darum beschloss sie, dass sie ihre Hand im Moment nicht brauchte und sie benutzen konnte, ohne von dem Schauspiel abgelenkt zu werden. Sie bückte sich leicht, damit sie mit der Hand die Stelle berühren konnte, die ihr weh tat, doch ohne die Augen von dem zu lösen, was sie wirklich interessierte.

Schüsse, Schüsse und wieder Schüsse, so viele, dass sie das Zählen aufgab. Der unbewaffnete Mann lag am Boden, und die anderen schossen immer noch auf ihn. Serenella blickte nicht auf ihre Hand hinunter, sondern brachte sie langsam in ihr Gesichtsfeld, und auch das tat sie nur, weil die Hand sich klebrig anfühlte. Tatsächlich, sie war klebrig und rot.

Sie überlegte, wie es möglich war, dass das Blut bis zu ihr hatte spritzen können, obwohl sie so weit weg war. Doch die Vorführung, der sie beiwohnte, war so erstaunlich, dass sie sich über irgendwelche Spezialeffekte nicht wundern durfte. Schade, dass alles ausgerechnet in dem Moment vorbei war, als sie ihre blutverschmierte Hand betrachtete. Der größte Teil der Protagonisten hatte den Schauplatz eilig verlassen und war über den Vicolo Ingrassia verschwunden. Nur der Mann am Boden blieb zurück. Nach dem wenigen zu urteilen, was sie über den Tod wusste, glaubte Serenella nicht, dass er wieder aufstehen würde.

Nun, da sie das Schauspiel für beendet hielt, bekam sie Lust, sich auszuruhen und nachzudenken, um Ordnung in das zu bringen, was sie soeben gesehen hatte, damit sie es später allen erzählen konnte. Sie suchte nach einem Platz, wo sie sich hinsetzen konnte, aber es gab keine einzige Stufe weit und breit, nichts. Auf jeden Fall keine saubere Stelle, wo sie ihr Kleid nicht schmutzig machen würde. Denn das würde ihr die Mutter nicht verzeihen.

In Ermangelung einer besseren Sitzgelegenheit hockte sie sich schließlich auf den Rand des Gehwegs. Das war verrückt, denn von allen möglichen Plätzen war dies der schmutzigste, und sie würde bestimmt Flecken auf ihr Kleid machen. Einen Augenblick lang erwog sie, nach Hause zu gehen, doch sie war müde. Plötzlich hatte sie die ganze Müdigkeit des Tages überkommen, und sie hatte das Gefühl, sie würde den Nachhauseweg nicht schaffen.

Vielleicht gerade weil sie Serenella am Straßenrand hatte sitzen sehen, kam ihre Mutter angelaufen, gefolgt von Federicas Mutter und der Großmutter. Die gesamte weibliche Belegschaft. Dann sah sie auch ihren Vater, Tancredi und Federicas Vater ankommen, sie waren wohl mit dem Ausladen des Gepäcks fertig. Serenella wusste, dass sie etwas Verbotenes getan hatte, aber es erschien ihr übertrieben, dass nun alle herbeieilten, um mit ihr zu schimpfen, weil sie auf dem Gehweg saß. Und wenn sogar ihr Vater dabei war, würde es mit Sicherheit Schläge geben.

Sie irrte sich: Nicht nur, dass ihr Vater sie nicht schlug, er war vielmehr außergewöhnlich lieb zu ihr. Niemand schimpfte, darum wagte sie sogar, sich auf das Pflaster zu legen. Ihr war danach, und sie tat es. Sie wollte sehen, wie weit sie gehen konnte, bis die anderen böse wurden. Das Kleid musste inzwischen auf jeden Fall gewaschen werden. Doch auch jetzt, wo sie auf dem Gehweg lag, machte keiner ihr Vorwürfe. Wäre da nicht die lästige blutverschmierte Hand gewesen – auch das Kleid, alles war voller Blut –, hätte sie gemeint, in einer idealen Welt zu leben, wo niemand ihr sagte, was sie tun musste und was sie nicht tun durfte. Mit einer Einschränkung: Ihre Mutter schob eine Hand unter ihren Kopf, als befürchte sie, Serenella könnte sich die Haare schmutzig machen. Dabei musste sie sich sowieso die Haare waschen, weil die vom Baden im Meer noch voller Salz waren. Unangenehm war ihr nur das klebrige Gefühl zwischen den Fingern, darum streckte sie die Hand aus, in der Hoffnung, jemand würde ihr die Finger abwischen. Ihre Mutter kümmerte sich darum, doch dabei wurde ihr Kleid auch schmutzig – und das waren nun wirklich Flecken, die sich nicht so leicht auswaschen ließen.

Die Schüsse, die Serenella gehört hatte, mussten so laut gewesen sein, dass sie dadurch taub geworden war: Jetzt, wo sie darauf achtete, merkte sie, dass sie nicht einmal mehr hören konnte, was all ihre Verwandten und Freunde zu ihr sagten, während sie sich um sie herum zusammendrängten. Dabei sprachen sie ganz bestimmt, denn Serenella sah, wie ihre Lippen sich bewegten. Aber sie hörte sie nicht. Es war, als stecke sie unter einer Glasglocke. Eines aber verstand sie: Trotz all ihrer Launen und dummen Streiche liebten alle sie und hatten ihr vergeben. Sie war stolz auf die Zuneigung, mit der man sie umgab. Ihr war, als würde sie dadurch in die Verantwortung genommen.

Auch darum war sie überrascht, als sie sah, wie ihr Vater zu schreien begann. Sie erkannte es daran, dass er den Mund weit aufriss und im Gesicht rot anlief. Einen Augenblick lang fürchtete sie, die liebevolle Atmosphäre, die entstanden war, habe sich plötzlich verflüchtigt. Doch irgendwie ahnte sie, dass ihr Vater sich nicht über sie ärgerte. Also sagte Serenella nichts. Und selbst wenn sie die Kraft zum Sprechen gehabt hätte, hätte sie nur nach den Dingen fragen wollen, die ihr in diesem Moment am meisten am Herzen lagen, den letzten Dingen, die ihr durch den Kopf gingen: Weiß Federica, dass es nicht gilt, wenn sie jetzt erst rauskommt? Und das Bein von der Barbie am Strand, wo ist es bloß geblieben?

Aber was hat der Tod von deiner Schwester mit deinem Vater zu tun?«

Er wusste, dass der Slawe ihm diese Frage stellen würde.

Sie haben ihn im Gefängnis mit einem Ausländer zusammengesteckt, einem Slawen. Wenn er richtig verstanden hat, hätte er es schlechter treffen können. Der Gefängniswärter hat ihm erklärt, er sei ein Glückspilz, weil er in dieser Zelle gelandet ist. Sie ist kleiner als die anderen, mehr als zwei Männer kann man hier nicht unterbringen. Sonst gäb es wer weiß was für Ärger. Und da der Slawe, jedenfalls sagt das der Wärter, als ein anständiger Kerl gilt, kann Tancredi dem Himmel danken. Was natürlich nichts daran ändert, dass es ein Gefängnis ist und bleibt.

Der Slawe muss ein Mensch sein, dem Förmlichkeiten wichtig sind, denn kaum stand er seinem neuen Zellengenossen gegenüber, hat er sich nach allen Regeln der Wohlerzogenheit vorgestellt und danach wieder das getan, was er vorher schon getan hatte, nämlich nichts. Der Vorname und der Nachname des Slawen klangen für Tancredi wie ein Haufen zusammengewürfelter Konsonanten, die er nicht hätte wiederholen können und einen Augenblick später vergessen hatte. Aber in der Zelle sind ja sowieso nur sie beide, da behält man die Übersicht. Der Slawe ist der Slawe, und er ist er.

Nach dem gegenseitigen Vorstellen ist nichts mehr passiert. Während der ersten Minuten im Gefängnis, die sich zäh und voller Ungewissheiten dahinschleppten, wusste Tancredi nicht, was er tun sollte. Er ahnte, dass er jetzt Zeit genug haben würde, all das zu tun, was er tun musste, doch er wusste nicht genau, was das war. Und er wusste nicht, wo er anfangen sollte. Erst einmal hätte er sich gerne hingesetzt, doch auf dem einzigen Stuhl saß der Slawe. Tancredi hätte sich auf die Pritsche setzen können, doch er wusste nicht, welche der beiden ihm gehörte, und wollte vermeiden, irgendein Gesetz der Gefängnismoral zu brechen. Erst als der Slawe ihm lange beim Stehen zugeschaut hatte, sagte er: »Ich weiß, wie du dich fühlst.«

Tancredi nickte. Er wusste die Bemerkung zu würdigen. Der Slawe hätte auch gar nichts sagen können; es wäre normaler gewesen, wenn er den Mund gehalten hätte. Aber an diesem Satz erkannte Tancredi, dass sein Zellengenosse ihm nicht feindlich gesinnt war. Andererseits schien er nicht der Typ, der sich zu plumpen Vertraulichkeiten hinreißen ließ. Er hatte Tancredi nur gezeigt, dass er sich, soweit es ihn betraf, entspannen durfte. Tatsächlich verspürte Tancredi das Bedürfnis, seine Gedanken zu ordnen. Er musste sich in dem Raum einleben, der sein neues Zuhause werden sollte, und an die Aussicht gewöhnen, lange hier zu bleiben. Er war besorgt. Alles an dieser neuen Umgebung machte ihm Sorgen. Das zweistöckige Bett machte ihm Sorgen.

»Du schläfst unten?«

»Unten.«

Tancredi wollte etwas sagen, doch er hielt sich zurück. Es war nicht angeraten, sofort um Veränderungen und Gefälligkeiten zu bitten, also schickte er sich an, das obere Bett zu machen. Ein Problem nach dem anderen. Zunächst bestand das Problem darin, anderthalb Meter über dem Boden zu schlafen. Andererseits hätte ihn die Vorstellung, unten schlafen zu müssen, wo das Gewicht eines Fremden wenige Zentimeter über seinem Gesicht schwebte, ebenso beunruhigt. So vergingen die langen Minuten der Eingewöhnung, während der Slawe auf dem Stuhl saß, sich von Zeit zu Zeit eine Zigarette anzündete und ihn beobachtete. Der Slawe rauchte. Vielleicht durfte er das nicht, oder doch? Darf man im Gefängnis rauchen? Tancredi hatte nicht den Mut, die Frage zu stellen, obwohl er wusste, dass dies zu den Dingen gehört, die man sofort tun muss, sonst werden sie im Lauf der Zeit unmöglich.

Nachdem er das Bett gemacht hatte, kletterte Tancredi hinauf und versuchte, sein Unbehagen loszuwerden. Die stumme Gelassenheit des Slawen hätte ihm eigentlich dabei helfen müssen. Doch genau das Gegenteil passierte. Tancredi reagierte merkwürdig auf den Slawen. Sein eigenes Schweigen, mit dem Schweigen des anderen zusammengenommen, erschien ihm unerträglich. Nachdem er stundenlang stumm gewesen war, zunächst zu Hause und dann während der darauffolgenden langen Verhöre auf dem Polizeirevier, hatte er jetzt Lust zu sprechen. Offenbar hatte das ständige Geschwätz um ihn herum ihm die Kraft gegeben, nichts zu sagen. Doch jetzt, wo Schweigen herrschte, bekam er Lust, sein Herz auszuschütten.

Darum hat Tancredi angefangen zu erzählen. Er hat dem Slawen erzählt, was er erzählen durfte, aber darauf geachtet, nicht zu weit zu gehen. Eine der Sachen, die er zu wissen glaubt, ist, dass es sinnlos ist, im Gefängnis seine Unschuld zu beteuern. Hier halten sich alle für unschuldig, darum hat es keinen Zweck, den eigenen Fall über ein bestimmtes Maß hinaus zu schildern. Doch die Geschichte mit Serenella betrifft seinen Fall nur am Rande. Er findet nichts dabei, die lang zurückliegenden Hintergründe des Schicksals, das ihn ins Gefängnis gebracht hat, in seiner Erzählung noch einmal zu durchleben. Darum freut sich Tancredi, als die erste Frage kommt. Er wollte die Aufmerksamkeit des Slawen erregen, und es ist ihm gelungen.

»Aber was hat der Tod von deiner Schwester mit deinem Vater zu tun?«

»Mit meinem Vater hat er nichts zu tun. Aber er hat in gewisser Weise doch damit zu tun.«

»Ich verstehe.«

Tancredi weiß nicht recht, was der Slawe verstehen kann, wo er ihm doch gar nichts erklärt hat. Vielleicht soll seine Bemerkung bedeuten, er hat verstanden, dass es Tancredis eigene Angelegenheiten sind, und will ihn nicht mit Bitten um Erklärungen belästigen. Doch Tancredi möchte nicht unhöflich erscheinen. Ihm liegt viel an einem guten Verhältnis zu seinem Zellengenossen. Er ist durchaus bereit, ihm einiges zu erzählen. Ja, das Erzählen tut ihm sogar gut.

»Meine Schwester wurde bei einer kleinen Schießerei zwischen zwei Banden erschossen. Die Virzì gegen die Zambuto.«

Tancredi hält inne, um sicherzugehen, dass diese Namen dem Slawen etwas sagen. Er nickt, darum fühlt Tancredi sich berechtigt, weiterzumachen: »Meine Schwester hatte gar nichts damit zu tun, die Ärmste. Es war vollkommen verrückt: Sie starb einfach so, plötzlich war sie tot. Der Arzt sagte, sie wurde von einer Kugel in eine Vene oder Arterie von was weiß ich getroffen. Eigentlich ist sie verblutet.«

Wieder eine Pause, um zu sehen, ob das Detail des Todes durch Verbluten den Slawen rühren kann. Tancredi wird bewusst, dass er das Mitleid seines Gesprächspartners erregen möchte und zu diesem Zweck ein trauriges Ereignis wie den Tod von Serenella benutzt. Er weiß nicht, ob sich das gehört, doch wenigstens interessiert sich der Slawe für den logischen Ablauf der Begebenheiten: »Darum hängt dieses Verbrechen mit dem anderen Verbrechen zusammen?«

»Und wie soll es damit zusammenhängen, deiner Meinung nach?«

»Was weiß ich? Rache für den Tod des Mädchens, so was in der Art.«

Tancredi hebt die Augenbrauen. Was weiß der Slawe über die Probleme sizilianischer Blutrache? Die Dinge sind viel komplizierter, als er denkt.

»Eine Woche später rächten sich die Zambuto, und zwar gründlich: Sie massakrierten alle drei, die dabei gewesen waren. Und danach, was glaubst du, ist ihnen danach eingefallen?«

Jetzt ist die Reihe am Slawen, die Augenbrauen zu heben.

»Was ist ihnen eingefallen?«

»Zwei Jahre später haben sie einfach so Frieden geschlossen: Virzì und Zambuto. Und weißt du, wie es darum heute heißt?«

Tancredi ist bemüht, seinen Vortrag mit ein paar Fragen zu durchsetzen, doch der Slawe schweigt sich aus, darum kommt er ihm ein wenig entgegen: »... der Virzì-Zambuto-Clan, und das bedeutet, dass sie zusammengehören und dass sie in Frieden und Eintracht gemeinsame Geschäfte machen.«

Mehr Informationen über das Thema will Tancredi nicht geben, doch jetzt muss noch ein Kommentar folgen: »Solange

sie sich untereinander umbringen, okay. Aber Kinder nicht. Weiß du, wie man bei uns sagt? Die Kleinen werden nicht angerührt. Das sind Fehler, für die man früher oder später bezahlen muss.«

»Und wann war das Ganze?«

»Die Schießerei, als sie Serenella getötet haben? Vor fünf Jahren. Im Juli vor fünf Jahren.«

»Hm.«

»Danach gab's nicht mal einen richtigen Prozess. Was hätte das auch für ein Prozess sein sollen? Die drei Virzì, die geschossen haben, sind ja selbst umgelegt worden ...«

»Also hat der Tod deiner Schwester nichts mit dem zu tun, was jetzt passiert ist?«

»Wenn du's unbedingt wissen willst, zwischen uns Ciraulo und den Virzì gibt es eine entfernte Verwandtschaft. Mein Cousin Masino ist der Sohn von einer Schwester meiner Mutter …«

Während Tancredi redet, merkt er, dass seine Verwandtschaftsverhältnisse dem Slawen völlig egal sind. Er läuft Gefahr, die Aufmerksamkeit seines Gesprächspartners zu verlieren. Darum macht er es kurz: »Aber das ist eine so entfernte Verwandtschaft, die zählt überhaupt nicht.«

Tancredi bemüht sich, ein zugeknöpftes Verhalten an den Tag zu legen, um die Neugierde des Slawen zu wecken. Einerseits möchte er ihn sich zum Freund machen. Andererseits möchte er nicht mit allzu vielen Informationen herausrücken. Ein paar, ja, aber nicht zu viele. Auch deswegen, weil der Slawe, als er jetzt redet, sehr bissig wird: »Also waren es deine Verwandten, die deine Schwester umgebracht haben.«

Tancredi hat das Gefühl, dass er zu weit gegangen ist mit seinem Vertrauen in einen Fremden. Er verstummt. Der Slawe lächelt: »Man sieht, dass es bei euch in der Familie eine gewisse Neigung gibt …«

Da Tancredi unbeteiligt tut, sieht der Slawe sich zur nächsten Bosheit genötigt, indem er ihm die Bemerkung erklärt: »Deine Cousins haben deine Schwester umgebracht, und du hast deinen Vater umgebracht …«

»… jedenfalls kommen wir mit diesen Verwandten im Grund überhaupt nie zusammen. Guten Tag und Guten Abend, wenn man sich begegnet. Bei uns ist keiner vorbestraft. Mein Cousin dagegen, ich möchte nicht wissen, wie viele Tage der schon im Ucciardone gesessen hat.«

Tancredi würde jetzt gerne das Thema wechseln. Er bereut, dass er sich hat gehen lassen. Er blickt umher, doch es gibt nicht viel, was man betrachten könnte, um sich abzulenken, außer dem Slawen, der pausenlos raucht, tief inhaliert und dann sagt: »Weißt du, dass ich an deiner Stelle ziemlich sauer wäre?«

Tancredi beißt nicht an. Er ärgert sich, weil er an einen Zellengenossen wie den Slawen geraten ist, der ihn erst zum Sprechen gebracht hat und jetzt das, was er weiß, gegen ihn verwendet. Dass er ein bisschen bösartig ist, erkennt man auch daran, dass er so tut, als schlage er sich auf Tancredis Seite.

»Auf deine Verwandten. Auf deine Mutter und so. Auch wenn du es getan hast, ich find das nicht richtig, dass sich alle gegen dich stellen.«

»Sie sind nicht gegen mich.«

»Na ja – wer denn ist gleich los und hat es den Bullen erzählt? Ich bestimmt nicht.«

»Sie konnten nicht anders. Da war nichts zu machen.«

»Ja, jetzt ist wirklich nichts mehr zu machen.«

Tancredi raucht nicht. Doch er ist kein militanter Gegner des Rauchens, und er denkt, der Slawe könnte ihn wenigstens fragen, ob er eine Zigarette will. Oder ob es Tancredi stört, wenn er raucht. Doch der Slawe sieht nicht mal das Problem. Er faselt gerade allein vor sich hin: »Tja, da konnten sogar die Bullen nichts mehr machen. Was hätten sie auch tun sollen? Wenn sich ausnahmsweise mal alle Zeugen einig sind …«

Tancredi streckt sich auf dem Bett aus und beschließt, ihm nicht mehr zuzuhören. Er schert sich den Teufel um den Slawen und um die ganze Welt. Statt dessen tut er das, was er immer schon am besten konnte: sich in sich selbst verkriechen. Also betrachtet er eine Reihe Feuchtigkeitsflecken an der Decke.

Vier Tage vergehen.

Tancredi hat eine Beschäftigung im Gefängnis gefunden, abgesehen davon, dass er sich mindestens einmal am Tag Verhören unterzieht und dann hartnäckig die Mitarbeit verweigert. Er hat angefangen, Zeitungen zu lesen. Das heißt, er liest wenigstens die Seiten, wo über den Fall Ciraulo berichtet wird. Ein Fall, den die Zeitungen bis auf wenige ungeklärte Einzelheiten als abgeschlossen betrachten. Vier Tage lang haben sie den Vatermord in der Kalsa als einen aufsehenerregenden, in all seiner widernatürlichen Abscheulichkeit jedoch völlig klaren Fall beschrieben. Schon einen Tag nach der Tat gab es keinen Konditional, keine vorsichtige Parenthese, kein »den Ermittlern zufolge« mehr, das die Gewissheiten der Berichterstattung relativiert hätte. Die Fakten standen fest und hatten alsbald Platz für Kommentare geschaffen. Diese konzentrierten sich vor allem auf den allgemeinen Werteverfall, denn das war der Grund, warum die Jugendlichen die Gesetze des zivilen und familiären Zusammenlebens nicht mehr anerkannten. Am zweiten Tag betitelte die auflagenstärkste Zeitung einen Leitartikel auf der ersten Seite mit *O tempora, o mores.* Dessen zentrale Idee war, dass man die Wurzeln des Verbrechens im Mangel an Idealen bei der Jugend von heute suchen müsse. Am folgenden Tag brachte der Lokalteil des progressiven Alternativblattes, nur um die entgegengesetzte Richtung einzuschlagen, einen Kommentar, in dem das Verbrechen in der Familie Ciraulo mit einem Einbruch der antiken griechischen Tragödie in moderne Zeiten verglichen wurde. Die These lautete: Nichts Neues unter der Sonne, nichts, was die antiken Tragiker nicht schon vor zweitausendfünfhundert Jahren beschreiben konnten. Gleich zu Beginn des Artikels prangte ein Zitat aus *König Ödipus.*

In den ersten beiden Tagen geriet Tancredi beim Lesen der Zeitungsberichte in Verzweiflung. Ihm schien, als verberge sich in jeder Zeile eine unverzeihliche Ungenauigkeit. Sogar das, was faktisch stimmte, war falsch. Es wurde auf tendenziöse Weise wiedergegeben, darum verfälschte es die Wirklichkeit. Ganz abgesehen davon, dass diese Einmischung der Journalisten in seine Angelegenheiten generell nicht richtig war. Mehr noch: Es erschien ihm schier unglaublich, dass er nichts dagegen unternehmen konnte. Er hatte darüber mit seinem Anwalt gesprochen, der ihm geraten hatte, die Sache auf sich beruhen zu lassen. Doch Tancredi gab nicht nach: »Kann ich ihnen denn nicht schreiben? Veröffentlichen sie die Briefe nicht?«

Der Anwalt hatte ihm lächelnd erklärt, das sei Zeitverschwendung, die Journalisten würden schreiben, was sie wollten. Man könne sich allenfalls später irgendwie rächen, wenn seine Unschuld bewiesen sei. Als Tancredi das hörte, hatte er aufgegeben, denn der Anwalt verstand sicher mehr davon als er. Etwas hatte er aber doch noch anmerken wollen: »Wieso eigentlich Unschuld?«

Da hatte der Anwalt eingesehen, dass Übertreibungen nicht am Platze waren, und präzisiert: »Wir sprechen nach dem Prozess darüber.«

Ein Detail, auf das die Journalisten besonders große Aufmerksamkeit verwendeten, war das hartnäckige Schweigen, in das der Schuldige sich hüllte. Auch nach Tagen hatte der Gefängnisaufenthalt nicht die kleinste Bresche in diese Mauer aus Schweigen schlagen können. Tancredis Verstummen machte Eindruck, es war ein prägnantes Detail und wurde mit dem Schuldgefühl in Verbindung gebracht, das ihn, neben dem klaren Bewusstsein des begangenen Verbrechens, offenbar schier erdrückte.

Beide Zeitungen hatten ausführlich sowohl über die Person des Ermordeten, der als »dominanter Vater« bezeichnet wurde, als auch über die als »komplex« definierte Persönlichkeit des Mörders informiert. In einem Kasten neben dem Hauptartikel hatte das progressive Blatt ein Porträt des jungen Tancredi nach den Beschreibungen der Nachbarn gezeichnet. Auch das ärgerte ihn, dass die Nachbarn sich nicht um ihren eigenen Kram kümmerten. Es sei denn, der Journalist hatte die Zeugenaussagen teilweise erfunden oder gleich ganz aus der Luft gegriffen. Das Porträt konzentrierte sich auf die düsteren Seiten von Tancredis Charakter, es beschrieb seinen Hang zur Einsamkeit und die plötzlichen Anwandlungen, die ihn Umgang mit den lautstärksten Randalierern und Gelegenheiten zum Rausch suchen ließen. Der Journalist hatte recherchiert, dass Tancredi das vom Vater geliehene Auto dazu benutzt hatte, um mit seiner Freundin in die Diskothek zu fahren. Es war spät geworden, die beiden hatten vielleicht getrunken, so war es zu dem kleinen Unfall gekommen. Der kurze Artikel hielt sich nicht mit den Ereignissen des Vorabends auf, sondern berichtete allgemein über Tancredis Beziehung zu seiner Verlobten. Viel hatte er davon nicht verstanden, doch offenbar ließ der Journalist die Hypothese einer latenten Homosexualität des Mörders durchscheinen. Der Vatermord wurde mit Tancredis Zuneigung zur Mutter und sogar zur Großmutter in Verbindung gebracht. Tancredi war empört. Er wünschte, er hätte seine Unschuld beweisen können, nur um aus dem Gefängnis zu kommen und den Journalisten umzubringen, der das geschrieben hatte. Wahrscheinlich hätte man ihn gleich wieder ins Ucciardone gesteckt, aber dann hätte es sich wenigstens gelohnt. Der Anwalt hatte ihm geraten, die Sache als das zu nehmen, was sie war: die Hypothese eines Journalisten mit psychoanalytischen Ambitionen. Viel wichtiger war etwas anderes. Der Anwalt fragt: »Bist du sicher, dass du dem Richter auch in Zukunft nicht antworten willst?«

»Absolut sicher.«

In diesem Punkt bleibt Tancredi auch in den nächsten Tagen eisern. Da nützen weder Drohungen noch Versprechungen. Er gesteht nicht. Er versucht nicht einmal, sich zu entlasten. Während seine Verschwiegenheit anfangs noch nachgiebig war, ist sie im Lauf der Zeit erstarrt und nun so hart wie Stein. Er hat begriffen, dass sie ihn nicht zwingen können, und das ist der einzige Zwang, dem er sich nicht beugen will. Alles, was von seinem Ich bleibt, hat sich in diesen stummen Winkel geflüchtet.

Er spricht nur mit den Verwandten, die ihn im Gefängnis besuchen kommen. Da die anderen Insassen ihn während des Hofgangs aber gewarnt haben, Gespräche mit Familienangehörigen würden von den Bullen aufgenommen, achtet er sehr sorgfältig darauf, sich kein Wort über die Tat entwischen zu lassen. Am häufigsten kommt seine Mutter. Sie setzt sich ihm gegenüber und fängt an zu weinen. Wenn sie sich dann ein wenig beruhigt hat, fragt sie: »Wie fühlst du dich, mein Sohn?«

Die Mutter fragt nicht, wie es ihm geht. Vielleicht erscheint ihr die Frage zu allgemein. Der Ausdruck, den sie benutzt, zeigt ebenso wie ihr Tonfall, dass sie wirklich wissen will, welche Symptome er gerade an sich verspürt. Dass er krank ist,

steht für sie außer Frage, darum muss sie auch nicht auf die Antwort warten: »Es geht dir schlecht, ich weiß. Ich weiß, dass es dir schlecht geht.«

Die Mutter sagt das so, als fühlte sie sich in gewisser Weise für seinen Zustand verantwortlich. In dieser ersten Phase der Begegnung wahrt Tancredi lieber Zurückhaltung. Die Mutter bestreitet das ganze Gespräch: »Mein armer, armer Junge, mein armer Junge.«

Es ist seltsam: Tancredi wartet stets ungeduldig auf diese Besuche, sie stellen die einzige Abwechslung zum monotonen Tagesablauf im Gefängnis dar, doch schon nach weniger als einer Minute möchte er woanders sein. Sogar in die Zelle mit dem Slawen zurückzukehren erscheint ihm angenehmer, als den Klagen seiner Mutter zuzuhören. Zum Glück kommen irgendwann die richtigen Fragen: »Was sagt der Anwalt?«

»Was soll er sagen? Bei dem, was wir ihm zahlen, ist es schon viel, dass er einmal für fünf Minuten gekommen ist.«

»Und der Richter? Was sagt der Richter?«

Tancredi lächelt, als würde der Gedanke ihn amüsieren.

»Tja, der Richter …«

Doch dann verschwindet das Lächeln: »Der Richter fragt mich nach der Pistole.«

»Nach der Pistole? Und was sagst du dann?«

»Ich? Nichts. Ich spreche nicht darüber. Weder mit ihm noch mit den Bullen.«

»Gut so. Und sie?«

»Sie geben nicht auf. Sie lassen nicht locker, stellen unentwegt Fragen, kommen mir mit Gutachten, mit Patronenhülsen, mit Pistolen und was weiß ich alles.«

»Aber was sagt denn der Anwalt dazu? Könnte die Sache nicht vielleicht noch schlimmer werden, wenn du gar nichts sagst?«

Hilfesuchend hebt Tancredi die Augen zum Himmel. Und wenn man sich noch so sehr bemüht, könnte man sich kaum eine ernstere Lage vorstellen. Schlimmer als jetzt kann es unmöglich kommen. Doch seine Mutter ist skeptisch: »Hoffen wir das Beste …«

»Die Pistole ist ihr Problem. Die sollen sie erst mal schön selber suchen und finden, wenn sie können. Haben sie bei uns zu Hause gesucht?«

»Was für eine Frage, und ob sie gesucht haben! Die ganze Wohnung haben sie auf den Kopf gestellt.«

»Und nichts gefunden?«

Die Mutter sieht ihn an und blickt sich um. Sie späht sogar in alle Ecken. Dann sagt sie nur: »Sie haben nichts gefunden.«

»Und was haben sie gesagt?«

»Ha, sie wollten das Ding von mir. Stell dir vor: Von mir wollten sie das Ding.«

»Und du?«

»Was sollte ich schon sagen? Ich weiß ja gar nichts von der Pistole … Das müsstest du ihnen eigentlich sagen, wenn du's ihnen sagen willst.«

»Ja klar, ich. Die Pistole hat mir grade noch gefehlt!«

»Jetzt wollen sie erst mal rauskriegen, wieso diese Pistole verschwunden ist.«

»Ja, darum wollen sie mich unbedingt zum Reden bringen. Aber ich rede nicht.«

Seine Mutter möchte ihm nicht widersprechen. Die Lage eines inhaftierten Schuldigen hat unbestreitbar einige Vorzüge, und einer davon ist ebendieser: dass keiner von der Familie ihm mehr zu widersprechen wagt. Kopfschüttelnd kommentiert sie: »Hoffen wir, dass das alles gut ausgeht …«

Es folgt eine lange Weile, in der keinem von beiden etwas einfällt, waas sie sagen könnten. Dann bricht die Mutter das Schweigen: »Wie benehmen sie sich hier? Benehmen sie sich anständig?«

»Naja …«

»Wie naja? Benehmen sie sich nicht anständig?«

In den vergangenen Tagen hatte Tancredi mehrmals den Eindruck, dass die Bullen kurz davor waren, ihn zu schlagen. Es gab viele Drohungen, und ein paarmal haben sie ihn geschubst. Doch keinen Exzess, der sich als vorschriftswidrige Verhörpraxis hätte interpretieren lassen. Unmittelbar nach seiner Verhaftung hatte er noch das Schlimmste befürchtet, vor allem weil sein Verhalten, vom Standpunkt der Bullen aus gesehen, wirklich aufreizend sein musste. Tancredi ist bemüht, sich in seine Gefängniswärter einzufühlen: »Ein Geständnis wäre für sie natürlich das Beste.«

»Ha, ein Geständnis …«

»Da können sie sich gehackt legen.«

Tancredi hat keine Lust, länger bei dem Thema zu verweilen.

»Zu Hause alles in Ordnung?«

»Da war die Beerdigung …«

Wer weiß, wie die Beerdigung seines Vaters war. Wer weiß, wie viele Leute da waren. Wer weiß, was all diese Leute gesagt und gedacht haben … Tancredi würde gerne nach Einzelheiten fragen, doch in Anbetracht seiner Beziehung zum Verstorbenen erscheint ihm das nicht schicklich. Also umkreist er das Thema. Zum Beispiel: »Was sagen die Nachbarn?«

»Was sollen sie sagen? Nichts eigentlich, sie sagen gar nichts …«

»Aber wissen tun sie was?«

»Natürlich wissen sie. Ist ja nicht so, dass sie's nicht wissen können …«

»Und was wissen sie? Ich meine, was genau wissen sie?«

Die Mutter beißt sich auf die Unterlippe, bevor sie antwortet. Sie versucht, ihre Worte vorsichtig zu wählen.

»Sie wissen das, was alle wissen.«

Tancredi begreift, dass die Mutter nicht mehr sagen kann. Darum gibt er es auf, sie auszufragen. Wenn es nach ihm geht, könnte das Gespräch im Grunde als beendet gelten. Ein paar Minuten müssen sie noch miteinander verbringen, damit keiner sagen kann, sie hätten die ihnen zur Verfügung stehende Zeit nicht genutzt. Eine Zeit, die über den Befürchtungen, zu viel zu sagen, und dem nicht allzu vielen, was man sich zu sagen hat, schnell vergeht. Dennoch bleibt eine innere Leere in ihm zurück, als die Mutter geht, besonders bei dem Gedanken, dass er jetzt in die Zelle zurückmuss, wo immer noch der

Slawe sitzt und raucht. Tatsächlich findet er bei seiner Rückkehr genau das vor: den Slawen, der dasitzt und raucht. Tancredi fühlt sich bemüßigt, ihm mitzuteilen: »Meine Mutter ist gekommen.«

»Alles in Ordnung?«

»In Ordnung.«

Das genügt, um den Slawen zufriedenzustellen, und Tancredi bleibt nichts anderes zu tun, als sich unter das Fensterchen zu setzen, damit er den Fleck Himmel betrachten kann, der ihm zusteht. Ein bewölkter Himmel obendrein.

Der Besuch der Mutter hat ihn nervös gemacht. Jetzt hat er Lust zu sprechen. Er muss sich bei jemandem Luft machen. Und es ist ihm egal, ob der Slawe willens ist, ihm zuzuhören. Während er spricht, starrt Tancredi aus dem Fensterchen, als redete er mit sich selbst: »Erinnerst du dich, dass ich dir vom Tod meiner Schwester und von dem meines Vaters erzählt habe?«

Das Gespräch war seinerzeit abgebrochen worden, doch Tancredi hatte damals jeden Zusammenhang ausgeschlossen. Tatsächlich wundert sich der Slawe: »Du hast doch gesagt, dass er nichts damit zu tun hat? Also was jetzt: Hat er was damit zu tun oder nicht?«

»Tja, er hat damit zu tun und dann auch wieder nicht. Er hat nichts damit zu tun in dem Sinn, dass es keine Rache war. Aber eine Verbindung gibt's …«

Und hier lächelt Tancredi bitter, in Gedanken versunken, die dem Slawen erklären zu wollen zwecklos wäre. Aber das ist egal. Er hört auf zu lächeln und starrt weiter in das Dreieck aus grauem Himmel.

»In einem gewissen anderen Sinn hat er mit dem Motiv zu tun.«

Jetzt hält der Slawe den Rauch zurück, den er in den Lungen hat, um sicherzugehen, dass er die Fortsetzung nicht verpasst. Tancredi merkt es. Andererseits stellt sein Gesprächspartner nicht die Frage, die er erwartet hätte. Darum bietet er ihm nach einer Pause Hilfestellung in Frageform: »Was ist das Motiv?«

Der Slawe kann den Rauch nicht länger zurückhalten, er atmet aus.

»Schluss jetzt mit diesen Rätselspielchen.«

Tancredi spannt ihn nur noch einen Augenblick auf die Folter: »Das Auto! Der Volvo.«

In Ermangelung von Überraschungsbekundungen seitens des Slawen setzt er das Gespräch selbst fort: »Du fragst dich wahrscheinlich: Was hat denn das Auto mit dem toten Mädchen zu tun?«

Jetzt meint Tancredi, die Neugierde seines Zellengenossen zur Genüge entfacht zu haben. Wenn der Slawe noch immer Gleichgültigkeit simuliert, dann kann das nur eine Pose sein. Also nimmt er sich noch ein bisschen Zeit.

»Es hat damit zu tun, o ja. Ich kann dir sagen, dass mein Vater gestorben ist wegen dem Tod von meiner Schwester. Sagen wir, als Konsequenz. Hast du jetzt verstanden?«

»Nein, ehrlich gesagt nicht.«

Der Slawe hat von diesen Spielchen offenbar die Nase voll. Kurz bevor ihm die Aufmerksamkeit seines Zellengenossen entgleitet, enthüllt Tancredi ihm das Geheimnis: »Was glaubst du wohl, woher die Kohle gekommen ist, mit der arme Schlucker wie wir sich einen Volvo leisten konnten? Das Geld von dem Mädchen war das.«

Eine Spur Neugier kann der Slawe jetzt doch nicht unterdrücken. Also erklärt Tancredi ihm im Tonfall des Erwachsenen, der einem Kind etwas verständlich macht: »Mit dem Geld von der Entschädigung für die Opfer der Mafia.«

Der Kampf um die Entschädigung war weder kurz noch leicht, im Gegenteil, er war sehr hart und lang, und Nicola Ciraulo focht ihn mit großer Zähigkeit. Nach den traurigen Tagen, die auf das Ereignis folgten, hatte die Idee, ein Schmerzensgeld zu fordern, eines Nachmittags in der Kanzlei des Anwalts, der sie beim Prozess vertrat, Gestalt angenommen. Von der Möglichkeit hatten sie bereits gehört, es war Giovanni gewesen, der Nicola beiseite genommen und ihn fast verschwörerisch flüsternd aufgeklärt hatte: »Die Entschädigung bringt dir deine Tochter nicht zurück, aber …«

Die Ciraulo hielten es nur für ein Gerücht, und ein solcher Segen war ohnehin zu schön, um ausgerechnet ihnen zuteil zu werden. Weil fragen aber nichts kostet, nahm Nicola es auf sich, dem Anwalt Modica die Sache vorzutragen. Er hatte lange gezögert, weil er fürchtete, es könnte unverschämt wirken, schon beim ersten Treffen die Vermutung zu äußern, für Schmerzen könnte man Geld bekommen. Dann stellte er fest, dass der Anwalt einen Versuch für selbstverständlich hielt, obwohl er alle erdenklichen Vorsichtsformeln gebrauchte.

»Das Gesetz existiert, und wir werden versuchen, es für euren Fall in Anwendung zu bringen. Natürlich kann die Entschädigung Ihnen das Leben Ihrer Tochter nicht zurückgeben. Natürlich ist so ein Verfahren nicht einfach. Natürlich müssen eine Menge Hürden überwunden werden …«

In der Praxis handhabte der Anwalt diese Hürden dann sehr geschickt oder umging sie mit Hilfe der Erpressungstechniken, die Nicola im jahrelangen Guerillakampf um Festanstellung nach befristetem Arbeitsvertrag entwickelt hatte. Als klar war, dass die Antwort des Ministeriums auf sich warten lassen würde und vertrauenswürdige Ansprechpartner immer schwerer zu finden waren, kettete Nicola sich an das Gitter der Präfektur, um Gerechtigkeit zu fordern. Eines Morgens erschien er dort, bereit, es mit der ganzen Welt aufzunehmen, um sein Recht auf Schmerzensgeld durchzusetzen. Doch er musste es mit niemandem aufnehmen, nicht einmal mit den wachhabenden Polizisten vor der Präfektur. Sie beobachteten nur, wie er sich niederließ, griffen aber nicht ein. Die Kette, die ihn an das Gitter der Villa Whitaker fesselte, war nur verknotet, sie hatte rein symbolische Bedeutung.

Hier verbrachte Nicola von nun an Tage und Nächte. Morgens kamen sein Vater, seine Mutter, seine Frau und sein Sohn und brachten ihm etwas zu essen. Die Zeitungen berichteten darüber und druckten auch Fotos, die Nicola inmitten eines Arrangements aus Bildern des Mädchens, Dokumenten, Briefen, Eingaben, Fotokopien von Gesetzestexten, einer Liege mit Decken für die Nacht und Protestplakaten zeigten. Auf den Plakaten stand:

DER STAAT HAT UNS IM STICH GELASSEN!

FALCONE – BORSELLINO – CIRAULO: vor GOTT und dem GESETZ sind wir alle GLEICH!

Wir wollen GERECHTIGKEIT!

PRÄFEKT, warum willst du uns nicht »EMPFANGEN«?

Das Wort *empfangen* war auf Anraten von Großmutter Rosa in Anführungszeichen gesetzt worden. Sie hatte es sich zur Aufgabe gemacht, die Slogans zu ersinnen, die ihr Mann dann mit einem Filzstift auf eigens gekaufte, große Bögen aus weißem Karton schreiben musste. Die Anführungszeichen sollten den Terminus technicus und zusätzlich die in der Frage mitschwingenden Anspielungen unterstreichen. Wenn der Präfekt uns nicht empfangen will, so die Bedeutung der Anführungszeichen, hat er mit Sicherheit etwas zu verbergen.

In Wahrheit empfing der Präfekt die Ciraulo schon wenige Tage nachdem Nicola draußen vor dem Tor seine Zelte aufgeschlagen hatte. Da das an ihn gerichtete Plakat jedoch nun einmal geschrieben war, ließen sie es bis zum Ende der Protestaktion hängen, denn zum Wegwerfen war es zu schade. Der Präfekt hatte ein offenes Ohr für das Anliegen der Ciraulo, zumal sie am Vortag unmissverständlich die Absicht bekundet hatten, ihr Lager vom Außenbereich der Präfektur direkt in das Büro des Vertreters der Staatsmacht zu verlegen. Dieser war so freundlich, sie draußen im Garten abzuholen, und begleitete sie persönlich über Treppen und Flure, um sie schließlich in sein Arbeitszimmer zu bitten. Als er ihnen einen Kaffee anbot, waren die Teilnehmer der Delegation bereits überzeugt, keinen Gegner, sondern einen Freund in ihm zu haben. Zumindest einen ehrlichen Vermittler zwischen ihnen und den Behörden. Endgültig eroberte sie dann die Feinfühligkeit des Präfekten, denn er verschanzte sich nicht auf seinem Platz hinter dem Schreibtisch, sondern nahm einen Stuhl und setzte sich in der kleinen Sitzgruppe aus rotem Brokat, die wichtigen Anlässen vorbehalten war, mitten zwischen sie. Als man zur Sache kam, sagte er: »Nun …«

Und die Ciraulo ließen dem Schwall ihrer Forderungen freien Lauf, indem sie alle gleichzeitig zu sprechen begannen, alle außer Großvater Fonzio, der es vorzog, den anderen die zusammenfassende Darstellung der Lage zu überlassen, um sich dem Hamstern der mit dem Kaffee servierten Waffeln zu widmen. In dem Stimmengewirr war kein Wort zu verstehen, vor allem wegen der leidenschaftlich schmerzbewegten Ausbrüche von Rosa und Nicola, die über dem Eifer, ihr Anliegen zu erklären, nicht das Geringste erklären konnten. Kurz bevor er überrollt wurde, setzte der Präfekt sich durch: »Es sollte bitte nur einer sprechen.«

Die Ciraulo blickten sich an und kamen augenblicklich zu einer Einigung: Der Vorschlag des Präfekten war vernünftig. Also schwiegen die Frauen, und Nicola besann sich auf die rhetorischen Fähigkeiten, die er aus seiner Autorität als Familienoberhaupt schöpfte: »Es gibt das Gesetz vom Geld für die Opfer der Mafia … Äh, unsereins steht dies Gesetz zu. Wer sagt, dass es uns nicht zusteht? Sind wir etwa nicht Verwandte eines Opfers? Was sind wir denn sonst? Das geht nicht, weil wir arm sind, dass ihr sagen könnt: Euch steht das nicht zu. Und ob es uns zusteht …«

Als er merkte, dass all diese wichtigen Personen – der Präfekt, seine Mitarbeiter, der Anwalt Modica – ihm wirklich zuhörten, nur ihm, geriet Nicola in Verwirrung, und seine Rede erstarb in unverständlichem Genuschel. Hilfesuchend wandte er sich an seinen Anwalt: »Avvocato, sagen Sie's für uns.«

Das einzige, was er noch hinzufügen wollte, als Modica schon den Mund zum Sprechen geöffnet hatte, war die aufs Äußerste komprimierte Quintessenz des Problems: »Wir wollen die Piepen!«

Der Anwalt wartete, bis Nicola sich Luft gemacht hatte, dann tat er, wofür er bezahlt wurde und herbestellt war: Er erklärte, befürwortete, geißelte, differenzierte und forderte, insgesamt eine Viertelstunde lang, die den Ciraulo alles in allem recht wirkungsvoll erschien, wenngleich seine Rede in Anbetracht der Umstände eher routiniert klang als so mitfühlend, wie ihr Anliegen es verdient hätte.

Der Präfekt lauschte den Worten des Anwalts, das Kinn auf die gefalteten Hände gestützt, als brauche er einen Halt, um das Gewicht der Informationen zu tragen, von denen er hier Kenntnis erhielt. Als das Wort an ihn erging, war er großmütig und voller Anteilnahme: »Es handelt sich hier um einen ergreifenden Fall, bei dem der Staat sich einen Gutteil seiner Glaubwürdigkeit verscherzen könnte. Die Causa Ciraulo ist ein Sinnbild für den Einsatz, um den in dieser Stadt gespielt wird, wo man die Bürgerrechte in der Vergangenheit allzuoft mit Füßen trat und Begünstigungen, ob recht- oder unrechtmäßige, an ihre Stelle setzte. Sie haben Ihre Tochter verloren. Ein Schmerz, wie er entsetzlicher nicht sein könnte, und durch nichts wiedergutzumachen. Dennoch haben Sie volles Anrecht auf eine Entschädigung. Dafür übernehme ich die Verantwortung. Ich bürge dafür. Ich verspreche Ihnen, mich unverzüglich und auf höchster Ebene dafür einzusetzen, dass in Ihrem Namen und zu Ihren Gunsten Recht geschieht.«

Hier machte der Präfekt eine Pause.

»Sie können ganz ruhig sein, Sie haben mein Wort. Und wenn ich sage, Sie können ganz ruhig sein, dann meine ich *ganz ruhig*. Ab sofort gibt es keinen Grund mehr, warum Ihre Baracke da draußen stehen müsste.«

Während der erste Teil der Rede auf die Ciraulo den Eindruck eines Meisterwerks gemacht hatte, klang der zweite Teil, der in eine Aufforderung zu münden schien, die Protestaktion abzubrechen, in ihren Ohren weit weniger überzeugend. Sie sahen den Anwalt an, worauf dieser mit Blicken an Nicola appellierte, der als Hauptvertreter des Protestes die Entscheidungshoheit innehatte. Nicola wiederum schaute zu seiner Mutter hin und traf flugs eine Entscheidung.

»Exzellenz, Ihnen persönlich glauben wir ja, weil unsereins Ihnen glauben will. Aber von hier vorm Haus können wir nicht weg, bis wir die Piepen haben.«

Es folgten einige Wortgefechte, bei denen der Präfekt weitaus weniger höflich wirkte als zuvor. Der Anwalt tat, als versuchte er Nicola zu überzeugen, Nicola widersetzte sich, und Loredana kündigte an, dass ihr gleich übel werde. Daraufhin erklärte der Präfekt die Zusammenkunft für vertagt, das Datum sei noch festzulegen. Der Anwalt fragte: »Auf wann, Euer Exzellenz?«

Der Präfekt rechnete ein bisschen und antwortete: »Auf Ende nächster Woche.«

Die Ciraulo waren enttäuscht, hatten sie doch gedacht, ein Telefonat des Präfekten würde genügen, das Verfahren wieder in Gang zu bringen, doch Modica klärte sie auf, dass die Situation so einfach nicht sei, dass man der Zeit Zeit geben müsse, und die Zeit werde alles richten: Nächste Woche würden sie die Antwort erhalten, auf die sie warteten. Das Problem bestehe darin, erklärte der Anwalt beim Hinausgehen, dass man jetzt herausfinden müsse, wo die Akte aufgelaufen sei, auf welchem Ministeriumsschreibtisch sie feststecke. In diesem Punkt hätte der Präfekt leichtes Spiel gehabt, wenn er nur gewollt hätte, und allem Anschein nach wollte er nicht. Loredana war so feige zu fragen: »War das denn nun eigentlich richtig, ihm zu sagen, dass wir weiter hier draußen lagern würden? Ich glaub nicht, dass er deswegen beleidigt war …«

Der Anwalt antwortete mit einem Lächeln, das bedeutete: Ich werde mich hüten, euch aufzuwiegeln, aber ein zusätzlicher Anstoß kann der Sache nur nützen. Dann verabschiedete er sich, weil er eine Gerichtsverhandlung hatte. Fonzio blieb eine Dreiviertelstunde weg, um eine Flasche Wasser gegen den Durst der Truppe zu kaufen, und der Rest der Familie rekonstruierte und interpretierte Wort für Wort alles, was während des Treffens gesagt worden war. Es stellte sich heraus, dass allen der Ausdruck gefiel, den der Präfekt benutzt hatte: die Causa Ciraulo. Der verlieh ihrem Problem eine amtliche Würde, fanden sie. Rosa verkündete, sobald ihr Mann zurückkomme, werde sie ihn ein Plakat nur mit diesen drei

Worten schreiben lassen: die Causa Ciraulo. Es musste sehr viel größer sein als die anderen und an herausragender Stelle angebracht werden, damit es als offizielles Erkennungszeichen ihres Protestes diente. Um diese Funktion hervorzuheben, würde sie es in Anführungszeichen setzen: »die Causa Ciraulo«.

Ein paar Tage später lud der Anwalt sie in seine Kanzlei, um ihnen von einem Telefongespräch mit dem Präfekt zu berichten. Es gab Schwierigkeiten. Das Problem war die Verwandtschaft Loredanas mit den Virzì, die an irgendeiner Stelle – in Rom, hatte der Präfekt präzisiert, nicht in Sizilien – irgendeinen Bürokraten misstrauisch gemacht oder empört hatte. Durfte man Verwandten von Mafiosi Antimafia-Gelder geben? Angesichts der ungeklärten Frage war ein zusätzliches Ermittlungsverfahren angeordnet worden, eines von der Sorte, die niemand je zum Abschluss brachte, aus Angst, die Verantwortung für eine Entscheidung zu tragen, die sich in der einen oder anderen Weise als voreilig herausstellen konnte. Die Nachprüfung war angeordnet worden, und das genügte. Die Durchführung stand auf einem anderen Blatt.

Die nächste Woche brach an, und der Präfekt ließ durch den Anwalt mitteilen, dass die Angelegenheit komplizierter sei als vorausgesehen: In Rom gebe es jemanden, der ihnen Hindernisse in den Weg legte. Allerdings kenne er jemanden, ebenfalls in Rom, der solche Hindernisse ausräumen konnte. Man müsse Geduld haben. Wenn die Ciraulo solange weiter dort draußen kampieren wollten wie arme Teufel, bitte sehr, von ihm aus dürften sie das gerne tun, er denke gar nicht daran, sie mit Gewalt abtransportieren zu lassen. Doch die Sache könne länger dauern als erwartet.

Die Ciraulo waren verärgert über diese Wendung, gleichzeitig aber auch überzeugt, den richtigen Weg eingeschlagen zu haben. Sie hatten gut daran getan, mit der Protestdemonstration weiterzumachen, obwohl nunmehr feststand, dass es sich um eine Aktion handelte, die sich in die Länge zu ziehen drohte.

Die Zeitungen hörten auf, von ihnen zu berichten, denn es gab keine Neuigkeiten. Das kleine Feldlager vor der Villa Whitaker wurde zu einem Teil des Stadtbildes. Wer zufällig dort vorbeikam, warf einen Blick auf den Altar des Protestes, doch es war der bekannte Protest, und ein Plakat mehr oder weniger änderte nichts an der eigentlichen Aussage.

Wenn er mit seiner Dienstlimousine in die Stadt fuhr, versäumte der im Fond sitzende Präfekt es nie, ihnen einen Gruß oder ein Lächeln zuzuwerfen, das Nicola und die Seinen erwiderten, um zu zeigen, dass sie ihm nicht böse waren, und umgekehrt auch er ihnen nicht böse sein durfte, weil sie noch immer dort waren. Einmal gab der Präfekt seinem Fahrer sogar ein Zeichen, anzuhalten, und kurbelte das Fenster herunter: »Ich arbeite für euch.«

Über diesen Satz diskutierten die Ciraulo einen ganzen Tag lang. Nicola und Loredana meinten, es sei ein gutes Zeichen, während Rosa einen spöttischen Unterton in den Worten des Präfekten wahrgenommen hatte, der mit seinem schönen Auto wer weiß wohin fuhr, aber gewiss nicht, um ihre Causa zu klären. Fonzio, ausdrücklich hinzugezogen, damit er seine Meinung kundtue, sagte, in gewisser Weise hätten sie alle drei recht, und im übrigen, wenn jemand etwas brauche, er gehe jetzt einen Kaffee trinken.

Je mehr Zeit verstrich, desto besser passte sich Nicolas Leben vor der Präfektur den langen Wartezeiten an. Er hörte auf, so zu tun, als sei er angekettet, weil inzwischen feststand, dass sie nicht mehr versuchen würden, ihn wegzutragen, und auch niemand mehr Fotos machen wollte. Er schloss Freundschaft mit den Polizisten, und manchmal erlaubten sie ihm, den tragbaren Fernseher, den er sich zum Zeitvertreib mitgebracht hatte, an die Steckdose im Wachhäuschen anzuschließen. Der rege Austausch von Zigaretten und Kaffee, der sich zwischen ihm und den Polizeibeamten entwickelt hatte, festigte ihr Verhältnis.

Von seinem Posten aus sah Nicola alle Demonstrationszüge vorbeikommen, die vor der Präfektur haltmachten, und immer boten sie ihm in seiner Einsamkeit eine willkommene Abwechslung. Meist kannte er die Demonstranten, es waren Leute mit befristeten Verträgen wie er, hundertmal war er mit ihnen auf die Straße gegangen. Jetzt lächelten sie ihm zu, denn was er da ausfocht, ja, das war ein Rechtsstreit fürs ganze Leben, keine Lappalie wie ihr Protest, mit dem man höchstens noch mal sechs Monate Lohn rausholen konnte, um dann mit dem Demonstrieren wieder von vorne anfangen zu müssen. Seine ehemaligen Kollegen riefen ihm zu: »Wenn's gutgeht, hast du für immer ausgesorgt!«

Dieser Aspekt war Nicola durchaus bewusst, und der Austausch von Umarmungen, Küssen und Schulterklopfen bestärkte ihn in seinem Entschluss, hart zu bleiben. Er konnte seinem Leben eine Wende geben, die Unbequemlichkeiten dieser Tage würden bald vergessen sein, wenn er mit Serenellas Geld – so wurde es in der Familie genannt: Serenellas

Geld – ein Leben mit befristeten Arbeitsverhältnissen hinter sich lassen konnte.

Außerdem boten die Demonstrationen Gelegenheit, sich nützlich zu machen. Fast immer gelang es Nicola, in die Delegation aufgenommen zu werden, die vom Präfekten empfangen wurde, denn er konnte behaupten, dass er sich in dessen Büros mittlerweile gut auskannte. Während der Unterredungen wechselten er und der Präfekt manchmal einen Blick, und immer meinte er, darin eine Spur Wohlwollen zu entdecken. Ein ermutigendes Wohlwollen: Mit einem einfachen Blick versicherte ihm der Präfekt, dass er sich zwar in diesem

Moment mit anderen Rechtsbegehren beschäftigte – denen der Wohnungslosen, der Wasserlosen oder der Arbeitslosen –, doch ansonsten all seine Gedanken und Gefühle ausschließlich der Causa Ciraulo galten.

Bei Bedarf fungierte Nicola auch als Ratgeber. Kam ein Demonstrationszug an, verkündete er sofort: »Der Präfekt ist nicht da.«

Manchmal konnte er sogar genaue Angaben machen: »Er ist abgereist. Kommt morgen zurück.«

Damit die Demonstranten wussten, wie sie ihre Kundgebung planen mussten. War der Präfekt nicht anwesend, pflegten sie die Riesenschlange ihres Kollektivs zu einem anderen Behördensitz zu lenken, zum Rathaus oder vor die Regionalversammlung, wo sich mit größerer Wahrscheinlichkeit ein Ohr finden würde, das die Slogans der Menge oder die Argumente einer kleinen Delegation anhörte. Doch es kam auch vor, zum Beispiel bei Streitfragen von eindeutig nationaler Tragweite, dass der Präfekt den einzig möglichen Ansprechpartner darstellte. In diesem Fall konnten die Reaktionen auf die Nachricht von seiner Abwesenheit auch gewalttätig ausfallen. Dann stürzten die Demonstranten mitten auf der Straße Müllcontainer um oder hielten einen Bus an und zerstachen seine Reifen, um ein Verkehrschaos zu hinterlassen.
In extremen Fällen warfen sie sogar Steine, zwar nicht direkt auf die Präfektur, weil sie wussten, dass das von den wachhabenden Polizeikräften nicht geduldet wurde, aber auf parkende Autos oder öffentliche Telefonzellen, wobei sie alles demolierten, was sich demolieren ließ.

In seiner neuen Rolle als institutionalisierter Protestler verurteilte Nicola diesen blindwütigen Vandalismus. Er schüttelte den Kopf und versuchte, die hitzigsten Gemüter zu beruhigen, indem er versprach, sich beim Präfekten zu ihrem Fürsprecher zu machen. Ein Versprechen, das ihn trotz des großspurig behaupteten Vertrauensverhältnisses in Verlegenheit brachte, hätte er doch beim besten Willen nicht gewusst, wie er es hätte halten sollen. Bei anderen Gelegenheiten begnügte er sich mit der Bemerkung: »So erreicht man gar nichts.«

Dabei hatte Nicola eine mindestens ebenso gewalttätige Vergangenheit. Mit den Demonstranten, die er gut kannte, erging er sich manchmal in Erinnerungen an gemeinsame Unternehmungen: »Erinnerst du dich noch, wie wir auf die Kathedrale gestiegen sind?«

»Mensch, die hätten uns fast verhaftet …«

»Mich haben sie in echt verhaftet, und ob!«

»Wir haben sie von da oben ja auch gehörig mit Dachziegeln beworfen …«

»Erinnerst du dich, dass wir den Kardinal fast am Kopf getroffen hätten?«

»Armer Kerl, er hatte nichts damit zu tun.«

»Wie lange sind wir eigentlich da oben geblieben?«

»Etwa fünf Tage.«

»Und warum das?«

»Hast du das vergessen? Weil sie uns den Vertrag nicht verlängern wollten.«

»Dreckskerle! Und haben sie ihn dann verlängert?«

»Natürlich haben sie ihn verlängert!«

Diese Beschwörungen der Vergangenheit konnten sich lange hinziehen, denn Nicola hatte eine Menge Schlachten gemeinsam mit den Demonstranten geschlagen, die ihn besuchen kamen. Die ganze Familie Ciraulo bestand aus Arbeitslosen und befristet Arbeitenden: Nicola war ohne Festanstellung, Tancredi arbeitslos, Fonzio bekam die Mindestrente, Rosa und Loredana waren arbeitslos und warteten auf Sozialhilfe. Jedes einzelne Familienmitglied hatte daher sämtliche Kämpfe um Festanstellungen und Sozialleistungen mitgemacht. Außerdem warteten sie schon seit Jahren auf die Zuweisung einer Sozialwohnung. Auch das ein geradezu historischer Rechtsstreit: Die drei Zimmer im Vicolo Tamburinai waren zu eng für sie, eine neue Wohnung wurde dringend benötigt. Die alte konnten sie ja eventuell untervermieten und daran womöglich noch was verdienen. Doch um eine Wohnung von der Sozialbaubehörde zu bekommen, musste man jeden Tag, den Gott werden ließ, bis zum Istituto Autonomo Case Popolari marschieren, das weit weg lag und schwer zu erreichen war. Überdies hatte diese Art Protestkundgebung kaum Auswirkungen auf den innerstädtischen Verkehr. Als Kämpfer waren die Wohnungslosen per definitionem Individualisten, nie kamen mehr als ein paar Dutzend zusammen, darum konnten sie sich nicht zu richtigen Demonstrationszügen formieren. Da war ein stationärer Protest ratsamer, zum Beispiel eine Hausbesetzung oder ein Sit-in. Ohne Behinderungen für die Bevölkerung aber konnte man die Aufmerksamkeit der Behörden unmöglich auf sich lenken, also musste das Sit-in während der heißen Kampfphasen in die Via Maqueda vor den Sitz des Amts für Wohnungsbau verlegt werden. Hier genügten etwa ein Dutzend Menschen, um einen Verkehrsstau zu garantieren, der sich dann strahlenförmig über die ganze Innenstadt ausbreitete. Und schon klappte es: Die Zeitungen berichteten, die Verwaltungsbeamten hörten zu, die Sache geriet in Bewegung.

Früher hatten die Ciraulo auch an den Barrikaden für die Wasserversorgung teilgenommen, einer kleineren Kampfgattung, die sich auf einzelne Stadtviertel und auf Frauen in der Rolle der Demonstranten beschränkte, da es sich in diesen Fällen nicht lohnte, einen erwachsenen Mann dem Risiko auszusetzen, weitere Anzeigen zu bekommen und irgendwann in Schwierigkeiten zu geraten. Loredana und Rosa hatten höchstens Tancredi und Serenella mitgenommen, weil sie nicht wussten, wo sie die Kinder lassen sollten. Außerdem waren sie noch klein: Bei solchen Anlässen hatten sie ihren Spaß und schlossen Freundschaften.

Das Problem mit dem Wasser war, dass die turnusgemäße Versorgung ohne Vorwarnung einfach ausgelassen wurde. Die Wasserversorgungsgesellschaft kündigte an, dass es an einem bestimmten Tag von dann bis dann Wasser geben würde. Es war nicht ganz klar, wie sie diese Nachricht unter die Leute brachte, aber tatsächlich wussten es alle. An den Hausmeisterlogen tauchten handgeschriebene Zettel auf, und während der Tag näher rückte, wurde die Nachricht von Mund zu Mund weitergegeben. Dann stellten die Bewohner des Viertels sich darauf ein, damit jeder Vorräte anlegen konnte: Wer eine Arbeit hatte, nahm einen Tag frei oder meldete sich krank, um im rechten Moment zu Hause zu sein, und wer nicht arbeitete, nahm sich auf jeden Fall nichts anderes vor.

Bloß dass dann der angekündigte Zeitpunkt da war, und das Wasser noch immer nicht kam. In den Hähnen ertönte ein Gurgeln, dann nicht mal das mehr. Wenn darauf der Bürgerzorn ausbrach, erklärte die Stadtverwaltung, ebenfalls über mysteriöse Kanäle, das Wasser könne nicht ankommen, weil das neue Verteilernetz – um es anzulegen, waren die Straßen der Stadt aufgebohrt und die Baugruben mindestens zehn Jahre lang nicht zugeschüttet worden – wegen des ungenügenden Wasserdrucks nicht funktionierte, ein Detail, das vom Planungsbüro nicht berücksichtigt worden war. Die Schuld lag bei den Kommunalpolitikern der früheren Verwaltung. Es konnte aber auch geschehen, dass die Bewohner eines höher gelegenen Stadtviertels, durch das die Leitungen liefen, bevor sie das Kalsa-Viertel erreichten, diesen Vorteil nutzten. Wenn sie erfuhren, dass an einem bestimmten Tag Wasser geliefert werden sollte, lenkten sie den Fluss zu ihren Häusern um. Die Verantwortlichen waren kampflustige junge

Klempner, die in der Kanalisation zuschlugen und sofort wieder verschwanden. In ihrer eigenen Gegend genossen sie hohes Ansehen, und in jedem Stadtviertel gab es welche.

Das Ergebnis war, dass die Bewohner der Kalsa, die zweimal in der Woche auf Wasser warteten, übergangen wurden, wodurch ihr Leben, das sie an diesen Tagen auf das Öffnen der häuslichen Wasserhähne eingerichtet hatten, sinnlos wurde. Darum begannen die weiblichen Mitglieder der Ciraulo und andere Frauen des Viertels, mit Straßenbarrikaden zu protestieren. Umzüge oder Demonstrationen waren in diesen Fällen nicht nötig, die Technik bestand darin, die wichtigste Straße der Gegend zu besetzen, wo eine Verkehrsblockade die gravierendsten Folgen zeitigen würde. Um das zu erreichen, genügten normalerweise ein Dutzend Hausfrauen und drei Müllcontainer, die quer zum Foro Italico aufgestellt wurden. Die Slogans waren von elementarer Schlichtheit.

»Was-ser, Was-ser!«

»Wir wollen Was-ser!«

Diese Art mobiler Blockaden war nie von langer Dauer. Es genügte, mit Hilfe der Straßensperren das Problem anzusprechen, und schon beeilte sich die Verwaltung, einen außerplanmäßigen Versorgungsturnus zu garantieren. Immer vorausgesetzt, die Bewohner der höher gelegenen Viertel schafften es nicht, auch an diesem Tag das Wasser abzufangen. Andernfalls begann der Kreislauf des Protestes von vorn: neue Straßenblockaden, ein neuer Extraturnus und so weiter, bis die Zisternen, Kanister und Badewannen in den Wohnungen endlich gefüllt waren.

Doch jetzt stellten Arbeit, Wohnung und Wasser für die Ciraulo zweitrangige Streitsachen dar. Der Trumpf, um den sie hier spielten, umfasste alle früheren Kämpfe und ging weit darüber hinaus. Wenn sie diesen Jackpot gewannen, konnten sie vom Tisch aufstehen und mit dem gesamten Einsatz davongehen.

Alles in allem dauerte der Protest der Ciraulo vor der Präfektur fast einen Monat, nämlich siebenundzwanzig Tage. Als die dritte Woche anbrach, wurde ein Familienrat abgehalten, wo Nicola verkündete, er habe die Absicht, in Hungerstreik zu treten, um seinem Rechtsbegehren Nachdruck zu verleihen und das erlahmende Interesse der Zeitungen wieder zu wecken. Der Anwalt Modica hatte bereits stillschweigend seine Zustimmung gegeben, indem er erklärte, es sei der Sache eventuell nicht dienlich, aber schaden könne es auch nicht. Loredana nahm die Ankündigung seufzend auf, Großvater Fonzio enthielt sich jeder Äußerung, die einzige, die entschieden dagegen war, war die Großmutter. Sie wandte ein, bei seiner Statur könne Nicola einen Hungerstreik nicht durchhalten: »So wie du gebaut bist, musst du essen, sonst stirbst du.«

Es folgte eine Diskussion, in deren Verlauf sich herausstellte, dass Mutter und Sohn unterschiedliche Auffassungen von einem Hungerstreik hatten. Ihn anzukündigen bedeutete für Nicola nicht, dass er wirklich durchgeführt werden musste. Ihm schwebte ein eher theoretischer Zugang vor. Er dachte, es genüge, den Streik anzukündigen, um dann heimlich zu essen, zum Beispiel nachts. Die Naivität ihres Sohnes beruhigte Rosa, doch sie fürchtete, es werde in jedem Fall auf eine ungesunde Ernährung in Gestalt von belegten Brötchen und behelfsmäßigen kalten Speisen hinauslaufen.

»Wenn du nicht von Zeit zu Zeit ein ordentliches Stück Fleisch isst ...«

Die Schlussfolgerung ließ sie offen, was Nicola mit Sorge erfüllte, da er fürchtete, zu große Opfer auf sich nehmen zu müssen. Man gelangte zu keiner wirklichen Entscheidung, es wurde lediglich beschlossen, sich den Hungerstreik als äußerstes Kampfmittel vorzubehalten und ein paar Tage verstreichen zu lassen, um neue Entwicklungen abzuwarten. Um einstweilen den Rechtsstreit wiederaufleben zu lassen, schlug Rosa vor, ein neues Protestplakat zu schreiben. Fonzio wurde losgeschickt, den erforderlichen Bogen Karton zu kaufen, während Rosa darum bat, ungestört über den Text meditieren zu dürfen.

»Ich denk jetzt mal ein bisschen drüber nach.«

Als ihr Mann mit dem Karton zurückkam, war die Idee schon längst geboren.

»Wieso hast du so ewig lang gebraucht?«

»Na ja, es war viel Verkehr.«

»Verkehr für Fußgänger?«

»Verkehr eben.«

Um das Gespräch abzukürzen, ergriff Fonzio den Filzstift, kniete auf dem Boden nieder und beugte sich über das zukünftige Plakat. Rosa blieb auf dem Liegestuhl, ihrem Lieblingsplatz, sitzen. Von hier aus begann sie zu diktieren: »*Präfekt* …«

Fonzio hielt verblüfft inne, den Filzstift auf halber Höhe in der Luft. Es war Loredana, die der Verwunderung der übrigen Familie Ausdruck verlieh.

»Wenn wir gleich mit *Präfekt* anfangen, sieht es doch so aus, als wären wir sauer auf ihn.«

»Auf wen sind wir wohl sonst sauer? Wegen wem verplempern wir denn hier so viel Zeit?«

Nicola hielt es für klüger, sich nicht in die Auseinandersetzung zwischen Ehefrau und Mutter einzumischen, doch es war schon aufschlussreich genug, dass er nicht für Letztere Partei ergriff, wie sonst fast immer. Für Rosa war das noch lange kein Grund, ihre Meinung zu ändern.

»Los, schreib: *Präfekt* …«

»In Großbuchstaben oder klein?«

»Groß.«

Wieder gab es einen Blickwechsel zwischen den Familienmitgliedern: Kleine Buchstaben wären weniger anklagend gewesen. Ergeben schrieb Fonzio PRÄFEKT, dann fragte er: »Was meinst du, soll ich es in Anführungszeichen setzen?«

An dieser Stelle bewies Rosa, dass sie Rücksicht auf die unterschiedlichen Ansichten ihrer Verwandten nehmen konnte. Sie war vorsichtig.

»Nein, sonst sieht es so aus, als würden wir ihn verschaukeln. Schreib lieber weiter: *Sie haben einen Monat.*«

»Hä?«

»*Seid-einem-Monat.*«

Fonzio gehorchte und unterbrach die Arbeit nur, um zu fragen: »*Monat* in Großbuchstaben, was meinst du?«

Wieder wollte Rosa zeigen, dass sie für Ratschläge durchaus empfänglich war: »Was sagt ihr? Großbuchstaben?«

Beim Wort *Präfekt* hatte man noch Vorsicht walten lassen wollen, doch nun verlangten sowohl Nicola als auch Loredana, dass mit dem Wort *Monat* hart zugeschlagen werde.

»Großbuchstaben.«

»Großbuchstaben.«

Fonzio schrieb: MONAT. Rosa betrachtete das Ergebnis und diktierte weiter: »*sind wir*, alles in einer Zeile.«

»*s-i-n-d-w-i-r.*«

»*Hier.* Schreib das darunter, schön groß, dann kapiert das jeder.«

Ihr Mann schrieb ein gigantisches HIER. Er steckte die Kappe auf den Filzstift und las alles noch einmal vor: »PRÄFEKT Seid einem MONAT sind wir HIER«.

Die Familie war einverstanden, nur Rosa zweifelte noch: »Ist das auch richtig?«

Nicola übernahm es, ihr zu antworten, doch ohne rechte Begeisterung: »Richtig.«

»Ist es richtig oder nicht? Fehlt auch nichts?«

Sie lasen den Satz mehrmals, immer blieben eine Unzufriedenheit und das Gefühl, dass da etwas nicht stimmte. Es war Fonzio, der alle überraschte, indem er die Kappe wieder vom Stift nahm und ein Ausrufezeichen ans Ende setzte:

PRÄFEKT Seid einem MONAT sind wir HIER!

Die Abänderung erhielt den Applaus aller Beteiligten. Jetzt besaß das Plakat die Aussagekraft, die sie ihm hatten verleihen wollen, ja Loredana wagte sogar vorzuschlagen: »Mach noch mehr dazu!«

Fonzio ließ sich nicht lange bitten, und das Ergebnis war: PRÄFEKT Seid einem MONAT sind wir HIER!!!!

Vier Ausrufezeichen, allerdings in abnehmender Größe. Inmitten der allgemeinen Begeisterung riss Nicola seinem Vater den Stift aus der Hand und setzte eigenhändig eine Art Unterschrift darunter: »Familie Ciraulo«. Das Plakat wurde gut sichtbar aufgehängt, und das genügte, um die Ciraulo für den Rest des Tages in Hochstimmung zu versetzen.

Natürlich war es nicht dem neuen Plakat zu verdanken, doch Tatsache ist, dass sie wenige Tage später wieder eine Vorladung des Präfekten erhielten. Diesmal hatte alles einen offizielleren Anstrich. Sie wurden von einem Polizisten begleitet, und der Präfekt blieb auf dem Platz sitzen, der ihm gebührte, hinter dem Schreibtisch. Seine Ansprache war kurz.

»Meine Damen und Herren, just heute morgen ist die von uns allen so lang erwartete Nachricht auf meinem Schreibtisch angekommen. Der Staatssekretär versichert mir persönlich und schriftlich, Ihre Angelegenheit habe sämtliche Hürden genommen. Es hat eine bedauerliche Verzögerung gegeben, doch jetzt freue ich mich, Ihnen mitteilen zu können, dass die Sache erfolgreich abgeschlossen ist.«

Bei Nicola, Loredana, Rosa, Fonzio und Tancredi, den man mitgenommen hatte, um mehr Masse zu bilden, gab es Freudenausbrüche. Der einzige, der ein professionelles Verhalten wahrte, war der Anwalt Modica. Er versuchte, den Tumult zu beschwichtigen, um zu fragen: »Auf wie viel beläuft sich der Betrag und wann –«

»Das lässt sich derzeit noch nicht sagen. Doch ich habe Grund zu der Annahme, dass Ihr Antrag bewilligt wurde.«

Der Anwalt hatte ihnen seinerzeit geraten, sich nicht festzulegen, wenn die Höhe der geforderten Entschädigung bestimmt werden musste. Obwohl er wusste, dass die Entscheidung bei ihm lag, fragte er Nicola: »Wieviel verlangen Sie?«

Nicola zögerte, dann platzte er mit einer Zahl heraus, die ihm astronomisch erschien: »Hundert Millionen Lire!«

Modica lächelte. Er hatte ein Blatt Papier bereitgehalten, auf dem er nun in einer Ecke notierte: »x 3«. Da Nicola nicht begriff, schrieb er ergänzend: »300 Millionen«. Darüber waren die Ciraulo natürlich sehr glücklich: Selbst wenn man sich auf die Hälfte einigen würde, war es immer noch viel mehr, als sie zu hoffen gewagt hatten. Nun hatte der Präfekt zwar behauptet, dass der Antrag bewilligt worden sei, doch in Wahrheit kam es dann anders. Die bewilligte Entschädigung belief sich auf zweihundertzwanzig Millionen. In der Begründung hieß es: »unter Berücksichtigung des jugendlichen Alters des Opfers und der unglücklichen Umstände des Todes«. Als die Entschädigungssumme offiziell feststand, waren die Ciraulo ein wenig enttäuscht, weil sie sich an die Vorstellung der runden Summe gewöhnt hatten. Das teilten sie dem Anwalt mit, der ihnen jedoch davon abriet, Berufung einzulegen, nicht zuletzt angesichts der Notwendigkeit, das Geld so bald wie möglich zu kassieren. Er hatte recht, denn bevor sie das Geld wirklich erhielten, sollte wieder eine lange Zeitspanne vergehen. Eine Zeitspanne, die, wie sich herausstellte, für die Familie alles andere als einfach zu bewältigen war.

Es waren schwierige Wochen, vor allem deswegen, weil der Lebensstandard der Ciraulo nach der Kunde von der zu erwartenden Entschädigung beträchtlich anstieg, ohne dass die Mittel dafür zur Verfügung gestanden hätten. Unvorhergesehene Ausgaben, verfrühte Anschaffungen. Es sah ganz danach aus, als müsse das Geld jeden Moment ankommen, doch das Geld kam nicht an. Es kam einfach nicht. Der Kontakt mit dem Anwalt Modica, den beide Seiten als praktisch bereits beendet angesehen hatten, wuchs sich nun mit jedem Tag zu einem engeren Abhängigkeitsverhältnis aus. Die Ciraulo wandten sich an den Anwalt, um Neuigkeiten zu hören, insbesondere eine: »Wann kommt das Geld?«

Da sie auf diese Frage keine befriedigenden Antworten erhielten, baten sie ihn in rascher Folge um eine Reihe untergeordneter Informationen.

»Wie kommt es eigentlich? Mit einem Scheck oder gleich in bar?«

»Bringt man es uns hierher oder müssen wir's uns in Rom abholen?«

»Kann es sein, dass wir noch irgendwelche Papiere unterschreiben müssen?«

»Kann es sein, dass wir irgendein Dokument vorweisen müssen?«

»Kann es sein, dass wir noch mal zum Präfekten gehen müssen?«

Der Augenblick des Abkassierens erschien in seiner Glückseligkeit kaum vorstellbar. Sie fürchteten, am Ende könnte wieder irgendein Hindernis, ein Formfehler auftauchen, der im letzten Moment alles zunichte machen würde. Anfangs erklärte der Anwalt noch geduldig, alles sei in Ordnung, man müsse sich nur in Geduld fassen, doch im Verlauf der folgenden Wochen war er zunehmend seltener erreichbar; immer öfter richtete die Sekretärin aus, er sei im Gericht bei einer Verhandlung und versprach, er werde zurückrufen. Er rief nie zurück. Irgendwann hatte Nicola die vergeblichen telefonischen Versuche satt, wurde in der Kanzlei vorstellig und knöpfte sich die Sekretärin vor.

»Ist dieser Scheißanwalt denn nie da?«

Er stürzte sich auf sie und wollte sie am Kragen packen, was ihm zweifellos gelungen wäre, wenn sie nicht dank der Räder ihres Bürostuhls blitzartig nach hinten geschossen wäre. Die Familie hielt Nicola zurück, während er noch immer versuchte, ihrer habhaft zu werden und bereits über den Schutzwall des Schreibtisches geklettert war.

»Diesen Dreckskerl interessieren ja nur die Piepen! Nur die Piepen interessieren ihn!«

Nach diesem Zwischenfall beschloss der Anwalt Modica, die Verteidigung der Ciraulo aufzugeben, freilich nicht ohne zuvor eine Honorarforderung in Millionenhöhe vorzulegen, welche die eingeklagte Entschädigungssumme prozentual berücksichtigte. Diese Rechnung ließ die Summe ihrer Schulden gewaltig anschwellen, doch das bereitete der Familie keine übergroßen Sorgen – um die Bezahlung des Anwalts würden sie sich zuallerletzt kümmern. Besorgniserregend war eher, dass sie von nun an ohne gesetzlichen Vertreter dastanden und nicht mehr wussten, an wen sie sich mit all ihren Fragen wenden sollten. Nicolas Anrufe in der Präfektur wurden von der Telefonzentrale zwar in die Büros weitergeleitet, doch da in den Büros nie jemand antwortete, kamen sie prompt wieder in der Telefonzentrale an, wo es dann immer hieß: »Er scheint gerade nicht am Platz zu sein.«

Alle waren immer gerade nicht am Platz.

Das Problem war, dass die Ciraulo in der Hoffnung auf Serenellas Geld nicht nur begonnen hatten, große Ausgaben zu machen, sondern dass Nicola obendrein fast all die kleinen Beschäftigungen aufgegeben hatte, die seine Einnahmequelle darstellten, weil er überzeugt war, sie fürderhin nicht mehr zu brauchen. Und so sahen sich die Ciraulo innerhalb weniger Wochen nicht einmal mehr imstande, ihre grundlegendsten Bedürfnisse zu befriedigen: Lebensmittel, Benzin, Miete. Anfangs hatten sie eine Zeitlang gar nicht mehr auf das Geld geachtet, weil die Nachricht vom glücklichen Ausgang ihres Rechtsstreits sich überall herumgesprochen und die Händler äußerst wohlwollend gestimmt hatte. Die seismographische Messstation ihrer finanziellen Verhältnisse waren Loredanas Einkäufe. Beim Bäcker sah man kein Problem darin, ihr Kredit zu gewähren: »Bei einer Dame wie Ihnen …«

Der Obst- und Gemüsehändler drückte ihr lächelnd die prallvollen Plastiktüten in die Hand: »Sie müssen sich wirklich keine Sorgen machen.«

Der Wurstverkäufer reichte ihr die Packung mit Nicolas Lieblingsaufschnitt und winkte ab: »Beim nächstenmal.«

Die Welt war auf einmal freundlich zu den Ciraulo. Der Spruch, dass Geld zwar nicht glücklich mache, aber durchaus zu etwas nütze sei, fing an, ihnen einzuleuchten. Alle waren bereit, ihnen zu helfen, und sie wussten, warum: Bald würden sie in der Lage sein, sich selbst zu helfen und auch die anderen zu unterstützen.

So ging es etwa einen Monat lang, dann schlug die Stimmung um. Beim Bäcker musste Loredana sich von einem Tag auf den anderen sagen lassen: »Sie müssen das verstehen: Auch bei einer Dame wie Ihnen …«

Dieser Gesinnungswandel kränkte sie zunächst, doch dann stießen der Gemüsehändler und der Wurstverkäufer ins gleiche Horn: »Tut mir leid, tut mir leid.«

Allen tat es herzlich leid, trotzdem wurde der Kredit der Ciraulo bei den Lebensmittelhändlern des Viertels abgeschafft, und Einkaufen, sogar wenn es nur um Brot ging, wurde zum Problem. Im Familienkreis machte man sich gegenseitig Mut, weil man es für ein vorübergehendes Problem hielt. Als Problem blieb es freilich in der Welt, und darum musste man sich auf die Suche nach einer kurzfristigen Lösung begeben.

Da gab es diesen Signor Pino. Einen Pensionär aus dem Viertel, der gewisse kleinere Investitionen von früher sowie seine Abfindung als ehemaliger Taxifahrer gewinnbringend angelegt hatte. Doch statt das Geld in der Bank zu deponieren, hatte er sich selbst in eine Bank verwandelt. Er verlieh Geld an Leute, die es brauchten, dann zahlten sie es ihm zurück, und dieses Geld wurde immer mehr, immer mehr. Bald ging das Gerücht um, dass es ziemlich viel mehr geworden sei. In der Kalsa wussten alle, dass Signor Pino mit sich reden ließ. Er war ein Mensch, dem man im Notfall vertrauen konnte. Natürlich tat er das nicht aus Herzensgüte oder christlicher Nächstenliebe. Aber wenn sogar die Banken ihre in Liquiditätsverlegenheit befindlichen Kunden manchmal zu Signor Pino schickten, konnte das nichts anderes bedeuten, als dass er eine vertrauenswürdige Person war. Übrigens vertraute auch Signor Pino seinen Kunden. Er war pünktlich und genau und verlangte auch von seinen Kunden Pünktlichkeit und Genauigkeit im Umgang mit ihm. Hatte man das verstanden, lief alles glatt. Sogar wenn die Rückerstattung des

Bargeldes sich um ein paar Tage verzögerte, brauchte man nur mit Signor Pino zu reden. Dann sagte er: »Kein Problem.«

Oder: »Da findet sich eine Lösung.«

Es war nicht Signor Pino, der Nicola aufsuchte, sondern umgekehrt. Nicola suchte ihn auf, weil er ihn brauchte, weil Loredana eines Tages beim Schneiden einer Zwiebel zu weinen begonnen hatte und nicht mehr aufgehört hatte, auch dann nicht, als die Zwiebel schon längst gegessen und verdaut war.

Bei Signor Pino musste man in Begleitung eines Freundes vorstellig werden, und Nicola stellte sich mit Giovanni vor, der sein Freund und außerdem mit Signor Pino befreundet war, weil der, als ehemaliger Taxifahrer, Giovanni mal beim Kauf eines Gebrauchtwagens beraten hatte. Als sie ankamen, fanden sie Signor Pino auf einem geflochtenen Stuhl sitzend vor, der direkt neben seiner Haustür stand. In den ersten Augenblicken herrschte Verlegenheit, als wollte keine Seite den ersten Schritt machen, um zum Thema zu kommen. Giovanni versuchte, das Eis zu brechen: »Was erzählt man sich so?«

»Nun ja.«

Momente drückenden Schweigens folgten. Signor Pino forderte sie nicht auf, einzutreten, darum machte Giovanni den ersten Schritt: »Dürfen wir?«

Da klappte es, Signor Pino ließ sie eintreten.

»Setzt euch.«

Erst als sie die Wohnung von Signor Pino betreten hatten – eine ärmliche Wohnung, die das Gerücht um die von ihrem Eigentümer angehäuften Reichtümer widerlegte –, stellte Giovanni die Anwesenden einander vor. Das wäre nicht nötig gewesen, denn jeder wusste, wer der andere war, doch allgemein verspürte man das Bedürfnis, der Begegnung einen offiziellen Anstrich zu geben, und Giovanni legte Wert darauf, seine Rolle als Bürge ordnungsgemäß zu spielen.

»Pino, das hier ist Nicola, der dich sprechen will.«

»Hier bin ich.«

Nicola war entsetzlich verlegen, zumal seine Körperfülle ihm nicht unbedingt half, das demütige Verhalten an den Tag zu legen, das in dieser peinlichen Lage angebracht war. Auch schien Signor Pino nicht geneigt, ihm entgegenzukommen, indem er irgendeine Initiative ergriff. Dazu war er nicht verpflichtet. Also fing Nicola an, die Geschichte von Serenellas Geld zu erzählen, und gestand, dass er zwar noch darauf warte, das Geld zu kassieren, seiner Frau aber trotzdem jetzt schon ein Geschenk machen wolle.

»Ein schönes Geschenk, weil das hat diese Frau verdient bei all dem, was sie durchgemacht hat.«

Signor Pino tat so, als glaubte er die von Nicola vorgebrachte Version. Er bewegte den Kopf und sagte: »Hm.«

Darauf folgte eine Stille, die eine Ewigkeit zu dauern schien, so dass Nicola sich zu Giovanni umwandte und ihn mit einem Blick fragte, ob er deutlich genug gewesen sei. Giovanni erwiderte den Blick nicht. Er fixierte einen Aschenbecher auf einem Tisch zwischen ihnen. So starr war sein Blick auf diesen Aschenbecher geheftet, dass auch Nicola ihn in Augenschein nahm: Es war ein normaler Aschenbecher.

Plötzlich fragte Signor Pino: »Wie groß soll dies Geschenk denn sein?«

»Na ja, groß …«

»Wie groß?«

Nicola nannte den Betrag, den er nach seinen Berechnungen brauchte, um die Schulden zu begleichen und den Monat in familiärem Frieden zu Ende zu bringen. Danach würden die häuslichen Finanzen sich leicht wieder ins Lot bringen lassen. Der Betrag erschien Nicola nicht übertrieben hoch, doch Signor Pino zuckte mit den Lidern und sah Giovanni an, der seinerseits den Blick nicht vom Aschenbecher löste.

»Ein hübsches Sümmchen.«

»Hm.«

»So viel Geld hab ich nicht im Haus.«

»Hm.«

»Du musst morgen wiederkommen.«

»Hm, morgen. Wann ungefähr?«

Signor Pino überhörte die Frage.

»Die Konditionen kennst du?«

»Ehrlich gesagt, nein.«

»Giova', sag ihm die Konditionen.«

Giovanni erklärte, wie er das Geld zurückzahlen sollte, bis zu welchem Fälligkeitsdatum und in welcher Höhe: die Raten, die Zinsen, alles. Nicola hörte so lammfromm zu, wie es selten bei ihm vorkam. Nach Beendigung der Erklärungen fragte Signor Pino: »Haben wir alles kapiert?«

»Klar doch, alles.«

Am nächsten Tag kam Nicola wieder, abermals mit Giovanni, der zur gegenseitigen Absicherung immer dabei sein musste. Signor Pino befand sich genau dort, wo sie ihn tags zuvor angetroffen und zurückgelassen hatten, auf dem Strohstuhl vor seiner Haustür. Es war, als hätte er sich in der Zwischenzeit nicht vom Platz gerührt, als würde er sich nur für sie von dort wegbewegen.

»Auf euch habe ich gewartet.«

Nicola nahm das Geld im Empfang, unterschrieb die erforderlichen Papiere, kehrte nach Hause zurück, warf das Bargeld auf den Tisch und sagte: »Hier sind die Piepen.«

Am Nachmittag wurde die gleiche Geste von Loredana wiederholt. Sie legte das Geld auf den Ladentisch des Bäckers, des Gemüsehändlers und des Wurstverkäufers, jedesmal mit den Worten: »Hier sind die Piepen.«

Die Genugtuung währte nur kurz. Das Monatsende kam, Serenellas Geld dagegen nicht. Die von Signor Pino geliehene

Summe hatte sich in nichts aufgelöst, sobald die dringendsten Schulden bezahlt waren, darum wurde schon in den ersten Tagen des folgenden Monats ein nächster Besuch bei Signor Pino fällig. Als dieser, auf seinem Stuhl an der Straße sitzend, Nicola und Giovanni vor sich stehen sah, fragte er sofort: »Bringst du das Geld?«

Nicola erschrak. Bis zum Fälligkeitsdatum des Darlehens waren es noch ein paar Tage. Er fühlte sich angegriffen.

»Also, eigentlich nicht …«

Er prüfte mit einem Seitenblick, ob Giovanni noch etwas hinzuzufügen hatte, und ergänzte dann selbst: »… ehrlich gesagt, brauche ich noch mehr.«

Nicola hatte erwartet, dass er sein Begehren irgendwie rechtfertigen musste, doch das Gute an Signor Pino im Vergleich zu den Banken war, dass man nichts zu rechtfertigen brauchte. Also verkniff er sich die Geschichte von einem zweiten Geschenk für seine Frau, die ihm sowieso ziemlich dürftig vorkam, und nannte den Betrag, den er brauchte. Signor Pino hob die Augen zum Himmel, um ihm zu bedeuten, dass es eine Menge Geld war, eine Summe, die er nicht im Haus hatte. Er fragte: »Die Konditionen kennst du?«

Nicola meinte sie zu kennen, da er ja vor nicht einmal zehn Tagen hier gewesen war, doch er irrte. Wiederum oblag es Giovanni, die Rückzahlungskonditionen zu erläutern, die nunmehr auch den zuvor aufgenommenen Kredit berücksichtigten. Er hielt eine sehr fachmännische, für Nicola überraschende Rede. Sie handelte davon, dass mit der Kapitalinvestition Risiken verbunden waren und Signor Pino sich in irgendeiner Form absichern musste. Konnte Nicola Sicherheiten bieten?

»Was denn für Sicherheiten?«

»Eine Wohnung, ein Auto, irgendwas …«

»Giova', du weißt doch …«

Giovanni wandte die Augen ab: Hier und in diesem Moment wusste er gar nichts, er war mit allen gut Freund und wusste nichts. Nicola murmelte: »Das einzige ist das Geld von Serenella.«

Der Satz half, das Gespräch wiederzubeleben. Signor Pino hüllte sich in Schweigen, und Giovanni ergriff erneut das Wort. Die so lang erwartete Entschädigung mochte vielleicht eine ausreichende Sicherheit darstellen. Doch wann würde das Geld eintreffen? Ob Nicola das wisse?

»Ich weiß es nicht.«

Also musste man vorsichtig sein. Nicola musste vorsichtig sein, aber auch Signor Pino musste vorsichtig sein. Sogar er selbst, Giovanni, musste vorsichtig sein. Alle mussten sie vorsichtig sein. Wenn Signor Pino zeit seines Lebens nicht immer vorsichtig gewesen wäre, wo säße er dann wohl jetzt? Ob Nicola das wisse?

»Ich weiß es nicht.«

Im Obdachlosenasyl »Ein Bissen für die Armen« wäre er gelandet, wenn er nicht sein ganzes Leben lang vorsichtig gewesen wäre. Giovanni hatte seine Rede beendet, nun ergriff Signor Pino das Wort und fragte: »Haben wir alles kapiert?«

Das einzige, was Nicola wirklich kapiert hatte, war, dass er Serenellas Geld so schnell wie möglich kriegen musste. Einstweilen aber kehrte er am nächsten Tag zu Signor Pino zurück, um die gleiche Summe in Empfang zu nehmen, die er schon im Vormonat erhalten hatte, und einen Haufen Papiere zu unterschreiben, der ihm sogar noch größer erschien als beim erstenmal. Diesmal händigte er seiner Frau das Geld mit weniger triumphierendem Gebaren aus: »Sorg dafür, dass es reicht, bis die richtigen Piepen kommen.«

Die richtigen Piepen. Will heißen: Nicola war durchaus bewusst, dass die Familie bereits in einer Art virtueller Wirtschaft lebte, bei der sie Geld erhielten und ausgaben, das ihnen nicht gehörte. Die Entschädigung, die dieser Schuldenspirale ein Ende gesetzt hätte, wollte einfach nicht kommen, und auch wenn die Frist bis zur Überweisung des Geldes wahrscheinlich innerhalb der bürokratischen Norm lag, wurde jeder Tag dieser Wartezeit für die Ciraulo doch zur Qual. Nicht unbedingt wegen der Lebenshaltungskosten, die Loredana und Rosa wieder unter Kontrolle gebracht hatten, sondern wegen des Termins für die Rückzahlung des bei Signor Pino aufgenommenen Darlehens. Die Familie ahnte, dass die Stunde der Abrechnung bedrohlich näherrückte.

Eines Morgens erschien Giovanni mit langem Gesicht. Nicola und seine Frau waren allein zu Haus. Sie boten ihm an, sich aufs Sofa zu setzen, doch er zog den Küchentisch vor. Er war betrübt.

»Ich habe Signor Pino getroffen. Er hat mir gesagt, du sollst dran denken, dass die Rate fällig wird. Er würde die Sache für dieses eine Mal ja gern auf sich beruhen lassen, aber die Steuern müssen bezahlt werden und all dieser Kram.«

Ein drohender Steuertermin? Davon wusste Nicola nichts. Aber er konnte sich auch irren, denn er zahlte keine Steuern.

»Und wieviel ist das?«

»Tja, wieviel …«

Giovanni ließ sich ein wenig bitten, als habe er nicht den Mut, die Summe zu nennen. Und seine Vorsicht war berechtigt, denn als er endlich damit herausrückte, war sie so hoch, dass die Ciraulo erschraken. Loredana mischte sich in diese Gespräche nicht ein, schließlich wusste sie offiziell nicht einmal, woher das Geld gekommen war, das ihr Mann zweimal auf ebendiesen Tisch gelegt hatte, um den sie jetzt diskutierend saßen. Das Verhandeln war also Nicolas Aufgabe.

»Aber so viel haben wir nicht.«

»Dann müssen wir's auftreiben. Du musst es auftreiben.«

»Wirklich sofort?«

»Ha, früher als sofort.«

»Könnte man nicht, was weiß ich, um einen Aufschub …? Kannst du nicht mal mit ihm reden, du bist doch sein Freund?«

Eine Stundung war nicht möglich. Der Zahlungstermin war von einem Tag zum anderen absolut unaufschiebbar geworden. Das sah man daran, dass Giovanni die Augen senkte und ausweichend antwortete, er sei zwar ihr Freund, aber, auf die Gefahr hin, sich zu wiederholen, er sei auch ein Freund von Signor Pino, und vor allem sei er ein Freund der Gerechtigkeit. Hatten sie dieses Geld genommen? Hatten sie es ausgegeben? Na, also!

»Wir können gar nichts machen?«

Giovanni hob ratlos die Schultern.

»Und wenn wir ihm eine Anzahlung geben?«

Giovanni schüttelte den Kopf.

»Gibt's denn gar nichts, was wir uns ausdenken können?«

Giovanni blickte einen Moment lang zu ihm auf, und Nicola erwartete hoffnungsvoll eine positive Auskunft, doch schon senkte sein Freund und der Freund von Signor Pino wieder die Augen und ließ sich zu keiner Reaktion mehr bewegen. Erst als Loredana und Nicola völlig zermürbt waren und nicht einmal mehr die Kraft hatten, neue Vorschläge für eine Galgenfrist zu ersinnen, ließ Giovanni einen letzten Hoffnungsschimmer aufblitzen, der fünf Minuten früher noch undenkbar erschienen war: »Es sei denn, du willst mit ihm reden.«

Bei diesen Worten fühlte sich Nicola, als würde er neu geboren. Warum hatte Giovanni das nicht schon früher gesagt? Wenn er direkt mit Signor Pino sprechen konnte, würden sie zu einer Übereinkunft kommen. Schließlich entschied nicht Giovanni – die Entscheidung traf Signor Pino. Giovanni war nur ein Vermittler. Wenn Nicola selbst mit Signor Pino redete, konnte er versuchen, ihn persönlich zu überzeugen. Unter Männern blickt man sich in die Augen, und alle Probleme lassen sich lösen.

»Wann können wir hingehen und mit ihm reden?«

»Heut nachmittag.«

Dieser so kurzfristige Termin überraschte Nicola.

»Wollen wir ihn nicht erst anrufen?«

»Das ist nicht nötig, er ist immer da. Wir gehen hin, du redest mit ihm, dann sehen wir, ob er vielleicht irgendeine Möglichkeit findet.«

Um halb sechs kam Giovanni vorbei, um Nicola abzuholen, und sie gingen zu Signor Pino. Sie fanden ihn zwar wieder an seinem gewohnten Platz vor, doch im Vergleich zu den vorangegangenen Malen war seine Miene finsterer. Man brauchte nur sein Gesicht zu sehen, um zu erkennen, dass er damit rechnete, dass Nicola das Geld nicht zurückzahlen konnte, und dass ihn das ärgerte. Als Nicola mit der kleinen Rechtfertigungsrede beginnen wollte, die er sich zurechtgelegt hatte, brachte Signor Pino ihn mit einer Handbewegung zum Schweigen. Da gab es nichts zu sagen: Im ganzen Viertel wusste man, dass das Geld der Ciraulo immer noch nicht angekommen war. Und Signor Pino war natürlich der erste, der solche Sachen wusste. Also wollte er sofort auf den Punkt kommen: »Mir scheint, Geld krieg ich heute nicht zu sehen.«

Nicola war gezwungen, zuzugeben: »Nein.«

»Gar nichts?«

Die Ciraulo hätten vielleicht die Hälfte von der Hälfte der Hälfte dessen, was gebraucht wurde, zusammenbringen können, und auch das wäre nicht leicht gewesen. Darum hielt Nicola es für klüger, einen stümperhaften Eindruck zu vermeiden und sich bedingungslos zu ergeben: »Null.«

»Und was machen wir jetzt?«

Das war eine rhetorische Frage. Denn die Antwort musste Signor Pino selbst geben, vorausgesetzt, es ließ sich überhaupt irgend etwas machen. Tatsächlich fuhr er fort: »Das Geld brauch ich heute. Kapiert?«

Nicola hatte zwar kapiert, aber mehr konnte er dazu nicht sagen, darum blieb er still.

»Das Finanzamt wartet nicht. Also kann ich auch nicht warten.«

Einen Augenblick lang gab Nicola sich einem Anfall tollkühner Gewissenlosigkeit hin: Er konnte das Geld nicht zurückzahlen – na und? Was konnte Signor Pino ihm schon antun? Er besaß nichts, woran Signor Pino sich schadlos halten konnte. Die Wohnung, in der sie lebten, war eine Mietwohnung. Nur der Ritmo war auf seinen Namen angemeldet, und den konnte der Alte ruhig haben. Wenn das Auto genügt hätte, um die Schulden wenigstens teilweise zurückzuzahlen, hätte er es Signor Pino gerne überlassen. Aber der Ritmo genügte nicht. Nicola wusste, dass er nicht genügte.

Signor Pino verzog einen Mundwinkel zu einem bitteren Lächeln, das bedeutete: Was wird mir nicht alles zugemutet. Es war das erstemal, dass Nicola ihn lächeln sah, aber man durfte es wohl kaum als ein gutes Zeichen auffassen. Die Tollkühnheit, die ihn noch vor wenigen Minuten gepackt hatte, war sofort wieder verflogen, denn es stimmte nicht, dass er nichts besaß: Er hatte eine Familie. Er musste an die Familie denken. Er musste dieses Geld zurückzahlen, um seine Familie zu schützen. Er war bei dem Mann, der ihm gegenübersaß, eine Verbindlichkeit eingegangen, und der musste er in irgendeiner Weise nachkommen. Trostlosigkeit übermannte ihn. Er fühlte, dass er bereit war, seine Würde aufs Spiel zu setzen, um die Schuld zu bezahlen. Er war bereit, weinend auf die Knie zu fallen, um einen Aufschub zu erflehen. Schon sah er sich mit seinem massigen Körper vor diesem kleinen, verknöcherten Alten knien. Vielleicht würde Signor Pino sich angesichts einer solchen Erniedrigung wenigstens vorerst zufriedengestellt sehen. Nicola besaß einen ausgeprägten Stolz, und diesen zu überwinden erschien ihm als ein angemessener Preis. Gerade als er den letzten Funken Ehrgefühl in sich abtöten wollte, überdies ohne die Gewissheit, damit zu einer Lösung zu kommen, sagte Signor Pino etwas, was neue Hoffnung in Nicolas Herzen entfachte: »Es sei denn …«

Ein Ausdruck, den er so in den Raum stellte, mehr nicht. Doch für Nicola, der kurz davor gewesen war, sich auf die Knie zu werfen, bedeutete er, dass es einen Ausweg gab, und wie auch immer dieser Weg aussehen mochte, er war bereit, ihn zu gehen. Signor Pino fügte hinzu: »Ich kann's besorgen.«

Nicola begriff nicht. Das Geld besorgen, ja gut, doch wer sollte es bekommen? Signor Pino wandte die Augen ab. Er hasste es, wenn er nicht sofort verstanden wurde, darum oblag die Erklärung wiederum Giovanni. »Signor Pino sagt, dass du ihm die Piepen auf jeden Fall geben musst. Aber um sie ihm geben zu können, musst du sie haben. Ist das soweit richtig?«

»Richtig.«

»Hast du sie?«

»Nein.«

»Eben. Also musst du jemand finden, der sie dir gibt. Wer kann sie dir geben?«

»Wer kann sie mir geben?«

»Wer hat dir bisher die Piepen gegeben?«

Nicola sah Signor Pino an. Doch der zeigte sich desinteressiert am Fortgang ihres Gesprächs. Giovanni fuhr fort: »Signor Pino. Und Signor Pino ist, soweit ich es verstehe, ausnahmsweise bereit, dir noch mal was zu leihen. Vorausgesetzt …«

»Vorausgesetzt was?«

»Vorausgesetzt, es ist klar, dass dies andere Piepen sind als die von vorher.«

Nicola war völlig verwirrt. Verständnisvoll versuchte Giovanni, die Erklärung deutlicher zu formulieren: »Ihr könnt es so machen: Er leiht dir das Geld, das du brauchst, um die Rate und die Zinsen zu zahlen. Du gibst es ihm, und ihr seid quitt.«

Nicola zögerte einen Moment: »Vorläufig.«

»Natürlich: vorläufig.«

Das konnte eine Lösung sein, und Nicola hatte sowieso keine andere Wahl. Er willigte ein. Es war wahrhaftig kein gutes Geschäft, doch Serenellas Geld war unterwegs, und es ging nur darum, Zeit zu gewinnen. Man legte ihm Papiere vor, die besagten, dass er ein Darlehen erhielt, bei dem ihm nicht mal die Befriedigung gewährt wurde, das Geld eigenhändig weitergeben zu dürfen. Zunächst sah er den Grund nicht ein, was bei Giovanni und Signor Pino zum Austausch eines fast zärtlichen Lächelns führte: Dieses Geld war ausschließlich der Begleichung seiner Kreditschulden vorbehalten, darum musste es nicht einmal den Besitzer wechseln, und Nicola musste diesmal auch nicht am nächsten Tag wiederkommen, um es in Empfang zu nehmen. Signor Pino übergab dieses Geld direkt an Signor Pino.

»Alles klar?«

»Klar.«

Blieb nur noch das zu klären, was Signor Pino, wiederum Giovanni die Aufgabe eingehender Erläuterungen überlassend, kurz benannte: »Die Konditionen.«

Auch diesmal irrte Nicola, wenn er glaubte, sie zu kennen. Sie waren weit schlechter als beim ersten, ja sogar als beim zweitenmal. Es handelte sich, rundheraus gesagt, um regelrechten Diebstahl. Nicola zuckte zusammen, als er hörte, welch unverhältnismäßig hohe Zinsen und Zinseszinsen die beiden von ihm forderten. Ja, die beiden: Denn auch Giovanni forderte, warum war er denn jedesmal so gut informiert? Und warum protestierte er nicht gegen den mörderischen Strang, den Signor Pino Nicola maßgeschneidert um den Hals legte? Derselbe Stolz, den er kurz zuvor noch fast mit Füßen getreten hätte, wurde seinen beiden Gesprächspartnern nun ins Gesicht geschleudert: »Habt ihr sie noch alle? Glaubt ihr denn, ich wär blöd? Ist euch überhaupt klar, was ihr von mir verlangt? Die Konditionen ... was denn für Konditionen? Scheiß doch auf die Konditionen! Das unterschreibe ich nicht, heute nicht und überhaupt nie.«

Der Ausbruch überraschte Giovanni und Signor Pino, sie waren so verblüfft, dass sie sie kein einziges Wort der Erwiderung hervorbrachten. Entgeistert starrten sie ihn an, während er aufstand, nach der Jacke griff, die er abgelegt hatte, damit ihm nicht zu warm wurde, an der Jacke zerrte, wie er an den beiden hätte zerren wollen, den Stuhl geräuschvoll wieder an seinen Platz stellte und sich mit herausfordernder Miene verabschiedete: »Guten Abend, meine Herren.«

Voller Stolz auf seinen Stolz, aber äußerst schlecht gelaunt, ging Nicola nach Hause. Dort begrüßte er wortkarg seine Frau, aß das Abendessen, das sie für ihn zubereitet hatte, und sagte, es schmecke ekelhaft. Er warf sich aufs Bett, weil er sofort schlafen wollte, konnte nicht einschlafen und gab ihr die Schuld, weil sie Lärm in der Küche machte. Er schaltete den Fernseher an, sah ein Stückchen von der Wiederholung des Grand Prix – Ferrari hatte verloren. Er wartete auf die Sportschau – auch Juventus hatte verloren. Er hielt Tancredi eine sowohl vorbeugend wie rückblickend wirksame Standpauke und dehnte diese Standpauke dann auf die gesamte Familie aus, weil allen das Geld zu Kopf gestiegen war. Er verkündete, er habe Lust rauszugehen, wanderte einmal um den

Block und kehrte zehn Minuten später zurück. Er ging zu Bett, ohne jemandem Gute Nacht zu sagen, und machte während des größten Teils der Nacht kein Auge zu.

Am nächsten Tag ging er zu Signor Pino und unterschrieb, was unterschrieben werden musste.

Zum Glück kommt ihn am nächsten Tag seine Freundin im Gefängnis besuchen. Mariantonia ist brünett und hat eine sehr helle Haut. Ihre Augen sind mit Kajal dunkel umrandet, was ihre Blässe noch mehr hervorhebt. Ihre Haare umrahmen das Gesicht, und sie trägt einen dunklen Mantel, den sie während des ganzen Gesprächs nicht auszieht. Nun gut, es ist kalt, doch dieses Verhalten trägt nicht gerade dazu bei, die Atmosphäre aufzulockern. Tancredi weiß, dass Mariantonia sauer auf ihn ist, was die Begegnung noch schwieriger macht. Und als wäre das nicht genug, hat er obendrein den Eindruck, dass es ihr peinlich ist, ihn im Gefängnis zu besuchen. Darum zieht sie ihren Mantel nicht aus, als müsste sie jeden Moment

aufbrechen. Als wollte sie unterstreichen, dass sie mit dieser Umgebung nichts zu tun hat. Im Grunde versteht Tancredi sie ja, doch er kann nichts daran ändern. Wenn sie sich bemühen würde, ihre Nervosität zu verbergen, könnte die Spannung sich vielleicht legen.

Doch gleich nach der Begrüßung fängt Mariantonia an, ihren Ärger an ihm auszulassen. Sie beklagt sich über die Schwierigkeiten, die sie hatte, einen Parkplatz in der Via Albanese zu finden, über die Schlange, in der sie vor dem Gefängnis warten musste, über die anderen Frauen, die versucht haben, sich vorzudrängeln, und die Kontrollen, die sie über sich ergehen lassen musste, bevor man sie ins Gefängnis ließ. Eine Reihe kleinerer Unannehmlichkeiten, die ihm, verglichen mit der Lage, in der er sich befindet, geringfügig vorkommen. Doch bevor Tancredi sie darauf aufmerksam machen kann, fängt Mariantonia an, sich über die Verhöre zu beklagen, die sie nach dem Verbrechen ertragen musste.

»Eine Stunde haben sie mich dabehalten. Ach, was sag ich, eine Stunde? Ich weiß nicht mal mehr, wie lang das gedauert hat. Was wollen die denn bloß von mir?«

»Was haben sie dich gefragt?«

Mariantonia schnaubt ungeduldig, beugt den Kopf vor und imitiert den Ermittlungsrichter, der sie verhört hat: »Haben Sie in den letzten Tagen mit Tancredi gesprochen? Haben Sie ihm gesagt, dass es besser ist, wenn er gesteht? Lauter so Zeug.«

»Und du?«

»Ich hab die Wahrheit gesagt: Dass du sowieso nicht auf das hörst, was ich dir sage …«

»Und sie?«

»Der Typ sagt, es ist von Vorteil für dich, wenn du gestehst. Er sagt, sie haben alle Beweise. Sogar deine Verwandten beschuldigen dich, und das weißt du. Strenggenommen brauchen sie nicht mal ein Geständnis, sagt er. Aber sie tun es für dich, in deinem Interesse …«

Sie hat aufgehört, über die Polizisten zu schimpfen. Jetzt befasst sie sich mit ihm. Sie versucht ihn zu überreden. Doch Tancredi hat nicht die Absicht, sich von irgend jemandem überreden zu lassen: »Hilf dir selbst, dann hilft dir Gott. Mir haben sie das auch schon mindestens fünfzigmal gesagt.«

»Außerdem wollen sie wissen, ob du mit mir darüber sprichst. Ob du zugibst, dass du es warst.«

»Und was erzählst du ihnen?«

»Ich sag, dass ich das nicht wissen kann. Denn über das, was passiert ist, willst du nicht reden. Stimmt doch, oder? Ich war schließlich nicht dabei, als es passiert ist. Was kann ich da also wissen?«

Mariantonia schlägt die Beine übereinander. Tancredi betrachtet sie, und die Zeit, in der er nach Belieben über diese Beine verfügen konnte, scheint ihm endlos weit entfernt. Vielleicht bemerkt sie seine trübseligen Reminiszenzen, jedenfalls versucht sie, den Saum ihres Mantels über die Knie zu ziehen und so jede Versuchung zu verhindern. Sein Blick bleibt am Stoff hängen.

»Das hast du richtig gemacht.«

»Außerdem wollen sie wissen, ob du mir vertraust.«

»Wieso denn das? Sollte ich dir nicht vertrauen? Was hast du dazu gesagt?«

»Ich hab gesagt, dass ihr nur euresgleichen traut.«

Tancredi merkt, dass die Konversation in eine andere heikle Sphäre abzudriften droht, darum geht er zur Defensive über. Er blickt einen Moment lang zu ihr auf, dann wendet er die Augen ab.

»Euresgleichen, wer soll das sein, bitte?«

»Ihr Ciraulo.«

»Warum? Wie sind wir Ciraulo?«

»Wie seid ihr, wie seid ihr … Weißt du wirklich nicht, wie ihr seid? Dickköpfe. Ist doch völlig ausgeschlossen, dass ich dir sage, was du machen sollst, und du machst das dann … Dickköpfe eben.«

Tancredi hätte durchaus Einwände vorzubringen, doch das verkneift er sich. Er wechselt das Thema, indem er ihr eine Frage stellt, über die er selbst ständig nachgrübelt: »Hör mal, eins verstehe ich nicht: Wenn er sagt, sie haben alle Beweise und so weiter, warum wollen sie dann unbedingt, dass ich gestehe?«

»Er sagt, sie finden das irgendwie zu blöd, dass du nicht redest. Darum wollen sie, dass ich mit dir rede.«

»Dann sag ihnen, dass du mit mir geredet hast. Sag, dass ich ein Dickkopf bin und nicht auf dich hören will.«

»Hab ich ja alles schon gesagt. Glaubst du, ich hätte das nicht schon längst gesagt? Aber ich hab auch gesagt, dass ich überhaupt nicht zähle. Erst kommt deine Mutter, dann kommt deine Oma und dann komm ganz vielleicht irgendwann ich.«

Schon wieder! Immer dieselben Geschichten. Tancredi überlegt, ob es wohl irgendwo einen Ort gibt, an den er sich flüchten kann, um sie nicht hören zu müssen.

»Schon gut, schon gut. Und was wollen sie noch wissen?«

»Sie wollen wissen, ob du mit deinem Vater gestritten hast. Und da hab ich ihnen gesagt: Andauernd haben die gestritten. Danach wollten sie wissen, warum. Also sag ich, ihr habt wegen allem gestritten. Ihr habt ja gar nichts andres getan als streiten.«

Mariantonia fährt fort, auf eine Weise zu sprechen, die Tancredi nicht gefällt. Am Tonfall erkennt man, dass sie sich aus Liebe zu ihm dem Verhör unterzogen hat, doch jetzt möchte sie ihn dafür büßen lassen, denn die Liebe, schön und gut, das ist eine Sache, aber andererseits hat sie die Nase voll von der ganzen Situation. Man erkennt das daran, wie sie spricht und wie sie in Abständen verstummt, um eine Stelle links oben an der Wand anzustarren. Dann fängt sie wieder an: »Aber dabei sind ihnen Zweifel gekommen. Tja, tut mir leid … Ich hab gesagt: Sagt mal, seid ihr wirklich ganz, ganz sicher, dass Tancredi ihn umgebracht hat?«

»Was?«

»Mach doch, was du willst. Aber wenigstens ist ihnen ein Verdacht gekommen. Darum haben sie mich auch sofort gefragt, was ich damit meine: Warum, ist er's denn nicht gewesen? Seine Verwandten sagen, dass er es war, sogar seine Mutter sagt, er war's … Und ich sofort: Na gut, dann wird er es wohl gewesen sein. Ich weiß auch nicht mehr als das, was ihr wisst. Ich bin ja schließlich kein Bulle, oder?«

Mariantonia übertreibt bei ihrem Bericht. Tancredi weiß das. Doch auch wenn man die Übertreibung abzieht, der Kern überzeugt ihn nicht. Er schüttelt den Kopf.

»Das nützt sowieso alles nichts, Mariantonia …«

»Du sagst, es nützt nichts … Aber erst mal sind sie richtig stinkig geworden. Wenigstens hab ich sie soweit gebracht, dass sie richtig stinkig wurden.«

»Logisch.«

»Dieser Typ sagt zu mir: Dann erzähl ich Ihnen jetzt mal was als hundertprozentiger Bulle. Wenn wir eins sicher wissen, dann, dass es Ihr Verlobter war. Und wenn Sie etwas wissen, sagen Sie's gefälligst. Sonst produzieren wir hier bloß heiße Luft.«

Hier lächelt Mariantonia ein bisschen, weil sie von Tancredi gelobt werden möchte. Doch er kann sich nicht konzentrieren. Er hat keine Meinung dazu. Also wird Mariantonia sofort wieder ernst und starrt weiter auf ihre Ecke oben links. Ein kurzes Zögern, dann sagt sie: »Außerdem wollten sie was über die Pistole wissen.«

Tancredi beschränkt sich darauf, sie anzuschauen. Als sie nichts hinzufügt, fragt er: »Was wollen sie von der Pistole wissen?«

»Ob ich wusste, dass du eine Pistole hast. Und ich sag, ich wusste es nicht.«

»Dass ich keine habe oder dass du es nicht wusstest?«

»Dass ich es nicht wusste. Und er sagt, sie finden diese Pistole nicht. Sie wollten von mir wissen, wo du sie versteckt hast.«

»Kümmer dich nicht um die Pistole. Lass sie doch danach suchen.«

»Sie suchen sie ja schon, wie's scheint. Aber sie haben das

Gefühl, als würdet ihr ihnen was verschweigen. Und weil ihr das Ding versteckt, ist klar, dass das deine Lage schlimmer macht, obwohl ich weiß nicht, wie die noch schlimmer sein könnte. Wenn du gestehst, ist alles gebongt. Der Fall wird abgeschlossen und Schwamm drüber. Aber jetzt wollen sie diese Pistole finden, weil die Pistole ist wichtig. Sonst denken sie nämlich, dass da irgendwas nicht stimmt ...«

Mariantonias Tirade bleibt in der Schwebe, was Gelegenheit bietet, sich alle möglichen Hintergründe auszumalen. Doch das behagt Tancredi ganz und gar nicht. Ihm scheint alles ziemlich einfach: Da es nichts zu sagen gibt, hat er beschlossen, nichts zu sagen. Außerdem langt es ihm. Er hat diese ganzen Komplikationen satt. Er hat Mariantonias Gerede satt. Vor allem hat er es gründlich satt, hier drin eingesperrt zu sein. Aber man zwingt ihn, hier drin zu sitzen, und sogar hier muss er sich die Vorwürfe seiner Verlobten anhören, die gerade wieder zum Angriff übergeht: »Also ich sag dir was: Entweder du machst jetzt Schluss und gestehst oder was willst du eigentlich erreichen, wenn du nicht redest? Erzähl ihnen, was sie wissen wollen, und das war's dann. Das kann dir doch scheißegal sein.«

Jetzt ist die Reihe an Tancredi, links oben die Wand zu betrachten, eine Stelle, die genau spiegelverkehrt zu der seiner
Freundin liegt. Erst seufzt Mariantonia, dann erkennt sie, dass sie das Thema wechseln muss, wenigstens fürs erste: »Ach ja, sie wollten auch was über den Abend hören, an dem es passiert ist. Ich hab gesagt, dass wir eine Pizza essen gegangen sind. Dass du mich mit dem Auto abgeholt hast, dann sind wir erst eine Pizza essen und dann in die Disko. Richtig?«

»Richtig, genau.«

»Das Auto hat dir dein Vater nur alle Jubeljahre mal gegeben, und ausgerechnet an dem Abend hast du's gekriegt. Daran sieht man, dass es Schicksal war.«

»Haben sie dich gefragt, was danach passiert ist?«

»Ich hab ihnen gesagt, dass du irgendwann keine Lust mehr zum Tanzen hattest. Also sind wir ein bisschen in der Gegend rumgefahren, Richtung Mondello, aber da waren massenweise Leute, massenweise Autos, und es war zwei Uhr nachts. Also sind wir über die Piazza gegangen, abwechselnd jeder einmal, und dann sind wir zurückgefahren. Sie wollten wissen, ob wir gestritten haben, aber ich hab gesagt: Wieso das denn? Du warst total ruhig, hab ich gesagt.«

Es war ein beliebiger Samstagabend gewesen. So beliebig, dass er sich in nichts von den vorhergehenden Samstagabenden unterschied. So beliebig, dass seine Langeweile noch aus zeitlicher Ferne ansteckend wirkte, wenn man bloß davon reden hörte. Vielleicht wird einmal ein Moment kommen, wo es ihm leid tut, dass er keinen solchen Samstagabend mehr verbringen kann. Aber dieser Moment ist noch nicht gekommen. Tancredi möchte gähnen, aber er zwingt sich, den Mund nicht aufzumachen, und entlädt die Spannung in den Unterkiefer, indem er an der Verbindungsstelle zu den Ohren ansetzt. Das erzeugt ein Knirschen, von dem er hofft, dass nur er es hören konnte. Er lässt sich ablenken, das dürfte er eigentlich nicht. Also ruft er sich zur Ordnung und zwingt sich, auf das Thema zurückzukommen.

»Habt ihr auch von dem Schaden am Auto geredet?«

»Was denn für ein Schaden? hab ich denen gesagt. Sowas nennen Sie einen Schaden? Als wir vom Parkplatz der Disko runterfahren wollten, ist er ein bisschen an der Mauer entlanggeschrammt, aber wirklich nur ein kleines bisschen. Am Ende vom Abend hatte ich das schon wieder vergessen … Dann wollten sie wissen, was am nächsten Morgen passiert ist, wo ich war, ob ich allein war. Und ich sag, wo sollte ich schon sein? Bei meinen Eltern natürlich. Allein konnte ich darum nicht sein. Sie wollten was über den Anruf wissen, den ich von dir gekriegt hab, gleich nachdem es passiert war.«

Mariantonia versucht, sich in den Mundwinkel zu beißen. Ein schwieriges Unterfangen, vor allem, wenn sie nicht darauf verzichtet, weiterzureden: »Sie haben sich wahnsinnig gewundert, dass du hinterher gleich telefonierst. Ist doch klar, sag ich, solltest du mir sowas etwa nicht sofort erzählen? Na also!«

»Und das Telefongespräch?«

»Was soll damit sein, da hast du mir erzählt, was passiert ist. Mehr nicht.«

Sie spielt die Sache herunter, während Tancredi alle Einzelheiten des Verhörs Wort für Wort wissen will.

»Was denn genau?«

Das Mädchen seufzt und antwortet in einem leiernden Singsang: »Dass dein Vater den Kratzer entdeckt hat, dass ihr gestritten habt, dass du auf ihn geschossen hast und dass er tot war. Gut so?«

»Dass ich dir also alles erzählt hab, stimmt's?«

»Stimmt. Warum fragst du? Ist das jetzt auf einmal nicht mehr in Ordnung? Seid ihr nicht zufrieden? Du sitzt hier im Ucciardone – seid ihr jetzt nicht alle zufrieden?«

Tancredi ärgert sich immer mehr über Mariantonias Verhalten. Er fragt sich, was die Leute, die ihr Gespräch belauschen, wohl denken mögen, und ob es wirklich irgendwo ein Mikrophon gibt und jemand ihnen zuhört. Er versucht sich vorzustellen, wer da zuhört: eine oder zwei Personen? Der Chef selbst oder der Vize? Oder beide zusammen? Und hören sie jetzt direkt live zu oder nehmen sie alles auf und hören es sich später in Ruhe an? Wie auch immer, das sind Details. Er hat seine Linie festgelegt. Sie ist unangreifbar, sie bleibt, wie sie ist, und auf diese Linie müssen sich alle einstellen.

»Marianto': Ich bin weder zufrieden noch unzufrieden. Es

ist nun mal so gekommen. Basta. Was können wir jetzt noch ändern? Man kann nicht mehr zurück.«

»Genau das hab ich auch gesagt. Was passieren musste, ist nun mal passiert. Sie wollten wissen, was du mir am Telefon erzählt hast, und was ich zu dir gesagt hab, und was du zu mir gesagt hast ... Was sollte ich ihnen groß erzählen? Inzwischen war doch sowieso nichts mehr zu machen. Sie haben schon längst beschlossen, dass du schuldig bist.«

»Tja, du hast es ihnen ja selbst gesagt ...«

»Nein, entschuldige mal: Ich hab ihnen das gesagt, was du mir gesagt hast, dass ich es sagen soll. Aber wie soll ich bitteschön wissen, ob das wahr ist oder nicht?«

Wenn wirklich jemand jetzt oder später dieses Gespräch hört, wird er bestimmt denken: Was die da sagen, passt nicht alles zusammen, aber das ist im Grunde verständlich. Mariantonias Zuneigung zu ihm hat mit Vernunft nichts zu tun. Sie möchte ihn trotz der erdrückenden Beweislage um jeden Preis verteidigen, sie versucht, in den anderen die Zweifel säen, die zu zerstreuen sie selbst mitgeholfen hat. Tancredi ist sich ganz sicher, dass es so ist.

Mariantonia wird gefasster und lässt die Schultern sinken, zum Zeichen, wie betrübt sie ist. Ein Verhalten, das Tancredi zärtlich stimmt, zumal der Moment gekommen ist, sie nach Hause gehen zu lassen. Sie ist müde, und müde ist auch er.

»Geh jetzt, es ist spät.«

»Willst du nicht wissen, wie das Verhör ausgegangen ist?«

»Wie ist es ausgegangen?«

»Sie haben mich nach Hause geschickt und gesagt: Hören Sie, gesetzt den Fall, dass Tancredi Ihnen irgend etwas mitteilt – Sie finden uns hier. Schlimmer kann es sowieso nicht kommen. Ich glaub, die haben dich schon abgeschrieben. An der ganzen Geschichte fehlen nur noch ein paar Details.«

»Und dann bist du endlich gegangen.«

»Ich bin gegangen. Ich bin aufgestanden, hab meine Tasche genommen. Aber dann bin ich stehengeblieben, denn irgendwas an dieser Geschichte schmeckt mir nicht. Ich kann nichts dafür, aber da ist was, das schmeckt mir gar nicht.«

Tancredi hatte sich einen Augenblick lang entspannt, jetzt ist er wieder beunruhigt: »Und was hast du gemacht?«

»Nichts, es war nur ein Moment. Dann bin ich wirklich gegangen.«

»Und Schluss?«

»Sie haben mir noch gesagt, dass sie die Sachen überprüfen werden, die ich gesagt hab. Dass sie alles überprüfen.«

»Genau darum sag ich ja nichts. So haben sie nichts zu überprüfen.«

»Und wenn sie überprüfen, was ich gesagt hab?«

»Warum? Hast du nicht die Wahrheit gesagt? Lass sie ruhig alles überprüfen, dann werden wir ja sehen, was sie finden.«

Mehr ist dem nicht hinzuzufügen. Tancredi beobachtet, wie Mariantonia fortgeht, und ist im Grunde erleichtert. Er weiß nicht, ob er Lust hat, sie wiederzusehen, obwohl er nicht umhin kann, die Form ihres Körpers unter dem Mantel wahrzunehmen. Ein schwarzer Mantel, schwarz wie der Volvo, der Ursprung all seiner Probleme. Er denkt an den Kratzer auf der Beifahrerseite. Noch hat er nicht entschieden, ob es letzten Endes nicht besser gewesen wäre, wenn er einen richtigen Unfall gehabt hätte, wenn das Auto zum Beispiel bei einem Auffahrunfall kaputtgegangen wäre. Wenigstens hätte sich dann alles in realistischeren Dimensionen abgespielt. So aber hat die Beschäftigung mit dem Ausmaß des Schadens nicht nur etwas Demütigendes, sondern auch etwas Unglaubliches.

Je länger er darüber nachdenkt, desto mehr kommt Tancredi zu der Überzeugung, dass es einen Moment gegeben haben muss, in dem es noch möglich gewesen wäre, das Schicksal anzuhalten und umzukehren. Doch je stärker er davon überzeugt ist, desto weniger gelingt es ihm, diesen Umschlagpunkt ausfindig zu machen.

Letztendlich blieb von den zweihundertzwanzig Millionen Lire, die Serenellas Geld hätten sein sollen, nachdem alle Schulden bezahlt waren, weniger als die Hälfte übrig. Wie sie die andere Hälfte in den drei Monaten Wartezeit verpulvert hatten, hätten sie selbst nicht erklären können. Ein hübsches Sümmchen war in den Taschen von Signor Pino gelandet, doch darüberhinaus musste irgendwo ein Fehler passiert sein, denn von den tatsächlichen Ausgaben war absolut nichts, nicht die kleinste Erinnerung geblieben. Kein Gegenstand, keine Reise, keine Quittung, nicht einmal die des Anwalts. Mehr als eine Diskussion entzündete sich an der Frage, wer für die finanzielle Misswirtschaft der Familie verantwortlich sei, und diese Diskussionen fanden hauptsächlich zwischen Schwiegermutter und Schwiegertochter statt. Es handelte sich weniger um schlüssige Beweisführungen als um eine Abfolge von Anspielungen und Halbsätzen, die Nicola zur Kenntnis nahm, ohne einzuschreiten. Meistens begann Rosa: »Ich weiß Bescheid, o ja …«

Doch da Loredana häufig so tat, als verstehe sie nicht, musste Rosa abermals ansetzen: »Ich weiß Bescheid, o ja …«

Dies wurde in stetig zunehmender Lautstärke vorgetragen, bis die Schwiegertochter sich, um ihre Würde zu wahren, zu der Frage genötigt sah: »Was weißt du?«

»Nichts.«

»Nichts? Also?«

Loredana meinte: Warum redest du dann? Aus Respekt führte sie die Entgegnung nicht näher aus. Doch Rosa hatte sehr gut verstanden: »Hab ich vielleicht mit dir geredet?«

»Mit wem denn sonst?«

»Mit mir selber. Was ist los, darf man in diesem Haus nicht mit sich selber reden?«

Worauf Loredana es vorzog zu schweigen, obwohl sie zu diesem Thema durchaus eine Erwiderung parat gehabt hätte. Die Diskussion versickerte, ohne das Thema des familiären Budgets überhaupt gestreift zu haben, hinterließ jedoch bei beiden Frauen die Überzeugung, von derjenigen, die es anging, sehr wohl verstanden worden zu sein. Beide waren berechtigt, sich wenn nicht als moralische Siegerin, so doch wenigstens als die Stärkere zu fühlen, die kraft ihrer Überlegenheit das Thema fallenlassen konnte. Nicola wohnte diesen Scharmützeln als neutraler Beobachter bei – festzustellen, bei wem die Schuld lag, war beim jetzigen Stand der Dinge ohnehin nicht mehr wichtig. Was ihm jedoch einfach nicht in den Kopf wollte, war die Geschwindigkeit, mit der das Geld sich verflüchtigt hatte. Von Zeit zu Zeit versuchte er, jede einzelne Etappe zu rekonstruieren, um herauszufinden, wo sie einen Fehler gemacht hatten. Doch es gelang ihm nicht, und immer wieder kam er zu dem Ergebnis, dass es besser war, über die vergangene Verwaltung der Finanzen den Mantel gnädigen Schweigens zu legen und sich lieber auf die zukünftige zu konzentrieren.

Als nach dieser endlosen Wartezeit ein Beamter aus der Präfektur anrief, um wegen der Überweisung nach ihren Bankdaten zu fragen, fielen die Ciraulo aus allen Wolken: Sie hatten nicht nur keine Ahnung, was Bankdaten waren, nach den ersten, elementaren Unterweisungen in die Materie mussten sie auch zugeben, dass sie nicht mal ein Bankkonto besaßen, weil sie bis jetzt nie genug Geld gehabt hatten, um es auf der Bank zu deponieren.

Wieder einmal war es Giovanni, der ihnen half, obgleich er zunächst innere Widerstände überwunden musste – noch immer schmerzte die Kränkung wegen der Attacke, deren Opfer er zusammen mit Signor Pino gewesen war. Im ersten Zorn hatte er gesagt: »Sowas handelt man sich ein, wenn man Leuten helfen will.«

Doch die Freude, den Leidensweg der Freunde enden zu sehen, überwog dann alle anderen Bedenken, und das während der vergangenen Wochen stark abgekühlte Verhältnis zwischen den Ciraulo und den Giacalone erwärmte sich wieder. Weinend umarmte Loredana die kleine Federica, die sie in den letzten Monaten wie eine Kopie von Serenella hatte heranwachsen sehen. Sie küsste das Mädchen auf die Stirn und fand Gelegenheit, ihr eine Banknote in die Tasche zu stecken: »Das schickt dir deine Freundin, die im Himmel immer an dich denkt.«

Zwischen den beiden Familienoberhäuptern mussten keine Umarmungen stattfinden. Giovanni stellte Nicola einem befreundeten Bankdirektor vor, der ihm bei der Eröffnung eines Girokontos half. Es hätte eine Zeit vollendeter Glückseligkeit sein können, wenn Großmutter Rosa nicht – wahrscheinlich wegen des vom plötzlichen Wohlstand ausgelösten Schocks – noch am selben Tag, an dem sie über das Geld verfügen konnten, eine Art Kollaps erlitten hätte.

»Mir geht's schlecht.«

Nicola musste sie zu einem Arzt bringen, doch im Städtischen Krankenhaus gab es eine lange Warteliste sogar für die Untersuchung in der Notaufnahme, und Rosa konnte mit keiner so schwerwiegenden Unpässlichkeit aufwarten, dass sie das Recht gehabt hätte, im Eilverfahren einem Arzt vorgeführt zu werden. Schlimmer noch: Da sie auf eigenen Beinen angekommen war, wurde sie fortwährend von anderen Leidenden aus dem Feld geschlagen, die so vorausschauend gewesen waren, sich in die Notaufnahme tragen zu lassen und den Wartesaal daher binnen kürzester Zeit wieder verließen, um hinter den Mattglasscheiben zu verschwinden. Jedesmal, wenn sie von einem anderen Kranken überholt wurde, sagte Rosa: »Und wir sitzen immer noch hier …«

Man ließ sie so lange warten und machte sie derart wütend, dass sie sich nach und nach immer besser fühlte, bis sie anfing, auf ein Gesundheitssystem zu schimpfen, das in seiner Menschenverachtung so weit ging, eine alte Frau sich selbst zu überlassen. Als Nicola sah, wie erregt sie war, sagte er: »Hör auf damit, sonst trifft dich noch der Schlag.«

Zu ihrer Empörung trug auch die Tatsache bei, dass die Region in der letzten Woche eine Kostenselbstbeteiligung für Besuche in der Notaufnahme eingeführt hatte. Das entdeckten sie erst, als sie dort waren, und damit war das Maß voll: Die Abordnung Ciraulo, allen voran Rosa, verließ demonstrativ das Krankenhaus mit der Ankündigung an alle Welt, man werde sich von nun an dank seines neuen wirtschaftlichen Status ausschließlich des privaten Gesundheitswesens bedienen. Die letzten Worte, die im Wartesaal widerhallten, stammten von Loredana: »Nie, nie wieder!«

Und so wurde auch der Tag, der für die Familie Ciraulo ein ganz besonderer hätte werden sollen, durch allseitige Verbitterung ruiniert.

In diesen ersten turbulenten Tagen des neuen Reichtums musste beschlossen werden, was man mit dem Geld machen wollte, das nach Begleichung der Schulden übriggeblieben war. Giovanni hatte sie gewarnt: »Auf dem Konto solltet ihr es nur so kurz wie möglich lassen.«

So verrückt es auch scheinen mag, die Ciraulo hatten trotz

der langen Bedenkzeit, die sie zur Verfügung gehabt hatten, noch nichts beschlossen. Anfangs hatte es kleine Auseinandersetzungen über das Thema gegeben, bei denen regelmäßig Meinungsverschiedenheiten aufgetreten waren, was genügt hatte, die Frage vorerst aufzuschieben. Nicola hatte gesagt: »Darüber reden wir, wenn die Piepen kommen.«

Das war nicht nur Vorsicht, sondern auch eine Form von Aberglauben. Natürlich hatte jedes Mitglied der Familie während der vergangenen Monate dennoch insgeheim persönliche Einkaufspläne geschmiedet.

Nachdem die unmittelbar auf das Inkasso folgenden dringendsten Rechnungen bezahlt waren, wurde am ersten geeigneten Montagabend eine Familienvollversammlung einberufen. Entscheidend für die Auswahl des Tages war die Tatsache, dass das Montagsprogramm im Fernsehen übereinstimmend als uninteressant bewertet wurde.

Zunächst gedachte man mit fünf Sekunden Schweigen der kleinen Serenella, in deren Namen diese Zusammenkunft stattfand, außerdem wurde an die entbehrungsreichen Monate erinnert, die hinter ihnen lagen. Darauf wurde die Sitzung von Nicola mit den Worten eröffnet: »Was sollen wir mit den Piepen machen?«

Rosa ergriff als erste das Wort und erklärte, sie müsse eine Vorbemerkung machen: »Also, wenn ich entscheiden soll, dann würde ich vielleicht ganz gerne einen Platz haben, wo ich und mein Mann auch, wo wir uns eines Tages ausruhen können.«

Anfangs wurde das von den Verwandten missverstanden, denn sie dachten, Rosas Vorschlag laufe darauf hinaus, ein Ferienhaus zu kaufen. Doch aus einigen nachgetragenen Details ging hervor, dass Rosa sich auf den Erwerb eines Grabes oder einer Grabnische auf dem Friedhof bezog. Es folgte ein Augenblick allgemeiner Verwirrung, dann wurde die Idee als böses Omen gedeutet, zumal in diesem Zusammenhang und zumal sie ausgerechnet von Rosa stammte, die auf solche Dinge doch immer peinlich genau achtete. Besonders Fonzio, den sie in ihre Aussicht auf ewige Ruhe einbezogen hatte, reagierte prompt mit einigen Beschwörungsformeln, die bei den anderen nervöse Heiterkeit hervorriefen. Der Vorschlag wurde fallengelassen, und Rosa verfiel für zehn Minuten in ein missmutiges Schweigen.

Fonzio nutzte flugs die Pause, um etwas bekanntzugeben: Die Bar Testaverde in der Via Torremuzza stehe zum Verkauf. Er schwieg eine Weile, um zu sehen, welche Wirkung seine Bekanntmachung auf die Anwesenden hatte. Dann präzisierte er enttäuscht: »Wir können sie so kaufen, wie sie ist, und ein bisschen herrichten.«

Der pragmatische Flügel der Familie, verkörpert von Nicola, wandte ein: »Wieviel wird uns das denn kosten?«

»Was weiß ich? Zwei-, dreihundert Millionen.«

»Und wo bitteschön haben wir diese zwei-, dreihundert Millionen?«

»Haben wir die nicht?«

»Ach woher denn!«

Der Einwand entmutigte Fonzio, der sich, um eine Lösung des Problems bemüht, vom Fortgang des Gesprächs zurückzog. Darum hörte er Loredanas Vorschlag nicht. Sie wünschte eine neue Wohnung, ein neues Viertel, ein neues Leben: »Hier gibt es viel zu viele Erinnerungen. Viel zu viele. Weißt du, wo ich gern hinmöchte? In den Viale Strasburgo. Dann kriegen wir statt dieser alten Fensterläden schöne neue Rahmen mit Rollläden, die sind auch viel praktischer.«

Die Wohnung, in der die Ciraulo wohnten, befand sich tatsächlich in einem besorgniserregenden Zustand. Loredanas Vorschlag war nicht unsinnig, und das nachdenkliche Schweigen, das auf ihn folgte, erschien einen Augenblick lang wie das

Vorspiel zu einem Zusammenrücken der Familie um die Idee einer neuen Wohnung. Doch prompt schmetterte Nicola jeden Gedanken an Investitionen dieser Art ab, indem er seine Frau unter Leugnung der offensichtlichsten Tatsachen attakkierte: »Was ist mit dieser Wohnung? Gefällt sie dir etwa nicht? Ist doch egal, dass wir zur Miete wohnen, was ist schon dabei?«

»Es ist dabei, dass dieses Geld jeden Monat weg ist. Und so hinterlässt du außerdem deinem Sohn wenigstens was.«

Diesmal war es Nicola, der die Bemerkung als böses Omen auffasste. Rasch fasste er sich an die entsprechende Stelle, wofür er sich umdrehen musste, damit seine Mutter es nicht sah, denn vor ihr schämte er sich. Seine Frau tat so, als hätte sie die Geste nicht bemerkt.

»Und sowieso, wenn du dir jetzt keine Wohnung kaufst, kaufst du dir nie mehr eine. Eine Wohnung muss sein. Was hat ein Mensch denn sonst in seinem Leben gemacht, wenn er sich nicht mal eine Wohnung gekauft hat?«

»Mir ist eine Wohnung egal. Solche Sachen sind nicht wirklich wichtig.«

»Und welche sind dann wichtig?«

Nicola schwieg. Eine Idee hatte er durchaus, aber er wollte er sie nicht gefährden, indem er zu früh damit herausrückte. An einer Präzisierung war ihm allerdings gelegen: »Wenn ich schon unbedingt sterben muss, hinterlass ich meinem Sohn, was *ich* will.«

»Jaja, aber jetzt sag doch mal, was willst du denn nun mit diesen Piepen machen?«

»Du bleib mal ganz ruhig, ich werde was machen, und ob ich was machen werde. Und übrigens, du glaubst doch wohl nicht, dass wir mit den hundert Millionen, die übrig sind, eine Wohnung kaufen können. Weißt du, was eine Wohnung heutzutage kostet? Und bei den jetzigen Mieten können wir auch nicht in den Viale Strasburgo umziehen, das sag ich dir.«

Loredana konnte die Argumente ihres Mannes nicht widerlegen, doch sie hatte schon einen Ersatzwunschtraum parat: »Wenn schon keine Wohnung, dann vielleicht wenigstens eine Küche. Die Schränke hier sind alle alt, die fallen schon auseinander. Ganz alt sind die. Und ich hätte gern eine Küche mit allem Drum und Dran, mit Mikrowellenherd und Minipimer und sowas.«

Doch ihr Mann stand der Idee, Geld für etwas auszugeben, dessen Bedeutung er nicht verstand, skeptisch gegenüber.

»Was soll denn das sein, dieser Minipimer?«

»Eine Art Mixer, aber ein ganz toller.«

»Der, den du hast, dein Ofen, der reicht dir nicht mehr?«

»Einen mit Mikrowellen haben wir nicht.«

Die nun folgende Debatte führte zu dem Ergebnis, dass die Küchenmöbel zwar alt waren, aber doch nicht so alt, dass sie nicht noch eine Weile gehalten hätten. Um ihre Stabilität zu prüfen, versetzte Nicola Tisch und Schränkchen ein paar Fausthiebe, und angesichts dieser Vorführung hielt Loredana, die Schäden befürchtete, es für klüger, klein beizugeben. Im Grunde konnte die ganze Wohnung noch eine Weile halten und sie darin, schließlich hatten sie bis jetzt hier gelebt. Für Nicola waren das nicht die wirklich entscheidenden Dinge im Leben. Und wenn es nur um einen Herd und einen Mixer ging, nun, die sollte man ruhig kaufen, das konnte keine allzu große Ausgabe sein. Also gab er seiner Einwilligung mit einem Schulterzucken Ausdruck. Einspruch erhob statt dessen nunmehr die Schwiegermutter: »Ich weiß nicht, wie man solche Sachen benutzt.«

»Aber das ist doch kinderleicht!«

»Ich bin nicht so eine, die Mikrowellen und solche Sachen

benutzt. Mit dem Herd, den wir haben, komm ich sehr gut zurecht.«

In Wahrheit durfte Rosa bei diesem Thema gar nicht mitreden, weil sie schon seit langem auf das Kochen verzichtet und ihrer Schwiegertochter die gesamte Verantwortung für den Haushalt überlassen hatte. Sie behielt sich eine auf gelegentliche Kontrollen beschränkte, theoretische Oberaufsicht über die Küche vor, die Loredana hinnahm, wie sie alle Widrigkeiten des Lebens hinnahm. Ob sie die Vorschläge der Schwiegermutter dann wirklich befolgte, stand auf einem anderen Blatt, denn Loredana war durchweg von einer Vagheit, die ihr letztendlich gestattete, zu tun, was ihr passte. Auf jeden Fall wollte Rosa mit ihrem Widerstand gegen den Erwerb einer neuen Küche die Schwiegertochter dafür bestrafen, dass sie ihren Friedhofsantrag nicht unterstützt hatte. Das wurde deutlich, als sie eine vollkommen deplazierte, kaltblütig und ausschließlich in verletzender Absicht vorgebrachte Bemerkung machte: »Eigentlich brauchen wir ja wohl viel eher einen Platz für die Kleine als einen neuen Herd.«

Der Seitenhieb traf Loredana mitten in ihr Mutterherz: Serenella war ohne einen richtigen Grabstein bestattet worden, sie ruhte in einer provisorischen Nische, die im Laufe der Jahre zu einer endgültigen zu werden drohte. Loredana war erschüttert und trug von diesem Moment an ebenso viel zur Diskussion bei wie Fonzio, nämlich nichts. Als Kontrahenten im Gespräch blieben Mutter und Sohn übrig, da Tancredi, der demokratischer Prinzipien zuliebe befragt worden war, lediglich den Wunsch nach einer Playstation geäußert hatte.

Nun, da die unbedeutenderen Bedürfnisse festgestellt waren, traten Nicola und seine Mutter in der entscheidenden Runde gegeneinander an: Was sollte mit dem Großteil des Betrags geschehen? Sie waren sich einig, dass es Verschwendung wäre, das Geld auf der Bank zu lassen. Ebenso einig waren sie sich in der Ablehnung einer unsichtbaren Investition wie Fonds oder Aktien. Dabei hatte sogar Giovanni diese Möglichkeit erwogen. Nein, etwas Greifbareres musste her. Dies war die Gelegenheit, ihre Lebensqualität entscheidend zu verbessern, die durften sie sich nicht entgehen lassen. Jetzt, da die Fronten sich deutlich abgezeichnet hatten, war Nicola an der Reihe, aus der Deckung zu gehen. Seine Mutter steuerte das Problem direkt an, als sie fragte: »Was denn nun?«

In die Enge getrieben, zögerte Nicola einen Augenblick, gewann seine Entschlossenheit aber sofort zurück und entschied, seinen Traum endlich zu offenbaren, wobei er der Mutter direkt in die Augen blickte: »Das Auto zum Beispiel.«

»Das Auto? Das Auto …«

Rosa brauchte ein paar Sekunden, um sich auf das neue Gesprächsthema einzustellen. Wieso kam das Auto erst jetzt aufs Tapet und obendrein in dieser feierlichen Form? Sie beschloss, Vorsicht walten zu lassen: »Schön und gut, ich weiß, dass unser altes Auto zu klapprig ist. Aber du brauchst ja nun nicht das ganze Geld, bloß um dir ein Auto zu kaufen. Was willst du mit dem Rest machen?«

Nicola wusste, dass eine Strategie der behutsamen, sukzessiven Aufklärung vorteilhafter gewesen wäre, doch der Moment war gekommen, alles auf eine Karte zu setzen.

»Für das Auto, das ich meine, schon.«

Seine Mutter begriff und schwieg entsetzt. Auch die anderen Verwandten waren fassungslos. Loredana war die erste, die ihre wenngleich zitternde Stimme erhob: »Ein Auto für hundert Millionen?«

»Hundert vielleicht nicht ganz, aber fast.«

Nach Nicolas Empfinden hatte er den Sorgen seiner Familie damit einen Skonto gewährt. Seine Mutter versuchte, sich vom Sofa zu erheben, da sie als Ausdruck ihres Protestes einen

Rückzug in ihr Zimmer zu veranstalten gedachte, fiel jedoch sofort wieder auf die Kissen zurück und verzichtete, da sie all ihre Kräfte brauchen würde, um sich gegen den Vorschlag ihres Sohnes aufzulehnen.

»Wie? Was? Und unsereins, was wird dann aus uns? Sollen wir vielleicht in das Auto einziehen? Und was ist das überhaupt für ein Auto, das so viel kostet?«

Dies war der Moment, an dem das Auto, zumindest nominell, in das Leben der Ciraulo trat. Nicola hatte nur die letzte ihrer Fragen gehört und holte tief Luft, in der Hoffnung, seine Familie werde die Ankündigung, die zu machen er sich anschickte, mit der gebotenen Ehrfurcht aufnehmen.

»Ein Volvo.«

Tancredi war der einzige, dessen Bestürzung sich in ein zustimmendes Lächeln verwandelte. Die anderen Familienmitglieder sahen mitnichten einen Grund zum Lächeln.

Loredana sagte: »Aber was sollen Hungerleider wie wir denn ausgerechnet mit einem Volvo? Bei all den andren Sachen, die wir brauchen …«

»Brauchen wir etwa einen Mikrowellenherd?«

Da nunmehr Front gegen den gemeinsamen Feind gemacht werden musste, ließ Rosa sich sogar zu einem Bündnis mit der Schwiegertochter herab: »Jetzt kaufen wir uns also einen Volvo …«

»Aber das Grab, das brauchen wir wirklich, oder? Gerade weil wir arm wie Kirchenmäuse waren, brauchen wir das Auto, damit alle kapieren, dass wir jetzt reich sind.«

Sogar sein Vater meinte, sich einschalten zu müssen: »Nicola, sei doch vernünftig …«

»Vernünftig – und was das soll das heißen? Sich für dreihundert Millionen eine runtergekommene Bar kaufen? Und wer geht da dann arbeiten? Ich natürlich. Wer arbeitet hier denn überhaupt? Ich natürlich. Die Dame möchte dies, der

Herr möchte das. Ich glaub, hier ticken alle nicht mehr ganz richtig.«

Nach dieser Tirade ging Nicola ins Schlafzimmer und kehrte mit einem Packen Broschüren zurück, die verrieten, dass sein Entschluss zu diesem Kauf schon lange zurücklag. Während die Familie sich noch mit Schulden und Signor Pino herumschlug, hatte Nicola Zeit gefunden, zu einem Volvo-Händler zu gehen, um sich über Preise und Zahlungsmodalitäten zu informieren. Er hatte sogar systematisch Vorkehrungen für die Überzeugungskampagne getroffen, denn jetzt verteilte er fünf Broschüren, eine für jedes Familienmitglied. Währenddessen zählte er die Vorteile des neuesten Modells auf: »A-be-es! Commonräil! Cedepläier! Navigationssystem über Satellit!«

Großmutter Rosa hielt die Broschüre in der Hand, als wäre es eine tote Ratte, die sie auf dem Sofa gefunden hatte, und als versuchte sie jetzt, zu ergründen, wer sie dort hingelegt hatte.

»Wie? Was soll das sein, dieses Commonräil? Und was bringt mir dieser Satellit?«

Nicola hatte alles vorhergesehen, einschließlich der Geduld, die er würde aufbringen müssen, um jedem Familienmitglied die Einzelheiten zu erklären.

»Das funktioniert so, dass du sagst, wo du hinfahren willst, und das Auto sagt dir: Fahr dahin und fahr dort lang.«

»Das Auto redet?«

»Genau. Es sagt dir auch, wie viele Kilometer du noch fahren musst und wie viele du schon geschafft hast. Solche Sachen.«

»Hm.«

Rosa schien von der Nachricht vorerst außer Gefecht gesetzt. Also wandte Nicola sich an seine Frau. Unter Loredanas zahlreichen fixen Ideen rangierte an vorderster Stelle die Vorstellung, bei einem Autounfall zu sterben. Es war eine Vorahnung, sie fühlte es. Jedesmal, wenn das Thema in der Öffentlichkeit angesprochen wurde, jedesmal, wenn jemand einen Unfall hatte, ja sogar wenn nur von Autos die Rede war, verspürte sie das Bedürfnis, diese Gewissheit kundzutun: Sie würde bei einem Autounfall ums Leben kommen. Also setzte Nicola bei ihr auf den Faktor Sicherheit: »Weißt du, wie viele Ärbägs in diesem Auto sind?«

Loredana wusste nicht einmal, wovon die Rede war. Nicola beantwortete ihr Schweigen: »Zwölf Ärbägs. Zwölf. Drei für jeden, der drinsitzt. Von oben, von unten, von vorn und von hinten.«

Tancredi kam dem Vater zu Hilfe und erklärte dem ungläubigen Teil der Familie: »Das ist eine Art Kissen, das rausspringt, wenn man einen Unfall hat.«

Nicola legte ihm die Hand auf die Schulter – endlich einmal erkannte er in Tancredi seinen Sohn. Allzuoft hatten sie auf entgegengesetzten Seiten der Barrikade gestanden, doch jetzt kämpften sie Seite an Seite und würden – vielleicht – gewinnen. Rosa wagte einen letzten Vorstoß, doch es war klar, dass es sich nur noch um eine verzweifelte Trotzreaktion handelte: »Also ich finde immer noch, dass das eine ganz beschissene Idee ist.«

Auf diese Banalität antwortete Nicola mit einem kühnen Flug der Phantasie, während er auf eine Abbildung in der Broschüre zeigte.

»Schwarz, ihr müsst es euch schwarz vorstellen. Schwarz sieht es wunderbar aus.«

Doch zum Beweis, dass er durchaus bereit war, den Bedürfnissen seiner Mitmenschen entgegenzukommen, fügte er hinzu: »Grau ist es aber auch schön. Wenn ihr wollt, können wir es auch in Grau kaufen.«

Es gab keine weiteren Einwände. Obwohl die Idee anfangs

völlig irrwitzig erschienen war, vermochten die Broschüren und Nicolas Charisma nach und nach sogar die ärgsten Skeptiker zu überzeugen. Im Verlauf einer halben Stunde hatte die Idee, einen Volvo zu besitzen, in der Vorstellungswelt eines jeden Familienmitglieds Fuß gefasst. Der Antrag durfte als angenommen gelten.

Gleich am nächsten Morgen gingen sie zum Händler, denn Nicola wusste, dass eine bestimmte Werbekampagne, dank deren sie die Kosten für das Autoradio sparen würden, bald auslaufen sollte. Nicola, Fonzio und Tancredi gingen allein hin, das war Männersache, und außerdem schämte sich Nicola, in Begleitung der ganzen Familie im Autosalon zu erscheinen. Bevor sie aufbrachen, fragte der Großvater: »Wie kommen wir hin? Mit dem Ritmo?«

Fast lachend antwortete Nicola: »Mit dem Ritmo? Du machst wohl Witze? Vergiss den Ritmo!«

Es war nicht weit, sie gingen zu Fuß, in der Hoffnung, gleich mit dem neuen Auto zurückzukommen. Die Frauen blieben im Zustand höchster Anspannung zu Hause. Während sie in der Küche warteten, fragten sie sich, ob deren vergilbtes Weiß durch den Glanz des Autos, das nunmehr in ihr Leben treten sollte, irgendwie indirekt aufgehellt würde. Abwechselnd traten sie von Zeit zu Zeit ans Fenster, um zu sehen, ob die Männer zurückkamen. Mehrere Stunden verstrichen in wachsender Besorgnis, irgendwann hielten Loredana und Rosa es in der Wohnung nicht mehr aus und gingen auf die Straße hinunter, um die Männer dort zu erwarten. An diesem Detail wurde endgültig klar, dass das neue Auto für die ganze Familie zum Objekt der Begierde geworden war.

Doch leider und unerklärlicherweise kehrten die drei Männer zu Fuß zurück. Nicola sagte nur: »Lasst mich in Ruhe.« Um sich dann vor einem Fernsehprogramm über besonders abscheuliche menschliche Schicksale, an dem er früher nicht das geringste Interesse gezeigt hatte, in sich selbst zu verkriechen. Die Erklärung oblag Tancredi, da auch der Großvater seiner Verbitterung an einem geeigneten Ort freien Lauf ließ.

»Wir haben eine Anzahlung gemacht, aber das Auto kommt erst in einem Monat.«

Bei dem Quantum an Wartezeit, das die Ciraulo bereits angehäuft hatten, waren dreißig Tage eine Ungeheuerlichkeit. Die Frauen, die der Idee, das ganze Geld für ein Auto auszugeben, doch scheinbar am wenigsten hatten abgewinnen können, passten sich der familiären Depression an. Loredana kochte ein leichtes Mittagessen: Anelletti al forno, auf die sie, zum Zeichen der Trauer, keinen zweiten Gang folgen ließ. Das Mahl wurde schweigend verzehrt, über allen schwebte drohend eine neuerliche Geduldsprobe, die schon wieder einen Abschnitt ihres Daseins prägen sollte. Nachdem sie so lange auf Serenellas Geld gewartet hatten, führte dieser nächste Aufschub endgültig zu allseitiger nervlicher Zerrüttung. Kein Tag verging, ohne dass Loredana oder Rosa oder Fonzio oder Tancredi die bange Frage an Nicola stellten: »Gibt's was Neues?«

Und es war sofort klar, was sie meinten. Nicola spielte seine Rolle des guten, verständnisvollen Familienvaters, versuchte jedoch gegenüber dem Händler die Selbstbeherrschung zu wahren. Erst nach zwei Wochen rief er zum erstenmal an, um sich zu erkundigen. »Alles in Ordnung?«

Der Händler antwortete mit professioneller Höflichkeit: »Alles in Ordnung. Der Auftrag wurde weitergegeben, jetzt warten wir. Wir hatten von einem Monat gesprochen …«

»Jaja, ich wollte nur wissen, ob es vielleicht eine Verzögerung gibt.«

»Nein, wenn wir einen Monat gesagt haben, dann ist es ein Monat. Früher vielleicht, später auf keinen Fall.«

An diesen Satz klammerten sich in den folgenden Tagen

alle Hoffnungen der Ciraulo. Nicola hatte den Satz beim Familienrat wiedergegeben, seine Interpretation jedoch dem Einfühlungsvermögen jedes einzelnen überlassen, und jeder hatte ihn möglichst optimistisch deuten wollen. Loredana sprach allen aus der Seele: »Hoffen wir, dass man uns bald eine schöne Überraschung bereitet.«

Unter diesen Voraussetzungen konnte Nicola sich weitere zehn Tage lang zurückhalten und dem Drängen widerstehen, das sogar von seiner Mutter kam: »Ruf doch mal an! Ruf an!«

Zum -zigsten Male angestachelt, rief er in Gegenwart der ganzen Familie endlich an. Als Vorwand diente die Frage nach den erforderlichen Papieren für die Zulassung und es stellte sich heraus, dass das Verfahren absolut unkompliziert war. Da er nun schon einmal am Telefon war, fragte er: »Gibt's was Neues?«

»Das Auto müsste in wenigen Tagen kommen. Wenn es soweit ist, rufen wir Sie natürlich sofort an.«

Ein solch formelles Gebaren passte schlecht zu der inbrünstigen Sehnsucht, die Nicola und alle anderen Ciraulo verzehrte. Als Loredana ihren Mann den Hörer auflegen sah, fragte sie sofort: »Was hat er gesagt? Was hat er denn gesagt?«

»Er sagt, er ruft an.«

»Also wieder nichts?«

»Immer noch nichts.«

Weitere fünf Tage vergingen. Pünktlich nach Ablauf der Frist rief Nicola wieder an und verlor bei der ersten Widrigkeit sofort jede Selbstbeherrschung. Es hatte genügt, dass der Händler sagte: »Ich glaube nicht. Warten Sie, ich schau mal nach –«

»Einen Monat, haben Sie gesagt! Was ist heute? Ist es etwa nicht einen Monat her? Und wo ist mein Auto?«

Bei aller Höflichkeit war der Händler nicht auf einen solchen Furor gefasst. Er sagte: »Ich rufe Sie in Kürze zurück.«

Und legte auf. Nicola wartete nur so lange, bis er begriff, dass der Händler nicht zurückrufen würde, dann versuchte er es wieder unter seiner Durchwahlnummer, doch die war besetzt. Also bestürmte er die Telefonzentrale mit der Androhung, er werde jetzt gleich in den Laden kommen und persönlich all die nutzlosen Autos, die dort ausgestellt waren, mit einem Schraubenzieher über die ganze Länge zerkratzen. Alle bis auf eins, egal, welches Modell und welche Farbe, das er nur deshalb verschonen werde, weil er darin mitten durch die Glasfront des Autosalons davonfahren wolle. Ausnahmsweise wurde er in seinem Jähzorn von Ehefrau und Mutter unterstützt, die ihm noch während er telefonierte, ihre Solidarität bekundeten.

»O ja!«

»Sehr gut, Nicola!«

Zornentbrannt legte er auf. Schon hatte er den Mantel angezogen, schon vervollständigte er die Verwüstung des Autosalons in Gedanken um weitere schauderhafte Einzelheiten, als das Telefon klingelte. Es war der Händler. Das Auto sei just an diesem Morgen eingetroffen, innerhalb der versprochenen Frist, und sie konnten es jederzeit abholen kommen. Nicola gönnte sich noch ein paar Sekunden, bevor er in Jubel ausbrach: »Wieso denn das? Erst war es nicht da und jetzt doch?«

Die Antwort des Händlers lautete: »Meine Sekretärin hatte mir den Bericht über die neuen Lieferungen von heute morgen noch nicht gebracht.«

Fast war Nicola enttäuscht, da er sich bereits darauf eingestellt hatte, sich eigenhändig Recht zu verschaffen. Doch die Erfahrung bestärkte ihn in seiner Überzeugung, dass es schon genügte, wütend aufzutreten, um Hindernisse zu beseitigen und sich letztendlich einen Vorteil über andere zu sichern. Während er den Hörer auflegte, sah er seine Mutter an und verkündete der Familie, was die Familie bereits geahnt hatte: »Es ist da.«

Diesmal lehnte er die Begleitung der anderen männlichen Familienmitglieder ab. Sie fragten nach dem Grund, doch er wollte keine Erklärungen geben – es sei ihm lieber so. Er zog allein los, um das neue Auto in Besitz zu nehmen, und trat im Vergleich zu der Schüchternheit, die ihm die Volvo-Niederlassung bei den ersten Besuchen eingeflößt hatte, sehr viel unbefangener auf. Damals war er ein armer Schlucker gewesen, während er jetzt das Selbstbewusstsein eines Menschen zur Schau tragen konnte, der seine Rechte geltend machen konnte und gekommen war, das zu fordern, was ihm gehörte.

Die zu erledigenden Formalitäten fanden in Abwesenheit des Verkäufers statt, mit dem er bis jetzt verhandelt hatte, da dieser sich aus persönlichen Gründen hatte entfernen müssen, und waren überraschend schnell abgewickelt. Nicola hatte erwartet, dass es größere Komplikationen mit sich bringen würde, in den Besitz eines Prachtstücks wie den schwarzen Volvo zu gelangen. Aber er musste lediglich ein paar Dokumente unterschreiben. Auch die Erläuterungen des Mitarbeiters beschränkten sich auf das Wesentliche: nach wie vielen Kilometern der erste Wartungscoupon einzulösen war, hier

war das Autoradio, hier das Navigationssystem, hier eine Kühlbox für Getränke, hier der Knopf für die Fahrteinstellungen, der Heckscheibenwischer, Fernlicht, Abblendlicht, Nebelscheinwerfer, Standlicht. Mit unpersönlicher Kühle überreichte man die Schlüssel in doppelter Ausführung, und das war alles. Nicola kam der Verdacht, dass seine telefonischen Zornesausbrüche an dieser Eile nicht ganz unschuldig waren.

Während seines Aufenthalts im Autosalon hatte ihn eine unterschwellige Nervosität keine Sekunde lang verlassen. Er beruhigte sich erst wieder, als er draußen war. Kaum hielt er das Steuer in den Händen, durchströmte ihn ein Gefühl hellwacher Gelassenheit. Er und das Auto bildeten eine Einheit, die nichts mehr zu fürchten brauchte, sie waren eine überlegene und furchterregende Macht. Während er fuhr, hatte er den deutlichen Eindruck, dass die anderen Autos ihm auswichen. Und wenn sie ihm nicht ausgewichen wären, wenn sie ihn aus Versehen berührt hätten? Nicola weigerte sich, diesen Gedanken auch nur zu erwägen. Doch die ganze Wucht seiner aufgestauten, unterdrückten Wut auf den Händler konnte immer noch jederzeit explodieren: Wenn es geschehen wäre, wenn jemand die Karosserie seines Volvo auch nur gestreift hätte – er hätte ihn umbringen können. Wegen einer solchen Sache hätte er einen Menschen töten können.

Im Wageninneren drangen die Außengeräusche gedämpft an sein Ohr. Mühelos glitt die Schaltung von einem Gang in den anderen. Nicola merkte nicht einmal, ob er im dritten, im vierten oder gar im fünften Gang war. Er versuchte es herauszufinden, gab aber bald auf, da das Auto es offenbar selbst übernommen hatte, auf die bestmögliche Weise voranzukommen, ohne dass er sich darum kümmern musste. Einen Moment lang überlegte er sogar, ob er den Sicherheitsgurt anlegen sollte, doch er wollte Bewegungsfreiheit haben und sich keinem Zwang unterwerfen. Die Geschmeidigkeit der Servolenkung bestätigte ihm, wie einfach alles von diesem Tag an für ihn werden würde. Der Volvo öffnete ihm die Türen zu einem neuen Leben voll ungeahnter Möglichkeiten.

Es herrschte nicht einmal übermäßig viel Verkehr. Er fuhr in den Vicolo Tamburinai und parkte in zweiter Reihe direkt vor seiner Haustür. Etwa zehn Meter weiter vorn hätte es einen guten Parkplatz gegeben, doch in diesem Moment war Nicola daran gelegen, eine Beziehung zwischen seinem Haus und dem nagelneuen Schwarz des Volvo zu schaffen, damit nur ja niemand in der Nachbarschaft auf die Idee kommen konnte, dieses Auto gehöre jemand anders. An den Fenstern tauchten die Nachbarn auf, dann kamen sie auf die Straße herunter. Sofort bildete sich eine große Gruppe Neugieriger.

»Meeensch.«

»Was ist das denn?«

»Das neue Auto!«

»Wahnsinnig schön!«

»Das hast du dir gekauft?«

Von allen Andächtigen, die gekommen waren, das Wunder des Volvo anzubeten, wurde nur vieren die Ehre zuteil, einzusteigen: Rosa, Fonzio, Loredana und Tancredi. Nicola blickte die Mutter neben ihm an, dann drehte er sich um und schaute hin zu Vater, Ehefrau und Sohn. Er lächelte, drehte den Zündschlüssel um und ließ den Wagen an, um auf das neue Leben zuzufahren, das sie erwartete.

Wenn der Hofgang ansteht, ist Tancredi immer der letzte, der nach draußen geht. Und er ist der letzte, der wieder reingeht. Darum hat er sich, wie es scheint, schon nach wenigen Tagen in der Gemeinschaft der Gefangenen den Ruf eines Wichtigtuers eingehandelt. Er selbst wüsste nicht genau zu sagen, ob das nicht womöglich stimmt. Vielleicht haben die anderen recht, wenn sie glauben, dass er sich mit ihnen nicht gemein machen will. Keinen Augenblick lang hat er sich als einer von ihnen gefühlt, als einer, der eine Straftat begangen hat, die mit denen der anderen vergleichbar wäre. Um ehrlich zu sein, ekelt er sich ein bisschen vor den anderen. Das ist der eine Grund, warum er Abstand hält, der andere ist die Angst, mitten in der Gruppe könnte ihm irgendwas zustoßen. Er hat entsetzliche Geschichten über das gehört, was sie mit den Kinderschändern machen, und noch schlimmer ergeht es denen, die im Gefängnis landen, weil sie ein Kind umgebracht haben. Was er jedoch nicht weiß, ist, ob es auch für den, der seinen eigenen Vater umgebracht hat, im Gefängnis eine Strafe gibt. Wie schwer es ihm auch fällt, sich das einzugestehen, er darf nicht vergessen, dass die Umwelt, auch die anderen Gefangenen, vor denen er sich so ekelt, ihn als genau das ansehen: als Vatermörder.

Blickt er einem dieser harten Typen, die zu den Anführern

im Gefängnis gehören, zufällig in die Augen, versucht Tancredi angestrengt, in diesen Sekundenbruchteilen einen Gedanken zu lesen, der ihn betrifft. Irgendein Urteil, ob nun ein Freispruch oder eine Verdammung. Aber es fällt ihm schwer, das Licht in den Augen dieser Menschen zu interpretieren. In Wirklichkeit kommt es ihm so vor, als habe sich im Laufe der letzten Tage um ihn herum eine Art Blase gebildet. Es ist kein Respekt, aber es ist auch nichts Negatives. Schwer zu sagen, was es ist, wahrscheinlich haben die anderen seine Andersartigkeit zur Kenntnis genommen. Er ist einfach keiner von ihnen. Vielleicht lässt sich ja wirklich alles mit dem Verbrechen erklären, das er begangen hat: Er ist einer, der auf den eigenen Vater geschossen hat. Für seinen Fall existiert keine kollektive Form der Missbilligung, weil eine solche Tat dem Durchschnittsverstand unbegreiflich ist. Und genau so fühlt er sich mitten unter ihnen: unbegreiflich. Gerade darum bleibt ungewiss und ohne Bestätigung, was die anderen von ihm halten. Fast niemand spricht ihn an. Im übrigen weiß man sowieso nichts Genaues, das Gefängnis ist und bleibt eine geheimnisvolle Welt. Jeden Augenblick kann die Neutralität sich in eine Quälerei verwandeln, die man zu ertragen hat. Kurzum: Es gibt viele Gründe, Angst zu haben.

Dennoch versäumt Tancredi es nie, für die kurze Zeit, die ihm zusteht, die Zelle zu verlassen, um sich zu zerstreuen. Er sagt: »Der Mensch braucht Unterbrechungen, unterbrechen wir also den Tag.«

Wenn dann alle im Hof sind, hält er sich immer ein wenig abseits von den anderen. Gewöhnlich steht er mit dem Rücken an die Mauer gelehnt, teils, um sich abzustützen, teils, um eine zwanglose Haltung einzunehmen, und teils, um böse Überraschungen von hinten zu vermeiden. Besser, man bleibt wachsam, auch wenn die anderen Gefangenen sich einen Dreck um ihn zu kümmern scheinen. Sogar der Slawe, der einzige, mit dem er ein gewisses Vertrauensverhältnis aufgebaut hat, hält sich fern, kaum dass er aus der Zelle heraus ist. Verständlich, dass er nicht immer an Tancredi kleben will, sondern jede Gelegenheit wahrnimmt, auf Distanz zu ihm zu gehen und mit anderen zu plaudern, um sich wenigstens mal ein bisschen zu amüsieren. Tancredi denkt genauso darüber: Im Hof möchte er nicht mit seinem Zellengenossen zusammen sein. Abgesehen davon, dass er im Gegensatz zu dem Slawen niemanden anderen kennt oder kennenlernen will.

Heute hat er sich in seine Lieblingsecke zurückgezogen, wo er nicht nur Rückendeckung, sondern auch Schutz von der Seite hat. Er steckt die Hände in die Taschen und bleibt so stehen. Einige Minuten vergehen, Zeit genug, um sich zu fragen, ob es nicht langsam angebracht ist, von der vorwiegend auf das rechte Bein gestützten Position in die links gestützte überzuwechseln. Doch dann geschieht plötzlich etwas Neues, verglichen mit den anderen Tagen. Der Slawe kommt und stellt sich in seine Nähe, direkt neben ihm. Auch sein Zellengenosse stellt sich mit dem Rücken zur Wand. Er ist kleiner als Tancredi, und aus dieser Position kann Tancredi ihm von oben auf den kahlgeschorenen Kopf blicken. Zwischen den Lippen des Slawen klebt eine Zigarette. Er drängt sich nicht gerade an Tancredi, steht aber doch nah genug, um zu erkennen zu geben, dass er seinetwegen hier ist. Tancredi weiß nicht, wie er das verstehen soll. Die einzige Vorsichtsmaßnahme, die er ergreifen kann, besteht darin, eine noch gleichgültigere Haltung einzunehmen und zu warten, dass der Slawe den ersten Schritt tut. Tatsächlich bietet der ihm plötzlich eine Zigarette an. Inzwischen weiß er, dass Tancredi nicht raucht, darum kann das Angebot nur als freundschaftliche Geste gedeutet werden. Tancredi lehnt ab, aber er ist erleichtert. Wenn der Slawe mit feindlichen Absichten gekommen wäre, hätte er eine andere Art der Annäherung gewählt. So stehen sie nun da, reglos, und beobachten eine Gruppe Gefangener, die auf dem Hof mit einem schlaffen Ball ein Fußballspiel in Gang zu bringen versucht. Da von Tancredi keinerlei Reaktion kommt, spricht der Slawe irgendwann das Thema an, das ihm am Herzen liegt: »Weißt du, ich hab auch …«

Der Ton ist vertraulich. Tancredi reagiert überrascht, sogar besorgt. Er blickt sich um, er will sichergehen, dass der Slawe sich wirklich an ihn gewandt an. Jedenfalls hat er keine Ahnung, wovon sein Nachbar an der Mauer spricht.

»Was?«

»Ich meine, ich hab auch mal, dasselbe.«

Vielleicht merkt der Slawe, dass er sich zu unklar ausgedrückt hat, darum erklärt er jetzt: »Ich hab auch mal einen umgebracht.«

Tancredi will das nicht wie ein bemerkenswerter Zufall erscheinen. Und er hätte sich auch nie vorgestellt, dass so etwas Anlass zu mitmenschlicher Solidarität sein könnte. Ehrlich gesagt, weiß er nicht, was er darauf erwidern soll.

»Aha.«

»Aber mit dem Messer.«

Tancredis Überraschung verwandelt sich schlagartig in Abscheu. Dieser Mensch ist ein Fremder für ihn. Mit einem, der seinen Nächsten mit Messerstichen tötet, hat er nichts zu schaffen. Er findet, dass Messerstiche eine grausame Form sind, jemanden umzubringen, ganz unabhängig von dem Grund, warum man ihn umbringt. Tancredi will das alles gar nicht hören. Aber der Slawe hat seinen guten Tag, er möchte reden: »Und weißt du was? Wenn ich zurückgehe, tu ich's noch mal.«

Offen gestanden, das hat Tancredi nicht erwartet. Nicht das Geständnis, das der Slawe macht, sondern sein Verhalten. In der Zelle spielt er immer den Schweigsamen, und jetzt rückt er mit solchen vertraulichen Bekenntnissen raus. Eines meint Tancredi in den letzten, fast ausschließlich stumm verbrachten Tagen gelernt zu haben: Wenn man nichts zu sagen hat, hält man besser den Mund. Da Tancredi nicht kooperiert, bestreitet der Slawe das Gespräch allein: »Und du? Bereust du's?«

Tancredi will darauf nicht antworten. Er war auch nicht darauf gefasst, so direkt nach seiner Meinung gefragt zu werden. Die plötzliche Aufgeschlossenheit seines Zellengenossen zwingt ihn jedoch, ein Minimum an Höflichkeit zu wahren, darum fühlt er sich verpflichtet, das erste zu sagen, was ihm einfällt: »Ich weiß nicht.«

Das ist eine nicht allzu kompromittierende Antwort, die ihn vor möglichen weiteren Entwicklungen des Gesprächs bewahrt. Tatsächlich dringt der Slawe einstweilen nicht mehr in ihn, er zieht an seiner Zigarette und schaut dem Spiel zu. Die Begegnung verläuft ohne Regeln, die Mannschaftsaufstellung ist provisorisch, und alle Spieler drängeln sich gleichzeitig um den Ball. Da es keine Raufereien zwischen gegnerischen Parteien gibt, ist Fußball im Gefängnis kein besonders spannendes Schauspiel, und Tancredi beobachtet lieber seinen Kameraden. Er trägt ein kariertes Baumwollhemd, und in die Brusttasche des Hemdes hat er etwas quetschen können, was aussieht wie ein in eine Papierserviette gewickeltes Brötchen. Als der Slawe merkt, dass Tancredi ihn betrachtet, dass er das Brötchen betrachtet, zieht er es hervor, wickelt es aus und reicht es ihm: »Willst du was abhaben?«

Er hält es ihm direkt unter die Nase. Es ist ein Brötchen mit Schafskäse und Öl. Tancredi hat es so dicht vor sich, dass er sogar die Stückchen Origano am Rand sehen kann. Es scheint ein recht anständig gemachtes Brötchen zu sein, aber die Vorstellung, Essen von einem Fremden anzunehmen, erschreckt ihn. Obendrein einer, der, wie sich jetzt herausstellt, einen

Menschen mit Messerstichen umgebracht hat. Doch der Slawe insistiert: »Probier mal. Nur keine Umstände. Das Öl hat mir der Typ dagelassen, der vor dir in der Zelle war. Nun mach schon, probier.«

Das Brötchen ist etwas zerdrückt, weil es in Papier eingewickelt und in die viel zu kleine Hemdtasche gezwängt wurde. Aber ursprünglich muss es gut gewesen sein. Es ist ein Vollkornbrötchen. Vollkornbrötchen isst Tancredi sehr gern. Und wenn sie mit Öl, Salz und Origano gewürzt sind, kommen sie am besten zur Geltung, findet er. Der Schafskäse stellt eine zusätzliche Attraktion dar. Die Versuchung durch das Brötchen ist groß, aber er traut ihm nicht. Außerdem ist es zu früh zum Essen.

»Keine Lust. Ich hab den Bauch noch voll.«

»Na los, komm schon.«

Das Brötchen befindet sich jetzt wenige Zentimeter vor seinem Mund. Da muss man ja schwach werden. Er ergibt sich, nimmt es in die Hand und beißt hinein. Es ist gut. Ein bisschen weich, wie alle Vollkornbrötchen, wenn sie eine Zeitlang in Papier eingewickelt werden. Aber das Öl ist wirklich ausgezeichnet. Daran hatte er keinen Zweifel. Doch erst jetzt wird ihm bewusst, was er wirklich befürchten musste, wenn er einen Bissen vom Brötchen nimmt: Jetzt gibt es ein Band zwischen ihnen. Der Slawe beobachtet Tancredis Reaktionen auf das Brötchen.

»Wie findest du's? Schmeckt's dir?«

Tancredi hofft, dass er sich mit einem zustimmenden Laut aus der Affäre ziehen kann: »Mmm.«

Aber das genügt dem Slawen nicht, er verlangt eine zusätzliche Meinungsäußerung: »Wie ist es denn nun?«

Tancredi sieht sich aufgefordert, die Bedeutung des vorangegangenen Lauts ausdrücklich zu explizieren: »Gut!«

Eine Weile betrachtet der Slawe hingerissen, wie Tancredi

an dem Brötchen kaut. Tancredi versucht, es ihm zurückzugeben, doch der Slawe bedeutet ihm, dass er nicht beabsichtigt, es zurückzunehmen.

»Iss ruhig, iss.«

Der Slawe freut sich. Tancredi isst, im Wissen darum, dass der Slawe zufrieden mit sich ist, weil er ihn aus der Reserve locken konnte. Man darf sagen, dass sie jetzt Freunde sind. Also kann die Diskussion weitergehen, noch bevor Tancredi das ganze Brötchen verspeist hat.

»Aber du mit einer Pistole.«

Seine Tat ist ein Thema, über das sie bereits gesprochen haben und auf das Tancredi nicht zurückkommen möchte. Was er sagen wollte, hat er dem Slawen schon gesagt. Doch jetzt sind sie Freunde, Tancredi isst sein Brötchen und kann sich nicht mehr entziehen: »Mit der Pistole, ja.«

»Das hab ich in der Zeitung gelesen.«

»Vergiss die Zeitungen.«

»Aber da steht, dass sie die Pistole nicht gefunden haben …«

Tancredi überlegt, warum der Slawe sich für die Pistole interessiert. Das geht ihn nichts an. Dieses Interesse dünkt Tancredi verdächtig. Er weiß, dass es im Gefängnis überall Spione gibt. Wenn es keine Bullen sind, dann Leute, die dafür bezahlt werden, dass sie einen zum Sprechen bringen und dann alles den Bullen erzählen. Der Slawe könnte sehr gut ein Spion sein. Darum beschließt Tancredi heimlich, ihm nicht zu trauen. Die Tatsache, dass er den Mund voll hat, kommt ihm dabei zu Hilfe, obwohl er nicht beabsichtigt, das Brötchen ganz aufzuessen. Seine Antwort bleibt eher allgemein.

»Nein, die haben sie nicht gefunden.«

»Wo haben sie denn gesucht? Haben sie Haussuchungen gemacht?«

»Immer und immer wieder.«

Tancredi widersteht, er kaut das Brötchen und sagt nicht mehr als das Allernötigste. Der Slawe spricht mit sich selbst, als versuche er, des Rätsels Lösung zu finden: »Keine Pistole. In der Wohnung haben sie sie nicht gefunden.«

Er lässt ein paar Sekunden vergehen, derweil denkt er weiter nach. Dann hebt er wieder zu lauten Überlegungen an: »Aber wenn du geschossen hast und er tot ist, muss die Pistole doch auf jeden Fall irgendwo sein.«

Vielleicht will er den Ermittler spielen, doch von Tancredi, der inzwischen beschlossen hat, das ganze Brötchen aufzuessen, hat er keine Unterstützung zu erwarten. Offenbar schätzt sein Zellengenosse dieses Verhalten richtig ein, denn er fährt fort, ohne auf eine Reaktion zu warten.

»... meiner Meinung nach geht es aber gar nicht darum, dass sie die Pistole nicht finden. Du willst nicht, dass sie sie finden. Vielleicht hat die Pistole zu irgendeinem anderen kleinen Mord gedient, was weiß ich, und du willst nicht, dass sie sie entdecken. Stimmt's?«

Tancredi hat das Brötchen aufgegessen. Jetzt, wo das Brötchen weg ist, ist auch die Freundschaft beendet. Er ist bereit, sich anzuhören, wie weit der Slawe gehen will, doch er selbst wird sich dabei nicht zu weit aus dem Fenster lehnen.

»Alles ist möglich.«

»Könnte es zufällig sein, dass Vater und Tochter mit derselben Pistole erschossen wurden?«

»Keine Ahnung.«

Kein Ja, kein Nein. Es macht ihm Spaß, mit den Vermutungen des anderen zu spielen, ohne eine einzige zu entkräften. Der Slawe muss leiden und bemüht sich, seine Enttäuschung zu verbergen.

»Die Bullen haben also weder ein Geständnis noch eine Pistole. Wenn aber doch alle deine Verwandten gesagt haben, dass du es warst ...«

Inzwischen ist Tancredi überzeugt, dass der Slawe ein Spion sein muss. Viel zu interessiert an Sachen, die ihn nichts angehen. Das angemessenste Verhalten ist, nicht zu antworten. Ihm kommt das Klingelzeichen zu Hilfe, das verkündet, dass sie in die Zelle zurückgehen müssen, wo es leichter sein wird, das Thema fallenzulassen. Vielleicht merkt auch der Slawe, dass er zu weit gegangen ist. Da die Zeit um ist, bleibt ihm nichts anderes übrig, als aufzugeben. Doch einen letzten Köder will er Tancredi noch hinwerfen.

»Kann ich dich trotzdem noch was fragen? Was hat dir dein Vater eigentlich getan?«

Abgesehen von dem Auto und wenigen Nebensächlichkeiten veränderte sich das Leben der Ciraulo nicht wesentlich, nachdem sie Serenellas Geld kassiert hatten. Einige Verbesserungen gab es, das schon. Jedes Familienmitglied durfte sich ein paar persönliche Wünsche erfüllen, allerdings nur kleine. Ein Schrank mit großen Spiegelflächen wurde gekauft, der nicht viel kostete. Loredana hatte ihn bei der Auflösung eines Möbelgeschäfts entdeckt, wo er fast zum Selbstkostenpreis zu haben war. Aus demselben Möbellager kamen auch ein paar Küchenstühle im Landhausstil, ja fast schon im Westernlook. Sie hatten der Großmutter gefallen. Nicola hatte ihr vorgeschlagen, die Idee von einem Familiengrab gegen die Möglichkeit einzutauschen, die Stühle, die Loredana zu benötigen meinte, nach ihren eigenen Vorstellungen auszusuchen, und da hatte die Großmutter eingewilligt.

Als es darum ging, Fonzio als Ersatz für die Bar, die seine erste Wahl gewesen war, ein Trostpflaster zu verabreichen, wurde seiner Bitte nach einer Summe stattgegeben, die er nach eigenem Gutdünken ausgeben konnte, ohne jemandem darüber Rechenschaft ablegen zu müssen. Und so geschah es: Fonzio erhielt das Geld, und niemand erfuhr je, wo es dann landete. Nicola, durch den Volvo zufriedengestellt, verlangte für sich selbst nichts mehr. Er begnügte sich damit, das leichte

Ansteigen ihres Lebensstandards in den folgenden Monaten zu genießen, und das reichte, um ihm die Lust am Arbeiten vollends zu nehmen. Sogar die täglichen Schlachten der Arbeitslosen und Zeitvertragsarbeiter verschwanden aus seinem Leben. Die alten Kampfgefährten kamen ihn besuchen, riefen an, forderten ihn auf, bei Demonstrationen und Besetzungen mitzumachen. Sie sagten: »Komm mit, los, wir gehen paar Sachen zertrümmern.«

Doch Nicola lehnte die Einladung ab. Er sagte: »Ich bin müde. Hab keine Lust.«

Nur einmal war er versucht gewesen, anzunehmen, und nach langem Zögern war er schließlich mitgegangen. Zumindest auf dem Papier hatte ihm die Idee der ABM-Arbeiter gefallen, für Abwechslung bei den Protestmärschen zu sorgen: Sie hatten einen Bestattungsunternehmer genötigt, ihnen zum gewerkschaftlichen Solidaritätspreis einen Sarg zu vermieten, sie hatten den Namen des Bürgermeisters darauf geschrieben und waren damit durch die Via Ruggiero Settimo gezogen. Über die Idee hatte Nicola noch herzlich gelacht, ihre Umsetzung fand er dann weit weniger lustig. In die Fröhlichkeit seiner Kameraden konnte er nicht einstimmen, wodurch er sich ausgeschlossen fühlte. So wurde ihm während des gespielten Leichenzugs jeder Schritt beschwerlich. Er war traurig. Diese Demonstration, die er früher zum Brüllen komisch gefunden hätte, machte ihn jetzt trübsinnig. Als Giovanni ihn in diesem Zustand sah, kam er zu ihm und hieb ihm kräftig auf die Schulter.

»Nicola, was ist los?«

»Nichts, gar nichts.«

Obwohl der Sarg mit Plakaten und Karikaturen des Bürgermeisters geschmückt war, weckte er bei Nicola Gedanken an den Tod. Vielleicht war es auch wegen der Erinnerung an die Tage, als er die Präfektur belagert hatte und unumstrittene Hauptfigur gewesen war. Jetzt konnte er sich für einen kollektiven Protest, bei dem er nur einer von vielen war, nicht mehr begeistern. Er fühlte sich zu alt für solche Sachen. Als die Demonstranten sich bei dem Ritual des Umstürzens von Müllcontainern austobten, nutzte Nicola das Durcheinander, um sich auf französisch zu verabschieden und nach Hause zu gehen.

Nachdem er nun fast reich geworden war, legte er bei dem ehemals städtischen Betrieb für Umwelthygiene, wo er derzeit angestellt war, ein ärztliches Attest vor, in dem von einem Bandscheibenvorfall die Rede war, so dass er zwei Wochen krankgeschrieben wurde. Das Attest wurde um zwei Wochen verlängert, dann um einen Monat und später noch einen. Am Ende glaubte er selbst an seine Krankheit. Er spürte wirklich zuweilen einen stechenden Schmerz in der Seite, der ihm half, den Gedanken ans Arbeiten in eine abstruse Geschichte aus vergangenen Zeiten zu verwandeln, an die man sich gelegentlich im Kreis von Freunden und Verwandten erinnert, um sie, wie andere Erinnerungen, vor dem Vergessen zu bewahren. Bei Tisch entfuhr ihm manchmal: »Ich erinnere mich noch, als ich beim kommunalen Umweltdienst war, musste ich sogar eine Uniform tragen.«

Das sagte er mit einem bitteren Lachen, als wäre es eine Repressalie gewesen, die er erleiden musste, allerdings nur kurz und nur weil die Umstände ihn dazu zwangen. Das sollten sie mal heute versuchen, ihn in eine Uniform zu stecken. Er verzichtete sogar auf ein Angebot der Stadtverwaltung zur Festanstellung, das kurz vor einer besonders heiklen Kommunalwahl erging. Es handelte sich um eine Art genereller Indemnität: Wer länger als zwei Jahre in ABM-Maßnahmen beschäftigt gewesen war, konnte verlangen, direkt bei der Stadt angestellt zu werden. Loredana drängte ihn dazu, denn eine feste Stelle ist und bleibt eine feste Stelle, aber Nicola kam zu dem Schluss, dass es sich für ihn nicht lohnte. Und tatsächlich waren es unterm Strich nur sehr wenige Zeitarbeiter, die diese Gelegenheit ergriffen. Über die Gründe gab es eine zwei Tage währende Debatte in den Zeitungen und eine sozialwissenschaftliche Untersuchung.

Und so behielt Nicola in den letzten Monaten seines Lebens praktisch nur seine Arbeit am alten Hafen, der Cala, die vor allem aus langen Wartezeiten bestand, während deren man plauderte und angelte, angelte und plauderte. In den alten Hafen wurden von Zeit zu Zeit abgetakelte Schiffe gebracht, die verschrottet werden sollten. Das war Nicolas Arbeit: verschrotten. Es handelte sich um eine halbamtliche Verschrottung, von den Eignern der Schiffe toleriert, weil sie völlig unentgeltlich war und ihnen obendrein die Kosten für das offizielle Abwracken ersparte. Eine Bescheinigung über die vollzogene Entsorgung ließ sich immer beschaffen, und man konnte nicht einmal behaupten, dass es Betrug war: Das Schiff verschwand nämlich wirklich. Nicola und das kleine Völkchen seiner Kollegen sorgten dafür, dass die Schiffe schlicht und einfach aufhörten zu existieren.

Sie waren etwa eine Hundertschaft, die Leute kamen vor allem aus den Vierteln um den Hafen. Drei oder vier von ihnen galten als Familienoberhäupter, und jeder dieser Anführer hatte seine Truppe. Offiziell traten diese Mannschaften in einem sportlichen Wettkampf, faktisch aber als erbitterte Rivalen gegeneinander an. Es war eine primitive Frühform der Wirtschaft, auf Plünderung und Gewalt gegründet. Nur in den Wartezeiten konnten die Familienoberhäupter sich freundlich unterhalten, und ihre Gespräche erschöpften sich in dem thematischen Dreieck aus Frauen, Essen und Fußball. Oder es ging um die Arbeit. Gerne entsann man sich gemeinsam der Zerstörungswerke früherer Zeiten.

»Erinnerst du dich noch an dieses eine …?«

»Ach, zu schön! Das waren noch richtige Schiffe …«

»Das kam hier an mit brandneuen Matratzen, mit Waschbecken, Wasserhähnen, mit allem Drum und Dran … herrlich war das.«

»Und was kommt heute? Manchmal ein Fischkutter, da ist nicht mal mehr ein Anker zum Mitnehmen dran.«

Mit diesen nostalgischen Gesprächen und gemeinschaftlichem Jammern und Murren auch der Kollegen gegnerischer Fraktionen vertrieben die Abwracker sich die Zeit, obwohl sie darüber die einzige Pflicht dieser Form von Arbeit nicht vergaßen: dafür zu sorgen, dass mindestens ein Vertreter ihrer Gruppe auf Wachposten stand, wenn wieder ein Schiff zu seiner Verschrottung ins Hafenbecken der Cala einfuhr. Dann beeilte sich das Familienoberhaupt oder ein von ihm beauftragter Mann, die Mitglieder des eigenen Clans zusammenzutrommeln, manchmal auch weitere Gefolgsleute zweiten Grades, die zusätzlich einberufen wurden, wenn die Beute besonders üppig zu werden versprach.

»Komm, los, komm!«

»Gibt's denn Arbeit?«

»Na, komm schon!«

Augenblicklich ließen die Ausschlachter ersten und eventuell auch jene zweiten Grades jedwede Tätigkeit liegen, mit der sie gerade befasst waren, und stürzten zum alten Hafen. Schnelligkeit war entscheidend. Zog die Reaktionszeit sich zu lange hin, lief man Gefahr, die ersten Minuten zu verpassen, wenn das Schiff seiner Holzteile und der übriggebliebenen technischen Apparaturen beraubt wurde. Das waren die Materialien, die die besten Preise erzielten, und wer sich die entgehen ließ, für den wurde das weitere Ausschlachten im Grunde sinnlos. Eine knappe Stunde später wimmelte es auf dem Wrack von Menschen, die es Stück für Stück auseinandernahmen. Diese Arbeitsameisen wussten genau, wo Hand anzulegen war und wo in den nächsten Stunden und Tagen weitergearbeitet werden musste, wenn man sich in aller Ruhe den Metallplatten an den Seiten widmen konnte, die Zeit brauchten und schwer zu transportieren waren. Doch immerhin konnten auch die noch als Alteisen verkauft werden. Binnen weniger Tage war das Schiff komplett ausgeweidet, zurück blieb nur ein Gerippe. Und noch als Gerippe wurde es in den folgenden Wochen allmählich zum Verschwinden gebracht. Die Ausschlachter zersägten es Stück für Stück, um sich beim Warten auf das nächste Schiff die Zeit zu vertreiben. Was man nicht wegbringen wollte oder konnte, wurde im Hafenbecken versenkt, um Platz für das nächste Schiff zu schaffen, das seiner Behandlung harrte.

Auch Glocken, Messinggriffe und Küchengeschirr gehörten zu den Dingen, die sofort verschwanden, weil dieses Zeug an Trödler verkauft werden konnte. Nicola kannte sie alle, und da seine stattlichen Körpermaße den meisten von ihnen Respekt einflößte, fiel es ihm nicht schwer, die besten Preise herauszuschlagen. Er nahm bei den Verhandlungen im Geschäft einfach einen der Glasgegenstände aus dem Schaufenster in die Hand und spielte damit herum, während er seine Unzufriedenheit mit dem angebotenen Preis bekundete. Von dem Moment an wurde der Trödler sehr viel fügsamer. Um die Situation jederzeit im Griff zu haben, hatte Nicola außerdem eine Technik entwickelt, die darin bestand, schon einen Augenblick, bevor er wirklich wütend wurde, wütend zu werden, so dass er seine Wut unter Kontrolle behielt. Es war keine echte Wut, aber gespielt war sie auch nicht, und sie ließ sich leicht aus dem Stegreif erzeugen. Wurde der von ihm gewünschte Preis genannt, stellte er den Gegenstand, den er als Geisel genommen hatte, wieder hin, nahm das Geld und verabschiedete sich.

Dies war einer der Gründe, warum Nicola den Ruf eines

mächtigen, allseits respektierten Familienoberhauptes besaß. Mit ihm teilte man immer eine besonders fette Beute, und in seine Gruppe aufgenommen zu werden, war der Ehrgeiz aller jungen Abwracklehrlinge. Aber einfach war das nicht. Nicola verließ sich grundsätzlich nur auf sich selbst, männliche Verwandte, Giovanni und wenige andere. Er hatte versucht, auch seinen Neffen Masino einzustellen. Masino verdiente sein Geld als Subunternehmer bei der Eintreibung von Schutzgeldern. Der ihm zustehende Sektor umfasste nur etwas mehr als einen Häuserblock, doch bei ihm zahlten die Ladeninhaber immer pünktlich, und so sah er sein Leben schon mit zwanzig Jahren auf eine recht solide Grundlage gestellt. Darum hätte dieser Neffe Nicola auch fast ausgelacht, als er hörte, wie viel er bei der Arbeit an der Cala verdienen würde.

»Sag mal, weißt du eigentlich, wie viel ich kriege, ohne dass ich mir den Arsch aufreißen muss wie du? Weißt du, wie viel ich mit Nichtstun jeden Monat in der Tasche hab?«

Die Summe, die er nannte, war unzweifelhaft bedeutend, besonders im Vergleich zu der Plackerei, die Nicola erwartete, wenn es an das Ausschlachten ging. Verschrotten war eine schwere Arbeit und brachte keine regelmäßigen Einkünfte. Auf jeden Fall verzichtete Nicola von da an auf das Vorhaben, Masino in seine Truppe aufzunehmen.

Wenn doch sein Sohn ebenso tüchtig gewesen wäre. Tancredi besaß weder die Fähigkeiten, die für Masinos Arbeit benötigt wurden, noch Fähigkeiten für irgendeine andere Arbeit, einschließlich der Verschrottung. Wenn der Alarm losging, wenn alle aufsprangen, um an der Cala zusammenzuströmen, verschwand Tancredi spurlos. Sogar Fonzio war in dieser kritischen Phase im Prinzip verfügbar, Tancredi hingegen nicht. Er begnügte sich mit passivem Widerstand, indem er unauffindbar blieb oder spät nach Hause kam oder sich, wenn er tatsächlich einmal erschien, einer schwermütigen

Stimmung hingab, die ihn für die Erfordernisse dieser frenetischen Momente unbrauchbar machte. Nicola ermahnte ihn: »Tancreeedi! Wach auf!«

Er steckte ihm ein Ruder in die Hand, damit er es wegbrachte, doch Tancredi blieb verträumt sitzen, mitten in dem hektischen Hin und Her des aufgestörten Ameisenvolks, den Mitgliedern seiner Familie im Verteilungskampf mit den gegnerischen Ausschlachtern. Kurze Zeit später kam Nicola wieder bei ihm vorbei und fand ihn immer noch wie betäubt vor. Dann nahm er seinem Sohn das Ruder ab, kümmerte sich selbst darum und ersetzte es in Tancredis Hand durch etwas Leichteres, einen Schraubenschlüssel oder eine Zange, die Tancredi dann jedoch anstarrte, als wären es geheimnisvolle Gegenstände.

Ungeachtet der seit kurzem erlangten wirtschaftlichen Unabhängigkeit hatte Nicola seine Rolle als Anführer einer Verschrottungsmannschaft behalten wollen, hauptsächlich weil er hoffte, sie eines Tages an Tancredi vererben zu können. Ihm war klar, dass er an die Zukunft der Familie denken musste. Obwohl er erst vor kurzem die Vierzig überschritten hatte, fühlte er sich durch die Sorgen der letzten Zeit geschwächt. Innerlich war er bereit für ein Leben als Pensionär. Jetzt sollten andere, allen voran Tancredi, die Aufgabe übernehmen, zu kämpfen, zu arbeiten und Geld zu verdienen. Doch sein Sohn war mitnichten in der Lage, ihm nachzufolgen. Die anderen Mitglieder seines Clans hüteten sich, es Nicola zu sagen, weil sie sich seine Reaktionen vorstellen konnten, doch Tancredi erschien ihnen schlechterdings ungeeignet für diese Aufgabe. Und auch wenn Nicola es vor Dritten niemals zugegeben hätte, hatte er es längst begriffen. Zwei Monate vor seinem Tod beorderte er Tancredi zu einem Gespräch, das schon aufgrund seiner Voraussetzungen einzigartig werden sollte. Die beiden standen auf der Mole der Cala.

»Tancre', wir müssen reden.«

»Hier bin ich.«

»Wir müssen reden, weil wir reden müssen. So kann es nicht weitergehen. Ich bin jetzt alt.«

»Was redest du da? Von wegen du und alt!«

Nicola schüttelte den Kopf und bedeutete Tancredi, er solle ihn ausreden lassen.

»Ein alter Mann bin ich. Die Sache mit Serenella, die Streitereien mit dem Präfekt, das alles hat mich müde gemacht.«

»Das ist nur jetzt. Aber dann geht's vorbei.«

»Das geht nicht vorbei, Tancrè, nein, bestimmt nicht. Ich weiß, dass es nicht vorbeigeht.«

Er machte eine Pause, dann blickte er seinem Sohn in die Augen und fügte hinzu: »Du bist mein Sohn.«

Darauf schwieg er, als müsste diese Feststellung nicht kommentiert werden. Tancredi beobachtete ihn mit einem Blick, in dem sich Treuherzigkeit und Indolenz mischten. Nicola bekam Lust, ihn zu schütteln, doch weil er reales Schütteln vermeiden wollte, versuchte er ihn mit Worten aufzurütteln: »Zu viele Sorgen, zu viele Probleme in letzter Zeit. Da ist was, ich merk genau, dass ich hier was hab.«

»Hier« war eine Gegend zwischen Herz und Magen, auf die Nicola zur Veranschaulichung mit der Faust eindrosch.

»Ein Gewicht, wie Blei, genau hier.«

»Aber du bist doch noch jung!«

Nicola schüttelte abermals den Kopf: Nicht nur, dass da nichts mehr zu machen war, dies war noch nicht mal der entscheidende Punkt der Diskussion.

»Stell dir mal vor, ich sterbe – was wird dann aus dir? Was wird aus deiner Mutter? Aus deiner Großmutter, der Ärmsten? Wer bringt euch alle durch? Ist ja nicht so, dass ich eine Pension kriege, und dass euch die Pension zusteht, wenn ich sterbe. Nein, sie steht euch nicht zu. Du bildest dir wohl ein, dass sie dir zusteht?«

»Steht sie mir nicht zu?«

»Von wegen! Nein, niemand steht sie zu. Darum …«

Tancredi hatte aufgehört, ihn anzuschauen, es war ihm weit lieber, in die Ferne zu starren. Nicola bemerkte das, wollte es aber nicht hinnehmen.

»Du sollst mir zuhören, wenn ich mit dir rede!«

Er griff an Tancredis Kinn und drehte dessen Kopf weniger heftig zu sich herum, als er eigentlich beabsichtigt hatte.

»Du musst bereit sein.«

»Wozu?«

»Für die Nachfolge.«

»Hä?«

»Meine Nachfolge auf dieser Stelle anzutreten.«

Tancredi hatte sich jetzt damit abgefunden, seinen Vater anschauen zu müssen, machte aber ein derart bestürztes Gesicht, als hätte der plötzlich begonnen, in einer unbekannten Sprache zu sprechen. Weitausholend griff Nicola das Thema wieder auf: »Was willst du machen, wenn du groß bist?«

»Tja …?«

»Tja, tja … So kannst du aber nicht weitermachen. Du bist bald einundzwanzig. Weißt du, dass ich mit einundzwanzig schon einen Sohn hatte? Als ich einundzwanzig war, warst du schon geboren. Und ich hab gearbeitet, die Familie durchgebracht, ich hab …«

Er ließ den Satz unvollendet, weil er selbst nicht sagen konnte, welcher Arbeit er als junger Mann nachgegangen war und wie er es fertiggebracht hatte, Frau und Kind zu ernähren. Nichtsdestoweniger ging es genau darum.

»Jedenfalls hab ich die Familie irgendwie durchgebracht.«

Tancredi setzte die interessierteste Miene auf, zu der er fähig war. Ermutigt beeilte sich Nicola, zu den Schlussfolgerungen zu kommen: »Tancre', du musst deinen Hintern hochkriegen! Dein Papi wird nicht ewig leben! So lange hält er nicht durch, und dich kann er auch nicht mit durchbringen! Guck dir deinen Cousin an, der hat keinen Vater mehr, der ihn mit durchbringt. Ganz allein schafft der das. Der ist ein Jahr jünger als du, und wegen der Arbeit, die er gefunden hat, kann er schon heiraten und all sowas, wenn er will.«

Die Erwähnung des Cousins löste bei Tancredi endgültig den Reflex aus, sich wieder in seiner Welt zu verschließen. Zu oft schon hatte er den Vergleich mit Masino hören müssen, und er wollte ihn nicht mehr hören. Was auch immer Masino tat, sofort beeilte sich die Familie, es ihm zu erzählen und ihm die Schlussfolgerung zu überlassen, die darauf hinauslief: Und du dagegen? Wenn er mit Masino verglichen wurde, fühlte er sich als Versager. Seinen Cousin als Vorbild hingestellt zu bekommen, bewirkte nur, dass Tancredi sich erst recht in sein Schicksal fügte und sich als Niete vorkam. Er reagierte nicht. Wie immer, wenn man ihn in die Enge trieb, verschloss Tancredi sich auch dieses Mal in ein hartnäckiges Schweigen. Es war, als fehlte ihm der logische Zusammenhang zwischen den Problemen, die seinen Vater quälten, und die Tancredi durchaus zu rühren vermochten, und den Lösungen, die er ihm anbieten konnte. War es eigentlich ausgemacht, dass all diese Erwartungen wirklich ihn betrafen? Er hörte, wie sein Vater einen letzten Appell an ihn richtete: »Verstehst du, was ich dir sagen will?«

Nein, Tancredi verstand es nicht. Er war unfähig, es zu verstehen. Diese Reden glitten einfach an ihm ab. Sie berührten ihn, das ja, sie waren ihm lästig, aber sie konnten ihm nichts anhaben. Tancredi bot seine größtmögliche Überzeugungskraft auf: »Papa, das ist nichts für mich.«

Was Nicola ermächtigte, feurig mit seiner Moralpredigt fortzufahren: »Jetzt hör mal, wenn das nichts für dich ist, diese

Arbeit, dann such dir gefälligst eine andere. Bei der Stadt gibt's jetzt diese Verträge für Praktikanten. Wir sehen mal, ob wir so einen für dich kriegen. Na, was sagst du dazu? Ich kenne ein paar Leute bei der Verwaltung, mit denen kann ich reden ...«

Im Geiste war er schon sehr viel weiter, malte sich Szenarien von einer Empfehlung aus, auf die dann befristete Anstellungen folgten und schließlich, wer weiß wann, und nur, wenn es sich wirklich lohnte, eine feste Stelle. Vielleicht konnte Tancredi, so wie er damals auch, eine Zeitarbeit finden, die niemals aufhörte, mit vielen, automatisch erneuerbaren Jahresverträgen, was bedeutete, dass die Grundlagen für einen gewissen Wohlstand gelegt waren, ohne dass es allzu drückende Obliegenheiten wie geregelte Arbeitszeiten und Anwesenheitspflicht am Arbeitsplatz gab. Während Nicola weit in die Zukunft voranstürmte, war Tancredi jedoch am Ausgangspunkt zurückgeblieben.

»Aber die warten ja nun nicht ausgerechnet auf mich ...«

»Darüber mach dir mal keine Sorgen. Das ist meine Sache. Wichtig ist jetzt nur, dass du endlich mal in Bewegung kommst.«

Nicola hatte »Bewegung« zwar nur in übertragener Bedeutung gemeint, doch Tancredi blieb sogar physisch bewegungslos und innerlich weit entfernt. Er starrte wieder auf den Horizont, einerseits darauf wartend, dass die Predigt endete, andererseits in seine Pflicht ergeben, sie anhören zu müssen. Nicola erkannte, dass er seine Zeit vergeudete. Er nahm einen Stein und schleuderte ihn, so weit er konnte, aufs Meer hinaus, genau in die Richtung des Punktes, den sein Sohn so hartnäckig fixierte. Er wusste, dass er diesen Punkt niemals treffen würde, aber wenigstens half es ihm, sich abzureagieren.

Sie machten sich auf den Weg, jeder mit seinen eigenen Angelegenheiten beschäftigt: der Vater verbittert, weil es ihm nicht gelungen war, den Panzer aus Gleichgültigkeit des Sohnes zu durchbrechen, und der Sohn hinter dem Panzer seiner Gleichgültigkeit verschanzt. Es gab nichts mehr zu sagen. Zehn Meter Abstand voneinander haltend, kehrten sie nach Hause zurück, Nicola voraus, Tancredi hinterdrein, letzterer bemüht, den Abstand, der ihn vor weiteren Predigten oder Schlimmerem schützte, nicht kleiner werden zu lassen.

Zu Hause angekommen, hüllte sich Nicola, ohnehin kein Mann des Wortes, nach so viel Gerede in ein nahezu totales Schweigen gegenüber Tancredi. Wenn er ihm etwas mitteilen musste, ließ er es durch seine Frau ausrichten: »Loredana, sag deinem Sohn, dass der Strom bezahlt werden muss.«

Sich in die Warteschlange am Postschalter zu stellen, war zu Tancredis einziger echter Beschäftigung geworden, doch er ging dieser Pflicht lustlos und immer zu spät nach. Unter den derzeitigen Umständen musste jedes Zögern für Nicola Anlass zur Ungeduld sein. Er ließ eine Minute verstreichen und wiederholte: »He, sag deinem Sohn, dass die Frist zum Bezahlen abgelaufen ist. Sollen sie uns erst den Strom abstellen, damit er sich endlich aufrafft?«

Um weitere Diskussionen zu vermeiden, beschloss Tancredi, loszugehen, gebärdete sich jedoch, als wäre dieser Gang ein Opfer, was seinen Vater noch mehr in Rage brachte. Kaum war Tancredi draußen, die Stromrechnung wie eine schwere Bürde hinter sich herschleppend, setzte Nicola sich auf einen Stuhl und krempelte das Hemd über seinem Rücken hoch.

»Loreda', mich juckt's da hinten.«

Sie hörte auf, in der Küche herumzuwirtschaften, und kam herbei, ihn zu kratzen. Das war etwas, was Nicola sehr liebte. Er stieß lustvolle Laute aus: »Aa, oh, jaaa! Da! Weiter unten … weiter oben … links …«

Als sie an einer besonders empfindlichen Stelle angekommen war, hörte er auf, Anweisungen zu geben, und kehrte zu dem Thema zurück, das ihm am meisten am Herzen lag: »Was hab ich bloß verbrochen, dass ich so einen stinkfaulen Sohn habe?«

Hinter seinem Rücken ertönte die Stimme der Engelsgeduld: »Was kann unsereins da schon machen? Er ist noch klein.«

»Klein! Ich glaub, ich spinne! Bloß weil er noch klein ist, kann er doch nicht so ein Leben führen! Und uns kann er das auch nicht antun!«

Den gewaltigen Rücken ihres Mannes vor Augen, versuchte Loredana, so gut zu kratzen wie sie konnte, doch sie war nicht bei der Sache. Gleichzeitig sprechen und kratzen ging über ihre Kräfte, und nach einer Weile begann Nicola prompt zu nörgeln: »Da doch nicht, mehr rechts … auf der anderen Seite … stärker, viel stärker! Was ist, hast du dir die Nägel geschnitten? Das fühlt sich ja an wie die Hand einer Toten! Serenella, ja, die konnte das, ich erinnere mich noch genau, dieses kleine Händchen … sie wusste genau, wo sie kratzen musste …«

Bei dem Gedanken an die Tochter und ihre scharfen Fingernägelchen ließ er sich einen Augenblick lang von Wehmut übermannen, riss sich jedoch sofort zusammen, um in eine Gegenwart zurückzukehren, die nur aus Verbitterung, untüchtigen Söhnen und Ehefrauen ohne Fingernägel bestand.

»Dieser Junge macht mich wahnsinnig! Wegen dem dreh ich noch durch!«

»Du bist zu …«

Loredana schüttelte den Kopf, als würden Worte nicht genügen, um der unerbittlichen Strenge ihres Mannes Ausdruck zu verleihen. Nicola wiederum konnte kaum glauben, dass er jemanden gefunden hatte, der vehement für seinen Sohn Partei ergriff, statt eine Gummiwand aufzurichten, wie

Tancredi es gewöhnlich tat. Loredana antwortete ihm, sie war ein Gesprächspartner für seinen Zorn. Über sie durfte er sich ärgern: »Ist es eigentlich sicher, dass er mein Sohn ist? Ich finde, er gleicht mir überhaupt nicht.«

Natürlich war das der pure Widersinn, da seine Vaterschaft über jeden Zweifel erhaben war. Trotzdem hörte Loredana auf zu kratzen, um sich besser gegen die implizit in diesem Widersinn enthaltene Anklage wehren zu können.

»Du wagst es, mir so etwas zu sagen? Mir, wo ich immerzu hier bin, die Wohnung putze und unseren Sohn erziehe?«

»O ja, sehr gut hast du ihn erzogen! Wirklich gut! Man sieht, dass du ihn so erzogen hast, wie es sich gehört!«

»Was willst damit sagen? Mit dir kommt er nicht aus, aber mit mir ja. Mit mir kommt er gut aus.«

»Na klar, du lässt dich ja auch mit Füßen treten! Aber ich lass mich von niemand mit Füßen treten! Von dir nicht und von deinem Sohn auch nicht!«

Nachdem das gesagt war und immerhin zehn Minuten Kratzen für ihn abgefallen waren, stopfte Nicola sich das Hemd wieder in die Hose.

»Das reicht, Kratzen ist sowieso nicht deine Stärke.«

Da sie ihn heißlaufen sah und wusste, was die Überhitzungen ihres Mannes mit sich zu bringen pflegten, verzichtete Loredana auf weitere Diskussionen und ging in die Küche zurück, um noch einmal mit dem Schwamm über das bereits mehr als blitzblanke Spülbecken zu fahren. Statt ihrer schaltete sich Rosa ein, die bis jetzt in ihrem Zimmer gesessen hatte, wo ihr aber, nach der Pünktlichkeit ihres Einschreitens zu urteilen, kein einziges Wort entgangen war. In perfekter zeitlicher Übereinstimmung mit der ersten Pause des Wortwechsels trat sie auf den Plan: »Der Junge ist aber auch wirklich komisch.«

Als sie das hörte, warf Loredana den Schwamm in das

Spülbecken, kehrte ins Wohnzimmer zurück und bekam wieder Oberwasser.

»Wieso komisch? Warum ist mein Sohn komisch? Ich finde meinen Sohn ganz und gar normal.«

Rosa war es nicht gewohnt, Begründungen zu liefern, wenn sie einen Urteilsspruch verkündet hatte. Sie verfiel in ein bedeutungsschwangeres Schweigen. Loredana hingegen fuhr fort, ihrem Widerspruch Ausdruck zu verleihen: »Ihr kümmert euch viel zu sehr um den Kleinen, ihr lasst ihm ja keine Luft zum Atmen! Er ist doch noch jung! Er ist erst zwanzig! Lasst ihn in Ruhe, den Ärmsten.«

Just als dieses letzte Wort ertönte, trat Tancredi, mit der Quittung wedelnd, über die Schwelle des Hauses und stürzte alle in Verlegenheit. Sie taten, als hätten sie von anderen Dingen gesprochen, während Tancredi verkündete: »Hier ist die bezahlte Rechnung.«

In diesem Satz war die Welt aus Warteschlangen und unhöflichen Postbeamten zusammengefasst, der er sich hatte stellen müssen. Vater und Großmutter blieben stumm, ersterer getreu seinem Gelübde, kein Wort mehr mit Tancredi zu sprechen, letztere aus Solidarität mit ihrem Sohn. Nur Loredana stand zu ihren Gefühlen, indem sie Tancredi die Quittung aus der Hand nahm, um sie in Augenschein zu nehmen,
als wäre sie sein erstes Schulzeugnis.

»Habt ihr gesehen? Er hat bezahlt. Man muss ihm eben alles im Guten sagen, denn mit Freundlichkeit erreicht man alles. Alles erreicht man mit Freundlichkeit. Seht ihr? Sehr schön, Tancredi, du hast dir eine Belohnung verdient.«

Darauf schnitt sie eine Scheibe Brot ab, tauchte sie in Öl und streute Salz und Origano darüber.

»Hier, nimm. Brot mit Öl, wie du's gerne isst.«

In Anbetracht der frühen Morgenstunde neigte Tancredi noch zur Appetitlosigkeit. Er erhob schwachen Einspruch, doch seine Mutter bedrängte ihn, bis er sich gezwungen sah, das Brot anzunehmen.

»Na, schmeckt das? Gut, nicht? Schmeckt's dir, mein Kleiner?«

Angesichts dieser Szene bedeckte Nicola die Augen mit der Hand. Und auch von Rosa, die sich doch selbst als eine hundertprozentige Mutter empfand, kam eine missbilligende Reaktion: »Nein, also so was …«

Da geschah es, dass Nicola jene Worte sprach, die man a posteriori als Vorahnung hätte deuten können: »Der bringt mich noch um, der Junge.«

Sie haben ihn nach Hause geschickt. Er kann es kaum glauben, aber es ist wahr: Von einem Tag auf den anderen haben sie ihn nach Hause geschickt. Wenn er gewusst hätte, dass alles so einfach ist, hätte er es schon früher getan, aber vielleicht ging es vorher nicht. Kurzum: Er hat gestanden. Er hat zugegeben, dass er seinen Vater erschossen hat. Im Grunde wussten sie das ja schon, ihnen fehlten nur noch die Einzelheiten, die Pistole und eben sein Geständnis. Er hat alles zugegeben, wie ihm der Anwalt geraten hat, und sie haben Wort gehalten, innerhalb weniger Tage haben sie ihn heimgehen lassen. Hausarrest. Das ist vollkommen in Ordnung, Tancredi hat sowieso nicht die geringste Lust, aus dem Haus zu gehen. Er ist so froh, dem Gefängnis entronnen zu sein, dass er vom Leben gar nicht mehr verlangt. Es genügt ihm, dass er das Geschwätz des Slawen, die nutzlosen Spaziergänge im Hof und die Angst, irgendein ungeschriebenes Gesetz zu übertreten oder schon übertreten zu haben, hinter sich hat. Würde man ihn in diesem Moment auffordern, seine Einwilligung in lebenslangen Hausarrest zu unterschreiben, würde er das ohne weiteres tun.

Nach dem wenigen zu urteilen, was er von den Erklärungen des Anwalts verstanden hat, besteht nicht die Gefahr, dass er noch einmal jemanden umbringt, darum darf er bis zum

Ende des Prozesses zu Hause bleiben, freilich unter der Bedingung, dass er der Justiz jederzeit zur Verfügung steht. Wenn er einen Fehler macht, bringen sie ihn zurück ins Ucciardone. Aber so wie die Dinge stehen, hat er keinen Grund, einen Fehler zu machen. Er ist zu Hause, wo alle ihn gernhaben.

Zur Feier seiner Rückkehr in den Schoß der Familie hat seine Mutter eine Pasta al forno zubereitet. Sie nimmt ihn an die Hand und führt ihn die Küche, um ihm zu zeigen, was sie gekocht hat, doch die Großmutter ergreift das Wort: »Für dich haben wir sie ohne Soße gemacht, wie du es magst. Mit einer schönen Kruste. Freust du dich?«

Tancredi freut sich wie ein Schneekönig. Er hätte nur gerne, dass die Mutter seine Hand loslässt, aber sie hält die Hand fest gedrückt, um ihn zur kontemplativen Betrachtung der Auflaufform mit der Pasta al forno zu zwingen, die dampfend auf dem Tisch steht. Die Pasta sieht prächtig aus, schon vom Anschauen bekommt man Appetit, aber da sind Erbsen drin. Er sieht sie mit bloßem Auge.

»Danke. Vielen Dank. Aber ihr habt Erbsen reingetan.«

Endlich lässt die Mutter seine Hand los. Sie braucht ihre eigene Hand, um sie sich vor den Mund schlagen zu können: »Oh, ich hab ganz vergessen, dass du keine Erbsen magst …«

»Macht nichts.«

Die Erbsen sind wirklich nicht so wichtig. Als Kind mochte er sie nicht, doch heute präjudiziert diese Abneigung seine Entscheidungen nicht mehr. Gleichwohl muss Großmutter Rosa sich einschalten: »Du hast sie mit Erbsen gemacht? Weißt du denn nicht, dass er keine Erbsen isst? Also so was …«

»Das ist schon in Ordnung. Ich kann sie ja rausholen.«

Großmutter Rosa schüttelt den Kopf, denn der Irrtum ihrer Schwiegertochter muss abermals gebrandmarkt werden. Doch diese hat bereits zugegeben, dass sie einen Fehler gemacht hat, und versucht jetzt, das Thema zu wechseln.

»Wie auch immer, was passiert ist, ist passiert. Erst mal zählt doch nur, dass du wieder hier bist, mein Sohn. Wie geht es dir? Sag, wie geht's dir? Alles in Ordnung?«

»Alles in Ordnung.«

Auch Großmutter Rosa ist Tancredi zuliebe willens, über das Erbsenproblem hinwegzugehen. Doch vielleicht meint sie, in der Stimme des Enkels einen Hauch Betrübnis entdeckt zu haben, denn sie wechselt das Register: »Nur Mut, Tancre'. Nach vorne schauen und sich ein Herz fassen, das geht sowieso alles vorbei.«

Dem kann die Mutter beipflichten, sie legt Tancredi einen Arm auf die Schulter und dreht das Gesicht weg, damit niemand sieht, dass ihr eine Träne über die Wange rollt. Doch dann wischt sie sich mit dem Handrücken über die Nase und gibt ein unverwechselbares Geräusch von sich, das sie verrät. Die Großmutter dagegen beherrscht sich und fordert Tancredi auf, es ihr nachzutun.

»Tancre', ein bisschen Geduld musst du schon haben. Wir tun, was wir können.«

Die Bemühungen seiner Verwandten rühren ihn, doch er fühlt sich wirklich ausgezeichnet. Er ist glücklich, wieder zu Hause zu sein. Könnte er sich in seiner Situation etwas Besseres wünschen? Andererseits möchte er der Familie nicht widersprechen. Er breitet die Arme aus und lässt sie fallen. Eine Geste der Hilflosigkeit, von der Mutter sofort registriert. Darum beeilt sie sich, ihn von den letzten Entwicklungen zu unterrichten, damit er wieder Mut fasst.

»Weißt du, was der Großvater heute gemacht hat? Na? Er hat sie hingebracht.«

»Hä?«

»Freust du dich? Komm her, setz dich.«

Er setzt sich. Er darf beim Essen auf seinem angestammten Platz sitzen. Es ist schön, den eigenen Stuhl und auch den gewohnten Anblick der Familienmitglieder um sich herum wiederzufinden. Die Plätze sind dieselben geblieben, wie es scheint. Auch der Platz seines Vaters am oberen Tischende ist derselbe, und darum bleibt er leer. Tancredi versteht zwar nicht, wovon seine Mutter spricht, aber er ist froh, dass er sich setzen darf. Im Mittelpunkt von so viel Aufmerksamkeit zu stehen, macht ihn ganz benommen. Die Mutter dringt weiter in ihn: »Freust du dich?«

»Was hat er denn hingebracht? Und wohin, wem?«

Und Loredana enthüllt das Geheimnis: »Die Pistole.«

Und Großmutter Rosa erklärt sofort: »Er hat sie heute morgen zur Polizei gebracht. Freust du dich?«

Eigentlich hat Tancredi keine Meinung dazu. Er sieht den Grund für die Bedeutung der Pistole nicht. Ihm will weder einleuchten, warum es wichtig war, dass die Bullen sie erst nicht fanden, noch, warum es so wichtig ist, dass sie jetzt zum Vorschein kommt. Darum wahrt er Zurückhaltung.

»Na gut, wenigstens etwas.«

»Immer schön ein Schritt nach dem anderen. Erst einmal haben wir ihnen die Pistole gegeben.«

»Und was haben sie dazu gesagt?«

»Fonzio, Tancredi will wissen, was sie dazu gesagt haben. Warum erzählst du es uns nicht?«

Großvater Fonzio ist offenbar schon mehrmals aufgefordert worden, die Geschichte zu erzählen, zu der dritten Wiederholung scheint er keine Lust zu haben. Allein die Tatsache, dass er hineingezogen wird, macht ihn nervös, darum versucht er, sich mit einem Minimum an Informationen aus der Affäre zu ziehen.

»Nichts. Ich bin hingegangen und hab sie ihnen gegeben.«

Großmutter Rosa wird ungeduldig. Sie sitzt am Tisch und wartet darauf, dass sie bedient wird, während Fonzio, die

Hände auf der Stuhllehne, misstrauisch stehenbleibt. Sie macht ihm ein Zeichen, er soll sich hinsetzen.

»So erzählst du das? Erzähl doch die Geschichte richtig.«

Ergeben setzt der Großvater sich neben sie. Er rückt mit dem Stuhl hin und her, bis er eine Position gefunden hat, die ihn zufriedenstellt. Gerade will er den Mund aufmachen, um mit der Geschichte zu beginnen, da kommt ihm seine Frau zuvor, weil sie eine kurze Vorrede für angebracht hält.

»Erst einmal haben wir sie in so eine Schachtel für Schuhe getan, und die Schachtel haben wir mit dem Papier von der Zeitung eingewickelt. Danach haben wir sie Fonzio gegeben, weil er der Mann im Haus ist, stimmt's? Und dann?«

Sie versetzt ihrem Mann einen kleinen Klaps auf den Rücken, um ihn zum Weitermachen aufzufordern.

»Danach hab ich sie genommen und bin losgegangen. Ich musste mich in ein Zimmer setzen und warten, also sitz ich da mit der Schachtel auf den Knien, bis dieser eine da gekommen ist, der auch hier bei uns zu Hause war …«

Tancredi möchte genau wissen, von wem der Großvater spricht. Er unterbricht ihn und fragt: »Der Chef?«

»Der Chef nicht, der andere. Der Chef ist später gekommen, aber erst hat er nichts gesagt.«

»Und …«

»Dieser eine hat mich gefragt, was ich will, aber ich hab nichts gesagt, ich hab ihm nur die Schachtel gegeben. Er wollte wissen, was das ist. Und ich: Man hat mir gesagt, dass ihr sie sucht, darum bring ich sie euch. Aber er hat sie nicht sofort aufgemacht … Erst wollte er auch noch wissen, wer mir das gesagt hatte, dass sie sie suchten. Daran hatte ich nun wirklich nicht gedacht, und weil ich nicht wusste, wie ich mich verhalten sollte, hab ich den Mund nicht aufgemacht. Was hätte ich tun sollen?«

Großmutter Rosa übernimmt die Antwort, damit es schnell

weitergeht: »Das hast du gut gemacht. Wenn man nicht weiß, was man sagen soll, ist es immer besser, den Mund zu halten.«

Während sie das sagt, schaut sie Tancredi an. Ein Blick voll unausgesprochener Anspielungen, von denen nicht alle bei Tancredi ankommen. Unterdessen erzählt der Großvater weiter.

»Inzwischen hat er die Schachtel aufgemacht, dann hat er einen Finger in den Ring gesteckt, der um den Abzug ist, wie heißt der noch gleich, und dann hat er sie von allen Seiten angeguckt. Und dabei hat er mir Fragen gestellt.«

»Zum Beispiel?«

»Zum Beispiel: Wo habt ihr sie gefunden?«

»Und du?«

»Ich hab gesagt: Zu Hause. Und er: Wo zu Hause, wir haben doch alles abgesucht? Und ich sag: Im Badezimmer. Da guckt er mich an, als würde er mir nicht glauben. Wir haben auch im Badezimmer gesucht, sagt er. Und ich: Dann habt ihr eben nicht richtig gesucht. Also, das hab ich nicht wirklich gesagt, aber jedenfalls fast ...«

Jetzt hängen alle drei an Großvater Fonzios Lippen.

»Was hätte ich denn sagen sollen? Der wollte wissen, wo sie versteckt war ... Aber ich weiß ja gar nicht, ob sie versteckt war, sie war einfach da und basta. Aber wo war sie denn? Und da hab ich gesagt: Im Wasserkasten von der Toilette. War das richtig?«

Die letzten Worte hat der Großvater so leise ausgesprochen, dass die Großmutter ihn nicht gehört hat.

»Wo?«

»Im Wasserkasten. Aber er hat gesagt, dass sie auch im Wasserkasten gesucht haben ...«

Tancredis Mutter war bei allen Haussuchungen dabei. Tancredi beobachtet, wie sie reagiert, und da sie sich beobachtet fühlt, bestätigt sie: »Natürlich haben sie da gesucht ...«

»Siehst du. Er hat sogar angefangen zu schreien, aber ich habe keinen Ton gesagt. Er sagt, sie haben auch da reingeguckt, und da war sie nicht. Ihr glaubt gar nicht, wie der rumgetobt hat: Darf man erfahren, wo sie war, diese Pistole? Sag es! Wo war sie? Aber je mehr der gebrüllt hat, desto mehr hab ich den Mund gehalten. Er sagt: Du kannst mich nicht verarschen! Von so einem vertrottelten Tattergreis wie dir lass ich mich nicht verarschen! Glaubst du etwa, das schaffst du? Das schaffst du bestimmt nicht!«

Großvater Fonzio gerät in Wallung, er erlebt diese Momente noch einmal und wünscht sich im nachhinein vielleicht, er hätte reagiert. Aber jetzt kann er nicht mehr reagieren. Tancredi fürchtet, dass er höchstens einen Herzinfarkt kriegt.

»Raus mit der Sprache! Pack aus oder ich brech dir die Knochen! Sag mir, wo diese Scheißpistole gesteckt hat! So hat er mich angebrüllt! Einen alten Mann! Darum hat sich irgendwann auch der Chef eingeschaltet und hat gesagt: Was machst du denn da? Bist du vollkommen verrückt geworden? Ja, das glaub ich auch, der ist verrückt geworden.«

Hier gönnt sich der Großvater ein kleines Lächeln, vielleicht bei dem Gedanken, dass er einen Polizeibeamten zum Wahnsinn getrieben hat.

»Genug, das reicht! sagt der Chef. Aber der andere macht weiter: Leute von deiner Sorte kenn ich! Ein verkommenes Pack seid ihr! Danach ist er rausgegangen. Der andere, der Chef, ist geblieben und hat gesagt: Ich will Ihnen ja glauben, aber Sie müssen mir jetzt alles erklären. Und ich: Dottore, da gibt es nicht viel zu erklären. Wir haben diese Pistole gefunden und Schluss.«

Doch nun, da die Erzählung ihren Spannungsgipfel überschritten hat, möchte Großmutter Rosa Einzelheiten hören.

»Hast du ihm gesagt, wer sie gefunden hat?«

»Meine Schwiegertochter, als sie das Badezimmer putzte.«

»Im Wasserkasten.«

»Ja. Da drin.«

Großmutter scheint nicht ganz zufrieden mit den Antworten ihres Mannes. Sie überlegt und fragt weiter: »Und hat er dir dann endlich geglaubt?«

»Ha, von wegen! Weißt du, was er gesagt hat? Und wenn Ihre Schwiegertochter das Badezimmer saubermacht, dann putzt sie sogar das Innere des Wasserkastens? Ich wusste nicht, was ich dazu sagen sollte, also sag ich: Sie kennen meine Schwiegertochter nicht. Die putzt alles. Die putzt mir sogar die Gabel zwischen zwei Bissen.«

Tancredi hat diese Gespräche mit einer gewissen Besorgnis verfolgt. Da gibt es noch etwas, was er verstehen will: »Aber haben wir denn unbedingt dieses ganze Theater um die Pistole machen müssen?«

Das ist eine Frage, die die allgemeine Verteidigungsstrategie betrifft, nicht den Bericht über das Verhör. Der Großvater schweigt. Seine Mutter antwortet: »Klar mussten wir das, die haben doch überall nach dieser Pistole gesucht. Also haben wir sie ihnen gegeben. Darum sind sie jetzt zufrieden. Und einstweilen bist du schon mal nach Hause zurückgekommen.«

»Naja … Aber was passiert jetzt, wenn sie anfangen zu suchen, sagen wir, nach Fingerabdrücken?«

»Fingerabdrücke? Ha, was denn für Fingerabdrücke? Nachdem die Pistole die ganze Zeit über im Wasser gelegen hat, was sollen sie denn da wohl noch für Fingerabdrücke finden?«

An dieser Stelle kann der Großvater noch etwas hinzufügen: »Und außerdem, weißt du, was ich gesagt hab? Dass Loredana die Pistole gewaschen hat. Sie war ganz schmutzig, also …«

Großvater Fonzio lässt den Satz unvollendet. Das endgültige Schlusswort in dieser Sache kommt von der Großmutter: »Jetzt, wo sie auch noch gewaschen wurde, wär's schon seltsam, wenn sie überhaupt noch rausfinden, ob damit geschossen wurde. Auf jeden Fall ist jetzt endlich die Pistole aufgetaucht, die sie haben wollten, und Schwamm drüber.«

Der Großvater fasst sich an die Stirn. Ihm ist etwas eingefallen, doch er zögert einen Moment, bevor er damit herausrückt.

»Übrigens, weißt du, wen sie auch noch verhört haben?«

Großmutter seufzt. Sie scheint es nicht gutzuheißen, dass ihr Mann jetzt schon alle Neuigkeiten verkündet. Es ist spät, man sollte mit dem Essen fortfahren. Auch Tancredi merkt, dass er Hunger hat. Gerne würde er vom Großvater alle Neuigkeiten erfahren, doch ihn hat ein nervöser Hunger gepackt. Sehnsüchtig blickt er auf die Form mit der Pasta al forno. Er würde sie ganz aufessen, einschließlich der Erbsen. Die Großmutter scheint seine Gedanken zu lesen, denn just in diesem Moment beginnt sie, an die Schwiegertochter gewandt, heftig zu gestikulieren. Ihre Zeichensprache bedeutet, dass ein Werkzeug zum Schneiden und Servieren der Pasta benötigt wird. Die Mutter versteht und fängt an zu suchen. Während sie in einer Schublade kramt, fragt sie: »Wen haben sie verhört?«

»Masino.«

»Masino? Wie sind sie denn auf Masino gekommen?«

»Das wissen nur sie allein. Sie sind zu ihm nach Hause gekommen und haben ihm gesagt, er soll auf der Wache erscheinen. Aber ohne Verpflichtung zu gar nichts.«

Großmutter Rosa ist ungeduldig, sie zappelt auf ihrem Stuhl. Die Mutter hat eine Art Tortenheber gefunden und schickt sich nun an, die Pasta in Portionen zu zerteilen, hält aber plötzlich mitten in der Bewegung inne.

»Woher weißt du das eigentlich? Wieso hast du uns nichts davon gesagt?«

»Ich hab ihn da getroffen, auf der Polizeiwache. Das hatte ich vergessen.«

»Das hatte ich vergessen, hm. Hast du mit ihm gesprochen? Was hat er gesagt?«

Sie hält immer noch den Tortenheber in der Hand, scheint aber nicht mehr zu wissen, warum sie ihn geholt hat. Tancredi beobachtet sie und bekommt noch mehr Appetit. Die Mutter sagt: »Denken sie jetzt womöglich, dass mein Neffe was damit zu tun hat?«

Großvater Fonzio möchte keinen falschen Alarm ausgelöst haben. Er beeilt sich, zu erklären: »Aber neiiin! Sie sind sehr, sehr nett zu ihm gewesen. Das fehlte gerade noch, dass sie sich jetzt auch noch Masino vorknöpfen ...«

Aber das genügt der Mutter nicht. Auch Tancredi würde gerne mehr darüber erfahren, doch er kann nicht umhin, zu bemerken, dass sich kein Mensch mehr um die Pasta al forno kümmert. Er findet, dass man sehr gut beim Essen weiterdiskutieren könnte. Doch es obliegt seiner Mutter, die Portionen abzuschneiden und über den Fortgang des Gesprächs zu entscheiden.

»Was wollten sie denn von ihm wissen? Hat er dir das erzählt?«

»Nichts, ob er dabei war, als es passierte. Und er hat gesagt, er war bei sich zu Hause. Dort, wo er sein musste. Richtig?«

»Sehr richtig. Und dann?«

»Er hat bloß das erzählt, was wir auch gesagt haben. Was konnte er sonst schon darüber wissen? Zum Schluss haben sie ihn gefragt: Bestätigen Sie, dass es der Sohn war, der auf seinen Vater geschossen hat? Er hat's bestätigt, und Schluss mit dem Verhör.«

Tancredi hätte durchaus noch einige Fragen, aber er bringt

sie nicht heraus. Sein Hunger ist stärker als andere Überlegungen. Grundsätzlich hat er jedoch den Eindruck, dass die Bullen für einen Fall, den mittlerweile alle als abgeschlossen ansehen müssten, immer noch zu viele Verhöre, zu viele Untersuchungen machen. Jetzt, wo er sich zu einem Geständnis durchgerungen hat, dürfte die Polizei keinen Grund mehr haben, seine Familie zu quälen. Aber wenn er richtig verstanden hat, fand das Verhör von Masino an diesem Vormittag statt. Nach seinem Geständnis. Was wollen die Bullen noch von seinen Verwandten? Was haben seine Verwandten mit der Sache zu tun? Seine Verwandten sollen da rausgehalten werden. Die Großmutter, die bis jetzt geschwiegen hat, ahnt seine Sorgen: »Bleib du ganz ruhig. Was passiert ist, ist passiert. Dein Vater ist tot, und wir können nichts mehr daran ändern. Wir müssen jetzt beschließen, was wir tun sollen, aber mach dir keine Sorgen, das entscheiden wir alle zusammen.«

Der letzte Satz wurde von der Großmutter in einem entschlossenen Ton ausgesprochen, der auf weitere Entwicklungen schließen lässt. Tatsächlich müssten jetzt eine Diskussion und eine einstimmige Entscheidung folgen. In Wirklichkeit passiert gar nichts. Die Diskussion über das, was zu tun ist, fängt nicht einmal an. Nicht dass es an Themen mangelte, die zu behandeln wären, doch keiner der vier fühlt sich imstande, sie anzusprechen, aus Angst, zu viel zu sagen. Die Mutter ist noch am ehesten bereit, ihrer Neugierde nachzugeben. Sie wendet sich wieder an den Großvater: »Und was hat Masino sonst noch zu dir gesagt?«

»Tja, was hat er gesagt ... Er sagt, ich soll Tancredi schöne Grüße bestellen, und dass Tancredi es nicht verdient hat, im Gefängnis zu sitzen, und dass ...«

»Und dass?«

»... dass man dem, der Nicola umgebracht hat, ein Denkmal setzen müsste.«

Der Satz wird von allen mit Unbehagen aufgenommen. Großvater Fonzio sagt gar nichts mehr. Die Mutter hebt die Augen zum Himmel. Großmutter Rosa senkt sie zu Boden. Tancredi ist unsicher, er blickt den Großvater an: »Das ist aber nicht in Ordnung.«

»Nein, ist es wirklich nicht …«

Das Gespräch ist nahezu verstummt. Tancredi übernimmt es, einen Dialog abzubrechen, der eher aus Schweigen denn aus Worten besteht.

»Was ist jetzt, wollen wir essen?«

Da fällt der Blick seiner Mutter auf den Tortenheber, sie erinnert sich an das, was sie tun wollte, und führt ihr Vorhaben aus. Die erste Portion ist für Tancredi, der somit endlich seine Pasta al forno auf dem Teller vorfindet. Die Mutter hält inne, um seine Reaktionen auf die ihm servierte Portion zu beobachten. Tancredi ist zufrieden. Nun werden die anderen Portionen ausgeteilt. Sie fangen an zu essen.

Großvater Fonzio nutzt die Tatsache, dass er den Mund voll hat, um sich wieder in eines dieser schwarzen Löcher aus Wortkargheit zurückzuziehen, für die er in der Familie berühmt ist. In Anbetracht des freiwilligen Rückzugs des Großvaters und der nachdenklichen Pause, in der Tancredi mit Kauen beschäftigt ist, wird der Dialog von den beiden Frauen fortgesetzt. Großmutter Rosa hat beschlossen, aus der Deckung zu gehen.

»Jedenfalls hab ich diese ganzen Sachen von Masino schon längst gewusst. Ich meine, dass sie ihn zum Verhör geholt haben.«

»Wann hast du das gehört?«

»Seine Mutter hat heute morgen angerufen.«

»Und was sagt sie? Was hat Masino gesagt?«

»Was sollte er schon sagen? Er hat das gesagt, was wir auch gesagt haben.«

Die Mutter hat bis jetzt nur zweimal von ihrem Teller genommen und scheint schon keinen Hunger mehr zu haben. Sie ist besorgt.

»Und dann, was hat er dann gesagt? Was hat er über Tancredi gesagt?«

»Na ja, der Ärmste, er hat ihn verteidigt. Was hätte er denn sonst tun sollen?«

»Das ist auch wieder wahr.«

Tancredi will sich an diesem Gespräch nicht beteiligen. Es betrifft ihn nicht, er will nicht, dass es ihn betrifft. Er konzentriert sich auf die Pasta. Großmutter Rosa spricht ihren Mann an: »Wenn du ihn siehst, lass dir ein bisschen Geld geben, denn wir sind hier bald bei Null angelangt. Er hat gesagt, wir kriegen es diese Woche. Er weiß, dass wir's brauchen. Hoffentlich denkt er bis morgen dran. Wenn nicht, gehst du zu ihm hin, ja, Fonzio? Gehst du hin? Wir brauchen das Geld.«

Jetzt bezieht Großmutter Rosa ihren Enkel in das Gespräch ein, allerdings nur indirekt, indem sie sich an ihre Schwiegertochter wendet, damit Tancredi nicht aufhören muss, zu essen.

»Und wie lange muss er jetzt hier mit Hausarrest bleiben?«

Sie blickt zwar Tancredi an, hat die Frage aber an die Mutter gerichtet, darum fühlt er sich ermächtigt, die Antwort an seine Mutter zu delegieren: »Tja, wie lange muss er hier bleiben …«

»Was sagt der Anwalt?«

»Er sagt, man muss Geduld haben.«

Tancredi merkt, dass die beiden Frauen aufgehört haben zu essen. Der Großvater ebenfalls. Er ist der einzige, der weiterisst. Die anderen Familienmitglieder begnügen sich damit, ihm beim Essen zuzusehen. Einen Moment lang befällt ihn ein Unbehagen, doch er überwindet es, denn er ist eben erst aus dem Gefängnis gekommen, und dieses Essen ist eine Art

Entschädigung. Er lässt die Konversation zwischen Mutter und Großmutter weitergehen, als wäre er nicht zugegen.

»Wie ist dieser Anwalt eigentlich, ist der gut?«

»Also mir kommt er tüchtig vor.«

»Hauptsache, er ist nicht wie dieser andere!«

»Wer? Modica? Um Himmels willen!«

Plötzlich senkt Großmutter die Stimme. Sogar Tancredi hält, die Gabel in der Hand, mitten in der Bewegung inne, um besser zu hören.

»Was weiß der Anwalt eigentlich?«

Die Mutter spielt gerade mit ein paar Erbsen, die sie mit der Gabel auf dem Teller verfolgt. Um antworten zu können, gibt sie die Verfolgung auf und hebt die Augen.

»Er weiß das, was er wissen muss, mach dir keine Sorgen. Er sagt, verurteilen müssen sie ihn, das ist klar, aber wenn er bereut, lassen sie ihm was nach.«

»Also?«

»Also allerallerhöchstens zehn Jahre, sagt er.«

»Der Ärmste!«

»Tja.«

Sie sprechen von den nächsten zehn Jahren seines Lebens. Tancredi hat mittlerweile beschlossen, keinen Gedanken mehr an die Erbsen zu verschwenden, er isst sie mitsamt dem Rest. Also nimmt er den nächsten Happen, so wie er kommt, und hört zu.

»Zehn Jahre!«

»Tja. Ins Gefängnis muss er nun mal. Da kann man nichts machen. Aber du beklagst dich nicht. Stimmt doch, Tancredi, dass du dich nicht beklagst, oder?«

»Bravo, Tancredi.«

Tancredi fühlt sich verpflichtet, den Kopf von seinem Teller zu heben und zu lächeln. Doch das Lächeln gerät ihm nicht besonders überzeugend, weil er den Mund voll hat. Er kaut und lächelt. Zum Glück geht die Unterredung auch ohne sein Zutun weiter.

»Und der Prozess? Wann machen sie uns den Prozess?«

»Hoffentlich bald.«

»Hoffen wir's.«

»Dann haben wir das wenigstens hinter uns, und er auch, der Ärmste.«

»Wie ist das eigentlich mit den zehn Jahren Ucciardone, die er absitzen muss, zählen da auch die, die er jetzt absitzt, vor dem Prozess, oder zählen die nicht?«

Auch das ist ein Thema, das ihn interessiert. Der Anwalt hat zwar ständig auf ihn eingeredet, aber er hat immer noch nicht verstanden, ob er schon angefangen hat, seine Strafe abzusitzen oder nicht. Allerdings haben auch die anderen in diesem Punkt keine klaren Vorstellungen.

»Das weiß ich nicht.«

»Das müssen wir den Anwalt fragen, ob die zählen.«

»Ja, das dürfen wir nicht vergessen.«

Zwischen vielem, das unausgesprochen bleibt, und wenigem, das sie in Worte fassen können, setzt sich das Gespräch unter ständigem Themenwechsel fort. Großmutter Rosa führt einen neuen Diskussionsgegenstand ein: »Außerdem müssen wir entscheiden, was wir mit dem Auto machen.«

Der Volvo ist immer noch vor dem Haus geparkt, an einer strategisch günstigen Stelle, damit die Ciraulo ihn vom Fenster aus sehen und sich vergewissern können, dass er noch an seinem Platz steht. In den letzten Wochen seines Lebens war es Nicola gelungen, sich informell einen halbprivaten Parkplatz zuweisen zu lassen, einen Straßenabschnitt am Gehweg, der für sein Auto reserviert war. Damit ihm keiner den Platz wegschnappte, wenn er mit dem Auto unterwegs war, stellte er ein paar Blumenkübel auf, die er der städtischen Begrünung an der Piazza Kalsa entwendet hatte. Bei seiner Rückkehr erwartete ihn dann nur die Unbequemlichkeit, aus dem Auto steigen und die Kübel auf den Gehweg transportieren zu müssen, bevor er parken konnte, eine Mühe, die für einen Mann wie ihn problemlos zu bewältigen war. Es war nicht einmal schwierig gewesen, die Nachbarn davon zu überzeugen, dass ihm dieses Parkrecht zustand. Denjenigen, denen er eine Erklärung schuldig zu sein glaubte, hatte er erläutert, welche Sicherheitsbedürfnisse ihn zwangen, einen Platz direkt vor seinem Haus zu privatisieren, damit er ihn jederzeit im Blick hatte. Im übrigen wertete sein Auto die Gasse, wenn nicht das ganze Viertel auf, darum konnten die Nachbarn ihm dieses Privileg wahrhaftig zugestehen.

Nach dem Tod des Vaters war der Stellplatz des Autos zum Zeichen des Respekts beibehalten worden. Nicht zuletzt deshalb, weil keiner aus der Familie es gewagt hatte, das Auto noch einmal zu fahren. Also ist der Volvo seither nicht mehr bewegt worden, und die nutzlosen Blumenkübel versperren seitdem den Gehweg. Je mehr er darüber nachdenkt, desto klarer wird Tancredi, dass der Volvo der Teufel in Autogestalt ist. Dieses Auto muss verkauft werden. Sie müssen es verkaufen und sich von allen unseligen Erinnerungen befreien, die damit verbunden sind. Großmutter Rosa ist einverstanden, ja, es muss verkauft werden, doch vielleicht aus anderen Gründen. Abgesehen von den Erinnerungen, die mit dem Volvo zusammenhängen, denkt sie vor allem an den damit verbundenen wirtschaftlichen Erlös. Sie sagt: »Wenn wir es verkaufen, dann können wir unsere Geldsorgen vielleicht eine Zeitlang vergessen.«

Dem kann die Mutter nur beipflichten.

»Und vielleicht vergessen wir nicht nur die.«

Dank der freiwilligen Stimmenthaltung des Großvaters bilden die beiden Frauen eine relative Mehrheit, da zählt Tancredis Stimme schon gar nicht mehr. Dennoch zögern sie.

»Aber wie verkauft man sowas? Das ist ja nicht so einfach.«

»Man müsste jemand kennen.«

»Giovanni, der kennt vielleicht jemand, irgend jemand, der es für uns verkauft ...«

»Pah, Giovanni.«

Nach der Tat ist der Kontakt zu Giovanni und zu den übrigen Giacalone lockerer geworden. Dabei gilt es zu bedenken, dass das Bindemittel ihrer Beziehung die Freundschaft zwischen den beiden Familienoberhäuptern war, von denen nun einer fehlt. Doch es gibt noch andere Gründe, die zur gegenseitigen Entfremdung beigetragen haben. Die Ciraulo sind überzeugt, dass die Giacalone ihrem Kummer über Nicolas Tod nicht genügend Ausdruck gegeben haben. Und sie haben nicht gezeigt, dass sie zu der trauernden Familie stehen. Vor allem Giovanni hat in dieser Hinsicht Fehler begangen, er hat mit der Polizei gesprochen, ohne sich vorher mit einem von ihnen zu beraten. Was mag er den Bullen gesagt haben? Jede Vermutung erscheint möglich, und zusätzliches Misstrauen wird durch die Tatsache genährt, dass Giovanni nicht einmal hinterher zu ihnen gekommen ist, um zu berichten, was er der Polizei gesagt hat. Diese Verdächtigungen haben die Familien voneinander entfernt, und je stärker die Beziehung abgekühlt ist, desto mehr Gewicht haben die Verdachtsmomente gewonnen. Einen Monat nach dem Verbrechen hat sich der Teufelskreis derart oft um sich selbst gedreht, dass das Geschehene sich unmöglich wiedergutmachen lässt, zumal weder die Ciraulo noch die Giacalone Interesse bekunden, die Zwistigkeiten beizulegen. Andererseits hat es gar keinen wirklichen Streit gegeben, keinen Höhepunkt an Feindseligkeiten, den man klären und hinter sich lassen könnte. Die Beziehungen zwischen den beiden Familien sind ganz einfach nach und nach vergiftet worden. Darum ist es ausgeschlossen, Giovanni um Hilfe bei dem Verkauf des Volvo zu bitten.

Also bleibt auch dieses Problem ungelöst und wird fallengelassen. Tancredi hört auf zu essen. Die Mutter bietet ihm noch ein wenig Pasta an, doch er lehnt ab. Sie betrachtet ihn und schüttelt den Kopf.

»Willst du wirklich nichts mehr? Fühlst du dich etwa nicht gut? Du bist seltsam, ich glaub, du bist erkältet …«

»Wer?«

»Du, du, Tancredi!«

In diesem Zusammenhang hält auch Großmutter Rosa es für nötig, die Autorität ihrer langjährigen Erfahrung für einen sachkundigen Hinweis zu nutzen: »Meiner Meinung nach hat er sich beim Fußballspielen zu viel zugemutet.«

Die Mutter ist bereits entsetzt, muss aber noch nachfragen: »Wieso, ihr spielt sogar Fußball im Ucciardone?«

Tancredi prüft sein Gewissen. Er hat nicht Fußball gespielt und hat auch nicht den Eindruck, dass er sich erkältet hat. Er hustet nicht und niest nicht. Doch bevor er etwas einwenden kann, übernimmt Großmutter schon die Antwort: »Ha, was glaubst du denn? Die und nicht Fußball spielen? Wie die Verrückten spielen die! Und er, du weißt ja, wie er ist, erst schwitzt er, dann steht er in der Kälte rum und holt sich den Tod!«

Nun ist das Gespräch in vollem Gange, die Vermutung, dass er erkältet sei, wird als Tatsache vorausgesetzt. Bleibt nur noch zu klären, welches genau die Ursache seiner Erkrankung war. Die Mutter fragt Großmutter Rosa: »Du meinst also, er hat sich beim Fußballspielen zu viel zugemutet?«

»Du musst ihm sagen, dass er sich was Warmes überziehen soll, wenn das Spiel vorbei ist. Sonst spielt er Fußball, und hinterher holt er sich den Tod, der Ärmste.«

»Glaubst du, das hätte ich ihm nicht gesagt? Hundertmal hab ich's ihm gesagt: Du wirst dir noch den Tod holen! Den Tod holst du dir! Aber der hört ja nicht auf mich …«

Tancredi verzichtet darauf, sich zu verteidigen. Er hört nur den beiden Frauen zu, die von einer Erkältung sprechen, die er nicht hat, und allgemein von seinem Leben, über das er, wie ihm scheint, nicht mehr verfügen kann. Ohnehin wäre jeder Widerspruch zwecklos. Der Großvater macht es ebenso, auch er kapselt sich ab und hört den Gesprächen, die ihn betreffen, so distanziert zu, als ginge es um einen anderen Menschen. Zum Glück versucht die Mutter gerade, Tancredi zu verteidigen: »Er hat doch so viele Sorgen.«

»Aber richtige Sorgen …«

»Er gibt uns doch nicht die Schuld.«

»Warum sollte er uns die Schuld geben? Man sieht doch, dass der Herrgott es so gewollt hat.«

»Also so was …«

Von Zeit zu Zeit schauen die beiden Frauen zu Tancredi hin, um zu überprüfen, ob er etwas sagen möchte. Er antwortet mit einem leeren Blick, und sie wenden sich wieder ihren eigenen Angelegenheiten zu. Allerdings könnte er sie jederzeit unterbrechen, wenn er wollte. Aber er will nicht. Überdies hat sich auch seine Erkältung als Gesprächsthema fast erschöpft. Viel bleibt jetzt nicht mehr zu sagen. Darum schließt Großmutter Rosa diese Klammer, um an ein anderes Problem zu erinnern. Es wurde zwar bereits angesprochen, doch da ihre Schwiegertochter begonnen hat, den Tisch abzudecken und die Versammlung sich bald auflösen wird, muss sie sich vergewissern, dass wenigstens in diesem Punkt alle klare Vorstellungen haben.

»Wir dürfen nicht vergessen, Masino zu sagen, dass er uns etwas Geld gibt.«

»Ich ruf ihn später an, dann sehen wir, was er sagt.«

»Ja, mach das, denn wir hier, wir haben getan, was wir konnten.«

Wir dürfen nicht vergessen, Masino zu sagen, dass er uns etwas Geld gibt.«

»Ich ruf ihn später an, dann sehen wir, was er sagt.«

»Ja, mach das, denn wir hier, wir haben getan, was wir konnten.«

Der Finger des Vize drückt die Taste des Aufnahmegeräts, und das Band bleibt mit einem Knacken stehen, das wie eine Androhung endgültigen Stillstands klingt. Es handelt sich um einen batteriebetriebenen, altmodischen Kassettenrekorder, und er ist – abgesehen von zwei Stühlen, einem Tisch und einem Plastikordner – der einzige Gegenstand in dem Raum.

Sie haben ihn schon wieder vorgeladen. Gerade als er dachte, bei dieser ganzen Geschichte sei das Schlimmste vorbei, haben sie ihn wieder vorgeladen. Langsam hat Tancredi das Gefühl, sie werden niemals aufhören. Sie haben ihn in einen fast völlig leeren Raum mit Neonbeleuchtung gesetzt. Sie haben ihn ziemlich lange warten lassen, so dass er Zeit hatte, die Wände gründlich nach einer versteckten Kamera oder einem Loch in der Mauer abzusuchen, irgend etwas, was ihm beweist, dass er beobachtet wird. In Filmen gibt es immer diese falschen Spiegel, hinter denen sich jemand verstecken kann, der zusehen und zuhören will, ohne selbst gesehen und gehört zu werden. Doch in diesem Zimmer gibt es keinen wie auch immer gearteten Spiegel. Es gibt praktisch nichts, was er mit einem gewissen Interesse in Augenschein nehmen könnte. Die Stühle sind ganz normale, ultraleichte Stühle aus Plastik, wie auch der Tisch. Stühle und Tisch sind weiß. Die Wände sind ebenfalls weiß, allerdings in einem etwas opakeren Ton. Doch vielleicht müssen sie nur mal wieder gestrichen werden. Auf jeden Fall sind die Wände vollkommen glatt, die Decke und der Fußboden auch. Er hat sogar unter der Tischfläche gesucht und den Stuhl von oben bis unten abgetastet, weil da vielleicht ein Mikrosender sein könnte. Nichts. An den Wänden gibt es gerade mal eben eine Steckdose und mit Sicherheit sonst nichts, was Anlass zu der Vermutung gibt, im Nebenzimmer säße jemand, der heimlich beobachtet, wie er jetzt reagiert.

Die ganze Zeit über, die er hier allein gelassen wurde, wahrscheinlich mindestens eine halbe Stunde lang, hat Tancredi sich gelangweilt und sich Sorgen gemacht. Sich gelangweilt, weil es nichts zu tun gab. Sich Sorgen gemacht, weil es zu viel zum Nachdenken gab. Als dann die beiden Polizisten hereingekommen sind, war er ein bisschen erleichtert, aber noch besorgter als vorher. Erleichtert, weil in diesem Zimmer endlich mal etwas passierte. Besorgt, weil das, was passierte, ihm überhaupt nicht gefiel. Im Vergleich zum letztenmal tun die beiden Bullen jetzt furchtbar schlau. Beim letztenmal waren sie freundlich gewesen, sie hatten ihn erst überredet, zu gestehen, und ihm dann dabei geholfen. Aber jetzt haben sie ihm gerade mal Guten Tag gesagt. Der Vize hat den Kassettenrekorder mitgebracht und der Chef einen Ordner aus durchsichtigem Plastik, den er sofort auf den Tisch gelegt hat, genau in die Mitte zwischen sich und Tancredi. Die Art und Weise, wie dieser Ordner da hingelegt wurde, hat Tancredi überhaupt nicht gefallen. Dann hat der Vize auch den Kassettenrekorder auf den Tisch gestellt, und der Chef hat sich hingesetzt. Danach haben sie ihn schweigend beobachtet und dem Rekorder das Sprechen überlassen.

»Wir dürfen nicht vergessen, Masino zu sagen, dass er uns etwas Geld gibt.«

»Ich ruf ihn später an, dann sehen wir, was er sagt.«

»Ja, mach das, denn wir hier, wir haben getan, was wir konnten.«

Der Rekorder verstummt. Tancredi sieht keinen Grund, den Mund aufzumachen. Nachdem sie ihm diese drei Sätze vorgespielt haben, spulen sie zurück, und er muss sie noch einmal anhören. Sie geben ihm viel Zeit zum Nachzudenken. Schließlich spricht der Chef: »Und was soll das jetzt bedeuten? Können Sie mir das erklären? Ich höre Ihnen zu.«

Tancredi erinnert sich nicht, dass der Chef ihn je gesiezt hätte. Es erscheint ihm nicht besonders wichtig, aber diese Änderung im Verhalten trägt dazu bei, ihn noch nervöser zu machen. Das und die Tatsache, dass die Bullen eine Aufnahme von dem besitzen, was er, seine Mutter und die Großeltern zu Hause gesagt haben. Als ihm klar wurde, was auf dieser Kassette zu hören ist, hat Tancredi sofort angestrengt versucht, sich an alle Themen zu erinnern, die sie am Küchentisch besprochen haben. Doch wie sehr er sich auch bemüht, es kommt

ihm nicht so vor, als hätte jemand bei der Gelegenheit etwas Kompromittierendes gesagt. Einen Grund muss es aber geben, wenn sie ihn vorgeladen haben und ihm nun zum drittenmal dieselbe Stelle vorspielen.

»Wir dürfen nicht vergessen, Masino zu sagen, dass er uns etwas Geld gibt.«

»Ich ruf ihn später an, dann sehen wir, was er sagt.«

»Ja, mach das, denn wir hier, wir haben getan, was wir konnten.«

Tancredi schaut beharrlich weg und will keinen Kommentar abgeben, doch je länger er die Worte, die er soeben gehört hat, im Geist hin und her wendet, desto doppeldeutiger erscheinen sie ihm. An sich besagen sie gar nichts, einem böswilligen Hörer könnte es allerdings so scheinen, als bezögen sie sich auf etwas anderes.

»Na bravo, Tancredi.«

Mit Sarkasmus werden sie ihn bestimmt nicht zum Reden bringen. Tancredi übergeht die Bemerkung, er konzentriert sich lieber auf die Finger des Vize, die sich wieder am Kassettenrekorder zu schaffen machen.

»Warte, gleich hörst du ein anderes Stück.«

»... der Prozess? Wann machen sie uns den Prozess?«

»Hoffentlich bald.«

»Hoffen wir's.«

Pause.

»Dann haben wir das wenigstens hinter uns, und er auch, der Ärmste.«

Der Vize wird ärgerlich, das war nicht die Stelle, die er gesucht hat. Es will ihm nicht gelingen, den Rekorder so zu bedienen, wie er möchte. Er füllt die Leere, die er durch seine Unfähigkeit geschaffen hat, mit eigenen Worten: »Trotzdem, auch hier: Wieso habt ihr es eigentlich so eilig mit dem Prozess?«

Der Chef wendet den Blick ab, während der Vize das Band zurückspult, um es dann wieder vorlaufen zu lassen. Schnelllauf vor, Schnelllauf zurück, stop, play:

»Wie ist dieser Anwalt eigentlich, ist der gut?«

»Also mir kommt er tüchtig vor.«

»Nein, warte ... eine Sekun –«

Der Vize müht sich ab, dem Chef merkt man die Ungeduld an. Tancredi fühlt sich schon etwas erleichterter, doch es wäre illusorisch, zu hoffen, dieser altersschwache Rekorder könnte durch irgendeine Fehlfunktion alles löschen, was gesagt wurde. Andererseits kann er noch immer nicht erkennen, an welcher

Stelle ihres Gesprächs von gestern sie sich eine Blöße gegeben haben. Ihm bleibt nichts anderes übrig, als den Kampf des Vize mit dem Rekorder zu verfolgen. Schnelllauf vor, stop, play:

»Was weiß der Anwalt eigentlich?«

»Er weiß das, was er wissen muss, mach dir keine Sorgen …«

Mit einem triumphierenden Fingerdruck stoppt der Vize den Apparat, endlich ist er zufrieden. Tancredi sieht ihn an, und in seinem Blick liegt die Frage: Was jetzt?

»Also, was muss der Anwalt wissen? Was weiß er? Was darf er nicht wissen?«

Tancredi ist sich fast sicher: Dieser Satz bedeutet nichts. Er taugt nicht dazu, irgend etwas zu beweisen. Um diesen Satz zu erledigen, genügen ein Seufzer und zum Himmel gedrehte Augen, als würde er von dort oben Hilfe erflehen wegen der Zeit, die man ihm stiehlt, und allgemein wegen des Gangs, den sein Leben in letzter Zeit nimmt. Er hatte sich vorgestellt, mit der Rückkehr nach Hause, Hausarrest hin oder her, würde alles besser werden. Aber da hat er sich geirrt. Es fing schon damit an, dass Mariantonia sich gestern abend von ihm getrennt hat. Sie sagt, solange er im Ucciardone saß, habe sie sich verpflichtet gefühlt, doch jetzt sei es zwecklos, weiterzumachen, so wie die Dinge stehen, und so weiter, lass uns Freunde bleiben und so weiter, im Moment lieber nicht und so weiter und so weiter. Tancredi hat im ersten Moment nicht reagiert und zugelassen, dass Mariantonia einfach so aus seinem Leben geht, doch er muss zugeben, die Vorstellung ihrer Trennung hat ein heftigeres Sehnen in ihm hervorgerufen, als er erwartete. Ihm ist zwar bewusst, dass ihre Beziehung schlecht lief, aber er mochte Mariantonia, und vor allem scheint ihm der richtige Zeitpunkt noch nicht gekommen. Sie hätte verstehen müssen, dass es auch ihre Schuld war, wenn Tancredi sich in dieser misslichen Lage befand. Nicht zuletzt deswegen, weil sie am Abend des Unfalls zusammengewesen waren. Was passiert war, war passiert, weil er sie mit dem Auto spazierengefahren hatte. Und außerdem sind Hausarrest oder Ucciardone im Grunde dasselbe: Tancredi braucht immer noch jemanden, der ihm beisteht. Die Probleme haben mitnichten aufgehört, was man daran sieht, dass er jetzt hier sitzt und die Suche eines Polizisten mit zwei linken Händen nach der richtigen Stelle auf einem Tonband verfolgen muss. Der Vize macht schon wieder ein paar Versuche, die fehlschlagen, gerät in Verwirrung, versucht es erneut und findet schließlich, was er sucht.

»Hier ist es«, verkündet er.

»... sagt sie? Was hat Masino gesagt?«

»Was sollte er schon sagen? Er hat das gesagt, was wir auch gesagt haben.«

Der Vize drückt die Stoptaste.

»Hast du verstanden?«

Das einzige, was Tancredi wirklich verstanden zu haben meint, ist, dass dieser Bulle es auf ihn abgesehen hat. Das Ausmaß seiner Zwangsvorstellungen ist gravierender, als Tancredi vermutet hätte. Er hält es daher für klüger, sein Verhalten zu ändern, er versucht, freundlich und kooperativ zu sein, wie man mit Kindern oder Geisteskranken umgeht.

»Ja, vielleicht hab ich verstanden, Dottore. Ich habe verstanden, dass Sie etwas missverstanden haben.«

»Das ist eine Zweckbehauptung!«

»Wieso Zweck, welcher Zweck denn? Das ist keine Zweckbehauptung. Ich weiß nicht mal, was das ist, eine Zweckbehauptung.«

Der Vize lächelt. Er hat es geschafft, Tancredi aus seinem Schweigen zu holen. Vom Bullen-Standpunkt aus ist das ein Sieg. Tancredi verhehlt sich nicht, dass er damit angreifbarer geworden ist. Er steckt die Hände unter seinen Hintern und igelt sich wieder ein, obwohl er weiß, dass sich nun eine Tür geöffnet hat, und dass er sie mit seiner Erwiderung auf die gegen ihn erhobenen Anschuldigungen selbst geöffnet hat. Nun schaltet sich der Chef ein und gönnt sich sogar den Luxus, freundlich zu sein. Vielleicht nimmt er Tancredi aber nur auf den Arm.

»Wollen wir es uns noch einmal anhören? Dann kann ich Ihnen besser erklären, worum es geht. Das letzte Stückchen, bitte.«

Der Vize lässt das Band zurücklaufen, dann spielt er die Stelle noch einmal ab und dreht sogar die Lautstärke auf. Diesmal hat er sofort getroffen, was ihn interessiert.

»Er hat das gesagt, was wir auch gesagt haben.«

Fast buchstabierend wiederholt der Chef:

»Er hat-das-gesagt, was wir-auch-gesagt-haben. Was bedeutet das Ihrer Meinung nach?«

»Was weiß ich? Warum fragen Sie nicht meine Großmutter? Ich hab das ja nicht gesagt …«

Jetzt ergreift der Vize wieder das Wort, allerdings sehr viel weniger freundlich, und steuert sofort auf die Schlussfolgerungen zu: »Es bedeutet, dass sie auch deinen Cousin dazu gebracht haben, uns einen Scheißdreck zu erzählen. Deinen Cousin, den Anwalt, deine Freundin … Beschissene Lügen, genauso wie die, die ihr uns aufgetischt habt.«

Vielleicht weiß Tancredi jetzt, wie er sich verteidigen kann. Er wird das Ganze so hinstellen, als ginge es nur darum, die Worte seiner Großmutter richtig zu interpretieren. Dafür muss er jedoch endgültig die Aura widerspenstiger Verschlossenheit aufgeben, die er mit so großer Mühe um sich herum errichtet hat.

»Nein, das nicht. Es bedeutet *Das, was wir auch gesagt haben.* Also dieselben Sachen. Dass ich das Auto zerkratzt habe, dass wir gestritten haben, dass ich geschossen hab und dass mein Vater tot war, Friede seiner Seele. Was haben der Anwalt,

Masino und Mariantonia damit zu tun? Sie waren ja nicht dabei, also haben meine Verwandten ihnen erzählt, wie es passiert ist. Schluss. Basta. Ende.«

Der Chef sieht unglücklich aus, er schüttelt den Kopf und versucht es mit einem paternalistischen Ton.

»Tancredi, erlauben Sie mir, Ihnen zu sagen, dass Sie uns hier verarschen. *Ihr alle* verarscht uns. Darf ich Ihnen jetzt auch mal ein paar Fragen stellen?«

Schon wieder dieses demonstrative, ekelhafte *Sie.* Tancredi nimmt ihn beim Wort und will ihm gerade die Erlaubnis erteilen, einige Fragen zu stellen, als der Chef ihm zuvorkommt, denn natürlich muss er Tancredi für rein gar nichts um Erlaubnis bitten.

»Fangen wir mit Ihrer Verlobten an, diesem hochnäsigen kleinen Ding und ihrem ständigen Sag ich's oder sag ich's nicht …«

Er wendet sich an den Vize.

»Wie kam sie dir vor, als wir sie verhört haben? Also mir kam sie vor wie eine eingefleischte Lügnerin.«

Der Vize muss gar nicht antworten, er nickt nur gähnend. Tancredi gefällt es nicht, dass sie von Mariantonia sprechen. Mariantonia hat nichts damit zu tun. Der Chef macht weiter: »Es war, als würde sie etwas sagen wollen, es aber nicht sagen können. Vielleicht konnte sie es nicht sagen, weil wir sie fragten. Weil wir Bullen sind. Aber es lag ihr wirklich auf der Zunge.«

Der Vize mischt sich ein, um noch einen draufzusetzen. Er führt einen Finger zum Mund.

»Genau hier, auf der Zungenspitze. Wenn wir ihr ein bisschen zugesetzt hätten, dann vielleicht …«

Er meint: *Wenn ich ihr hätte zusetzen dürfen.* Wenn er sie mit seinen Methoden hätte verhören können. Methoden, die Tancredi sich nicht einmal vorstellen will. Er tut so, als hätte er nicht verstanden, und der Chef kann fortfahren, seine Mutmaßungen fein säuberlich aneinanderzureihen.

»Auch das Mädchen erzählt uns nicht die Wahrheit. Sie weiß etwas. Bloß, dass sie uns das nicht sagen will. Darum haben wir Sie heute hierhergeholt, Tancredi. Lassen Sie hören: Was kann uns Ihre Freundin nicht sagen? Und vor allem: *Warum* kann sie es uns nicht sagen? Wen will sie decken? Sie, ihren Verlobten? So schlecht, wie Sie dastehen …?«

Er macht eine lange Pause, um Tancredi Zeit zu geben, etwas zu sagen, wenn er will. Aber so wie es jetzt steht, lässt Tancredi sie lieber allein dort ankommen, wo sie hinwollen. Leine geben, Zeit gewinnen.

»Ich habe mir da so einige Gedanken gemacht über das, was das Mädchen uns nicht sagen will. Und den Grund können auch Sie sich vorstellen, wenn Sie einen Augenblick nachdenken …«

Wieder eine Pause, aber kurz. Inzwischen haben auch die beiden begriffen, dass Tancredi sich abermals in Schweigen hüllen will.

»… weil sie sich nicht gegen die ganze übrige Familie stellen möchte.«

Tancredi stößt einen zwischen Zunge und Zähnen erzeugten Laut aus, der äußerste Skepsis bedeutet. Er wiegt sogar den Kopf hin und her, um zu zeigen, dass ihm von derlei vagem Gerede schwindelig wird.

Jetzt übernimmt es der Vize, die Beweisführung fortzusetzen: »Aber es geht gar nicht nur um deine Freundin. Wieso kommt auf einmal der Großvater her und bringt uns die Pistole? Findest du das nicht auch verdächtig, na?«

Diesmal kennt Tancredi die richtige Antwort: »Verdächtig? Was soll denn das heißen? Das ist ein armer alter Mann! Wir wollen doch bitte schön nicht auch noch die Paranoia kriegen!«

Der letzte Satz ist Tancredi fast unbeabsichtigt entwischt. Darum erschrickt er über die prompte Reaktion des Vize.

»Das ist keine Paranoia! Von wegen Paranoia! Wer ist hier paranoid?«

Er schreit das so wutschnaubend heraus, dass Tancredi nun vollends überzeugt ist: Es ist Paranoia. Diese Form von Paranoia, die sich nicht mehr aufhalten lässt, wenn sie einmal in Fahrt gekommen ist, und bei der jeder Widerstand zwecklos wäre. Man kann nur noch hoffen, dass es gelingt, ihr auszuweichen. Doch wie es scheint, nimmt der Chef den Ausbruch seines Kollegen nicht besonders ernst.

»Es geht gar nicht um dieses oder jenes Detail, es ist alles zusammen. Es ist der Ton des Gesprächs insgesamt, der mich nicht überzeugt. Ihr sagt etwas und sagt es eigentlich doch nicht, ihr redet und redet nicht. All diese Pausen …«

Wieder schaltet sich der Vize ein. Er hat sich beruhigt und stimmt sich jetzt auf den einschmeichelnden Ton seines Vorgesetzten ein. Auch dass er so schnell aus der Haut fährt und sich gleich wieder beruhigt mutet Tancredi wie ein Symptom von Paranoia an. Ihm ist der Chef entschieden lieber, wenn es um die Durchführung des Verhörs geht. In der Stimme des Vize liegt ein unheimlicher Unterton.

»Meiner Meinung nach ist es sogar möglich, dass sie damit rechneten, abgehört zu werden … In dem Fall haben sie eigens für das Mikrophon Theater gespielt …«

In der Zwischenzeit hat der Vize wieder angefangen, an den Tasten des Rekorders zu hantieren. Erneut Fehlstarts und Verzögerungen, ja Tancredi wagt sogar schon, ein kleines ironisches Lächeln anzudeuten, doch dann ertönt die Stimme von Großmutter Rosa: *»Und hat er dir dann endlich geglaubt?«*

Dieser Satz bringt den Vize endgültig zum Jubeln.

»Sie will wissen, ob wir drauf reingefallen sind. Ob wir die

Geschichte geglaubt haben, dass die Pistole im Wasserkasten der Toilette gefunden wurde.«

Tancredi kann seine Begeisterung nicht teilen, er spielt die Sache herunter.

»Das sagen *Sie*. Unsereins ist aber nicht dran gewöhnt, mit der Polizei zu tun zu haben. Wir haben Angst, dass man uns nicht glaubt, auch wenn wir die Wahrheit sagen. Ja, sogar vor allem dann, wenn wir die Wahrheit sagen. Erklären Sie mir jetzt mal zur Abwechslung etwas? Wenn ich Ihnen hier sage, dass ich die Pistole da reingetan habe, warum sollten Sie mir dann nicht glauben?«

Diese Erklärung hat er wirklich gut hingekriegt. Vielleicht ist es ihm sogar gelungen, die Bullen in Verwirrung zu bringen, darum fühlt er sich berechtigt, mit seinen gegenteiligen Schlussfolgerungen fortzufahren.

»Und außerdem, ich bitte Sie: Warum sollte die ganze Familie mich beschuldigen? Welchen Grund hat meine Mutter, ausgerechnet ihren Sohn zu beschuldigen? Warum sollte ich gestehen, wenn ich es nicht war? Aus welchem Grund? Warum?«

Das war ein einziges Crescendo, und es war herzzerreißend. Tancredi ist überzeugt, damit jeden Zweifel ausgeräumt zu

haben, doch der Chef setzt plötzlich eine siegessichere Miene auf und rückt mit der Theorie heraus, die er offenbar noch in der Hinterhand hatte.

»Wissen Sie, warum? Aus einem sehr einfachen Grund. Sehr einfach. Einen Grund, der nun gerade die Pistole betrifft …«

Er macht eine Kunstpause, die Tancredi damit verbringt, sich etwas anderes zum Hinsehen zu suchen als die Augen des Bullen. Doch in diesem Zimmer gibt es wirklich nichts zu sehen, rein gar nichts. Der Chef fährt fort: »… ja, ja, die berühmte Pistole. Heute morgen sind die Ergebnisse des Gutachtens gekommen. Es hat eine Weile gedauert, aber schließlich sind sie gekommen. Und was sagt das Gutachten?«

Eine Antwort wartet er nicht einmal ab. Er nimmt den Ordner, den er auf den Tisch gelegt hatte, zieht ein paar Blätter heraus und hält sie Tancredi unter die Nase, damit er sich mit eigenen Augen vergewissert. Tancredi hatte ja gewusst, dass dieser Ordner nichts Gutes versprach.

»Hier, lesen Sie selbst.«

Das Gutachten ist ein Labyrinth aus technischen Wendungen, zwischen denen Tancredi sich nicht einmal in einem weniger beängstigenden Moment als diesem zurechtfände. Man bräuchte Zeit, aber er hat keine Zeit. Einige Augenblicke lang tut er so, als läse er, doch seine gespielte Aufmerksamkeit gleitet über die Worte hinweg. Dann markiert er noch einmal den Witzbold, um nicht zugeben zu müssen, dass er nicht mehr weiter weiß.

»Sagen Sie's mir, dann sind wir schneller fertig: Wo steht das hier? Und was?«

Der Chef nimmt die Papiere wieder an sich, dabei blickt er Tancredi vorwurfsvoll an, als habe er es satt, immer alles selbst machen zu müssen.

»Hier: *Folgende Untersuchungen wurden durchgeführt* … und so weiter, *aus den Messungen geht hervor* … und so weiter … Ah, hier: *Der Zustand der Waffe erweist sich als unvereinbar* – ich wiederhole: als unvereinbar! – *mit einem längeren Aufenthalt im Wasser, um so weniger mit einer mehrtägigen Verweildauer.*«

Ein Funken der Erleuchtung bereitet sich in Tancredis Geist Bahn, doch gerade in diesem Moment mischt sich der Vize ein, der nicht der Mensch ist, Einzelheiten unausgesprochen zu lassen, besonders jetzt nicht, wo er überzeugt ist, den Punkt gefunden zu haben, von dem aus die ganze Geschichte sich aushebeln lässt.

»Keine Fingerabdrücke, aber Spuren von Schießpulver ja, die wurden im Lauf festgestellt. Dass die Ciraulo das Ding im Wasserkasten gefunden haben wollen, hab ich sowieso nicht geschluckt. Und tatsächlich war das erstunken und erlogen.«

Tancredi spürt, dass der Moment naht. Insgeheim wusste er immer, dass dieser Moment kommen würde, doch jetzt ist ihm klar, dass er kurz bevorsteht. Der Chef hört auf, sich mit ihm zu beschäftigen, die beiden Bullen besprechen sich untereinander. Aber sie achten darauf, dass Tancredi keines ihrer Worte entgeht.

»Was willst du mir sagen?«

»Ich sage, dass die Ciraulo uns bis jetzt eine Riesenportion faustdicker Lügen aufgetischt haben.«

Tancredi denkt nach. Im Verlauf der letzten Minuten hat sich ihm allmählich der Magen zusammengekrampft. Er würde gern auf die Toilette gehen, obwohl er weiß, dass es nichts nützen wird. Oder vielleicht doch, es könnte helfen, ein wenig von der aufgestauten Spannung abzuladen. Auf jeden Fall muss er pinkeln. Die beiden Bullen beobachten ihn, weil sie wissen, dass sie ihn in die Ecke gedrängt haben. Sie warten darauf, dass er jetzt die Wahrheit erzählt. Und dass es diesmal die richtige Wahrheit ist. Tancredi spürt das Gewicht der Verantwortung, und endlich spricht er. Er sagt: »Ich muss aufs Klo.«

Die Bullen wechseln einen Blick, als suchten sie jeweils beim anderen eine Bestätigung für das, was sie gehört zu haben meinen. Vollkommen abwegig kann Tancredis Bitte jedoch nicht sein, wenn der Chef schließlich nickt und der Vize ihn aus dem Zimmer und den Flur entlang begleitet. Beim Gehen sucht Tancredi nach einem Punkt, an dem seine Blicke Halt finden, auf den er seine Gedanken konzentrieren kann. Doch der Flur ist eine adäquate Fortsetzung des Zimmers, wo sie ihn verhört haben. Es gibt Türen auf beiden Seiten. Aber es sind geschlossene Türen. Man sieht nicht, was dahinter ist. Auch die Toilette ist eine geschlossene Tür. Der Vize öffnet sie für ihn: »Hier.«

Es gibt keinen Spiegel, keine Ablage und keine Klobrille. Aber es gibt ein Waschbecken. Tancredi dreht den Wasserhahn auf, es kommt kein Wasser. Vorsichtshalber sucht er schon mal nach Toilettenpapier, auch das gibt es nicht. Glatte Wände, kein einziger Nagel. Dies muss eine Diensttoilette sein, deren Benutzung Verdächtigen vorbehalten ist, damit sie hier keine Möglichkeit haben, sich etwas anzutun. Er würde sich gerne hinsetzen, um nachzudenken, doch der Rand der Toilette ist nass, ihn ekelt davor. Er beschließt, trotzdem nachzudenken, dann eben stehend, die Augen an die Decke gerichtet, um dort vielleicht etwas zu entdecken, was sich betrachten lässt.

Er fühlt sich unzulänglicher denn je. Er hat seinen ganzen guten Willen aufgebracht, aber er hat es nicht geschafft. Jetzt wird seine Familie sagen, dass er nicht mal dazu imstande war. Wieder einmal hat er sie enttäuscht. Aber Tancredi darf mit Fug und Recht behaupten, dass es nicht seine Schuld war. Er hat sich nicht gewehrt, sondern seinen Part mit dem größtmöglichen Engagement gespielt. Er hat geschwiegen, er hat im Gefängnis gesessen, und als es anders nicht mehr ging, hat
er sogar gestanden, ohne nach mildernden Umständen zu suchen. Er kann nichts dafür, dass die Bullen dann doch alles rausgefunden haben. Er fühlt sich in dieser Situation eher als das Opfer, weil er nicht weiß, was er jetzt noch alles erfinden soll, um nicht nur sein eigenes Gesicht, sondern auch das der ganzen Familie zu wahren. Wenn er sich doch wenigstens mit jemandem beraten könnte, wenn er doch wenigstens jemanden hätte, dem er vertrauen könnte. Doch in seinem Leben sieht es inzwischen so aus wie in dieser Toilette, in der er eingeschlossen ist, wie in diesem Flur und wie in dem Verhör-

zimmer: Es gibt keinen wie immer gearteten Bezugspunkt. Er wollte aus dem Zimmer heraus, um sich wenigstens ein bisschen abzulenken, doch der Ort, an dem er sich jetzt befindet, ist noch schlimmer: Hier gibt es nur ihn und seine Gedanken. Nicht mal pinkeln will er noch. Da kann er ebensogut wieder herauskommen.

Tancredi kommt heraus und gibt klein bei. Er kehrt in das Verhörzimmer zurück und gibt klein bei. Er gibt klein bei und erzählt eine Geschichte, die sich gründlich von der ersten unterscheidet und den Bullen, das ist ihm klar, nicht deswegen so erstaunlich vorkommen muss, weil der Schuldige nicht der ist, der er zu sein schien – was sie bereits erkannt hatten und was ihnen wahrscheinlich ziemlich oft passiert –, sondern weil der Schuldige schuldig und unschuldig zugleich ist. Das heißt: In gewissem Sinne ist Tancredi schuldig, er fühlt sich schuldig. Aber in einem anderen Sinn weiß er, dass er es beileibe nicht ist.

An dem schicksalhaften Sonntag war Nicola vor allen anderen Familienmitgliedern aufgewacht, als es noch dunkel war. Sein erster Gedanke – noch bevor er sich das Gesicht wusch, ja, noch vor dem Kaffee – war, aus dem Fenster zu schauen und zu kontrollieren, ob das Auto an seinem Platz stand. Er wollte sich vergewissern, dass sein einfältiger Sohn es sich gestern abend nicht hatte klauen oder aus dem Parkverbot abschleppen lassen. Der Anblick des Autos erleichterte ihn, aber nicht sehr. Denn in Wirklichkeit suchte er seit Wochen mehr oder weniger unbewusst nach einem Vorwand, um Tancredi die Erlaubnis zu verweigern, den Volvo zu benutzen. Im Grunde hätte das nur einer einfachen Feststellung bedurft: Tancredi verdiente das Auto nicht. Außerdem war er nicht in der Lage, es zu fahren. Völlig zu Recht sagte die Großmutter immer: »Eine Tranfunzel.«

Das stimmte, Tancredi war unzuverlässig. Ihm die Schlüssel zu einem so wertvollen Wagen zu überlassen, war gefährlicher Leichtsinn. Gleich am Anfang hatte er einen Fehler gemacht, als er ihn zum erstenmal fahren ließ. Jetzt galt es, die Sache mit ihm zu besprechen und ihm seine Pflichten vor Augen zu halten: Entweder er wurde endlich erwachsen, oder er konnte den Volvo vergessen. Diese Gedanken verdarben Nicola den Kaffee. Er tat noch etwas Zucker hinein, doch es gelang ihm nicht, den faden Geschmack zu vertreiben, den der Kaffee in seinem Mund hinterließ. Er schaute auf die Uhr, es war zehn vor sechs, und alle schliefen noch. Alle außer ihm. Den Fernseher konnte er nicht anmachen, dann hätte er sie geweckt, vor allem Tancredi, der auf der Bettcouch im Wohnzimmer schlief. Außerdem war dies keine Zeit zum Fernsehen. Andererseits, wer entschied hier eigentlich, was er tun oder nicht tun durfte? Wer bestimmte, welches die passendste Zeit zum Fernsehen war? Er stellte das Gerät an und sei es nur, um sich seine Autorität zu beweisen. Hier im Haus entschied immer noch er allein.

Nach einem raschen Durchgang durch die Kanäle stellte sich heraus, dass nur eine Sendung im ersten Programm sein Interesse wecken konnte. Dort sprach ein Mann mit langem Haar und halber Brille, und die Sendung hieß *Seele*, wie er dem Untertitel entnahm, der irgendwann am unteren Bildrand eingeblendet wurde. Auf den anderen Kanälen liefen Filme, die schon angefangen hatten, und alte Sketche, doch es war vor allem dieser Titel, der Nicola fesselte: *Seele*. Vielleicht lohnte es sich, eine Viertelstunde zu opfern, um sich erzählen zu lassen, was diese Seele war, von der alle immerzu so ein großes Gewese machten. Der Moderator saß hinter einem Schreibtisch, der von Papieren und Gegenständen unterschiedlichster Herkunft überquoll, vielleicht Souvenirs aus exotischen Ländern, und hielt ein Buch in der Hand. Während er sprach, warf er gelegentlich einen Blick hinein, doch meistens schaute er mit stechendem Blick in die Kamera. Er war die ganze Zeit im Bild, es gab keinerlei Unterbrechungen oder Abschweifungen, was dazu beitrug, Nicolas Aufmerksamkeit nach wenigen Minuten erlahmen zu lassen.

Seine Gedanken sprangen wieder zwischen den beiden Themen hin und her, die ihm Sorgen bereiteten: Tancredi und der Volvo. Vor wenigen Stunden hatte er, seine beiden Sorgenkinder vereint wissend, einen beschissenen Abend verbracht, war zu früh ins Bett gegangen, hatte mit seiner Frau gestritten, weil sie nicht guthieß, dass er sich zu früh ins Bett legte, und als sie endlich auch ins Bett gekommen war, war ein weiterer Streit entbrannt, weil sie ihn unter der Decke mit einem kalten Fuß berührt hatte. Sein erregter Zustand hatte die ganze Nacht hindurch angehalten und seine Ungeduld bis zum Morgengrauen. Immer wieder kehrten die Gedanken zu seinen Problemen zurück: der Volvo, Tancredi. Tancredi, der Volvo. Aus diesem Teufelskreis kam er nicht heraus.

Den Volvo konnten sie klauen.

Tancredi war ein Versager.

Den Volvo würden nicht unbedingt die Bewohner seines eigenen Viertels klauen, dafür aber die anderen. Leute, die aus Romagnolo oder aus Albergheria und Zen, den Vierteln am Stadtrand, kamen. Die dorthin klauen gingen, wo sie niemand kannte, damit sie freie Hand hatten. Oder Zigeuner, die in allen Stadtvierteln freie Hand hatten. Oder irgendwelche Rowdys, neidische Typen, die es fertigbrachten, ein solches Auto einfach so, ohne besonderen Grund, zu zerkratzen. Vielleicht sollte er es lieber in eine Garage stellen, wo es geschützt war. Dummerweise gab es in dieser Gegend keine Garagen, denn niemand außer ihm besaß ein Auto, das wertvoll genug gewesen wäre, um einen überdachten Stellplatz zu verdienen.

Tancredi war ein Versager, wenngleich Nicolas Gefühle in diesem Punkt schwankten. Einerseits dachte er in trostlosen Momenten daran, Tancredi sich selbst zu überlassen – sollte er doch tun, was ihm passte, es war sein Leben, und wenn er es auf den Müll schmeißen wollte, bitteschön, um so schlimmer für ihn. Andererseits gab es Momente, in denen Nicola größere Willensstärke aufbrachte und den eisernen Entschluss fasste, ihn um jeden Preis geradezubiegen. Dann ließ er ihm nicht den kleinsten Fehler durchgehen, ohne mit drakonischen Maßnahmen zu reagieren. An diesem Morgen war ein solcher Moment gekommen.

Er betrachtete den auf dem Sofa schlafenden Tancredi und ärgerte sich sogar über dessen Schlafhaltung: bäuchlings lag er da, sämtliche Decken hatten sich zwischen seinen Füßen zusammengeknüllt, das Kopfkissen lag am Boden. Ein dünner Speichelfaden tropfte ihm aus dem Mundwinkel und befleckte das Laken. Ganz zu schweigen von den Kleidern vom gestrigen Abend, die er noch immer trug. Nicola drehte den Fernseher lauter, womit er durchaus beabsichtigte, Tancredi zu wecken, doch er konnte ihn nur zu einem Grunzen und einem Wechsel in die Seitenlage bewegen.

Das war sein Sohn. Wer weiß, wann er zurückgekommen war. Spät. Mit Sicherheit in einem der wenigen Momente Schlaf, die Nicola in dieser Nacht vergönnt gewesen waren, denn er hatte ihn nicht hereinkommen hören. Wer weiß, um wieviel Uhr er schlafen gegangen war. Wer weiß, wann er endlich die Augen aufmachen würde. Die bis zum Anschlag aufgedrehte Lautstärke des Fernsehers, die an Tancredis Schlaf nicht hatte rühren können, weckte zum Ausgleich Loredana. Mit zerzaustem Haar und kampflustig erschien sie im Wohnzimmer.

»Bist du verrückt geworden?«

»Verrückt, ja. Ihr macht mich alle noch verrückt.«

»Was ist denn los mit dir? Warum schläfst du nicht?«

Von allen dummen Fragen, die seine Frau ihm andauernd stellte, war dies die dümmste.

»Warum schläfst du nicht?«

Sie hörte, wie er sich im Bett wälzte, mitten in der Nacht in elender Verfassung durch die Zimmer vagabundierte, und dann fragte sie: »Warum schläfst du nicht?«

»Was glaubst du wohl, warum ich nicht schlafe? Weil es

mir Spaß macht, wie ein Irrer durchs Haus zu rennen? Na, was glaubst du?«

»Kannst du nicht schlafen?«

Von allen dummen Fragen, die seine Frau ihm andauernd stellte, war dies die zweitdümmste. Nicola hatte genug von all diesen Dummheiten. Er verkündete: »Ich geh einen Spaziergang machen, das ist besser.«

Das tat er wirklich. Er zog sich hastig an, nahm seinen Mantel und ging nach draußen, um es augenblicklich zu bereuen. Warum war er um diese Zeit rausgegangen, wo jeder Laden zu war und niemand auf der Straße? Er machte zwei Schritte in Richtung auf die Bar Rosanero, doch er wusste, dass er die Rollläden geschlossen finden würde. Da kam ihm eine neue Idee, nicht zuletzt deshalb, weil er, als er die Hand in die Jackentasche steckte, auf den Zündschlüssel des Volvo stieß. Gestern abend hatte er seinem Sohn den Ersatzschlüssel gegeben für den wahrscheinlichen Fall, dass er ihn verlor. Was er jetzt in der Hand hielt war demnach der Echte, der Wahre Autoschlüssel, ein schöner Schlüssel mit eingebauter Diebstahlsicherung und Schnappverschluss, der ihn in ein kleines Plastikviereck aus hochkonzentrierter Technologie verwandelte.

Die Lösung all seiner Probleme war gefunden: eine Autofahrt. Die Straßen waren noch frei, kein Verkehr, keine Scherereien. Er konnte ein halbes Stündchen fahren, bis nach Mondello zum Beispiel, und dort den zweiten oder eher den ersten richtigen Kaffee an diesem Morgen trinken. Er konnte durch den Favorita-Park fahren, damit der Motor auf Touren kam, und wenn er dann auf der Piazza war, das Auto vor der Bar Renato in der zweiten Reihe parken. Und das würde er nicht etwa wegen jener Mischung aus schlechten Manieren und Faulheit tun, die das Parkverhalten des Großteils seiner Mitbürger charakterisierte, sondern weil der Volvo es verdiente, gesehen zu werden, statt an einem abgelegenen Parkplatz, begraben unter hundert anderen Autos, gedemütigt zu werden. Der Volvo war sein persönlicher Beitrag zur urbanen Kultur, ein Geschenk, das er der Stadt machte. Vor seinem geistigen Auge sah Nicola sich bereits am Tischchen der Bar sitzen, den Volvo im Blick, im Hintergrund das Meer, genau die richtige Szenerie, um die Eleganz des Autos zu unterstreichen.

Doch er fuhr nie zur Bar Renato. Auch nicht nach Mondello. Er jagte das Auto nicht über die Alleen des Favorita-Parks. Er fuhr nirgendwohin, denn als er bei dem Volvo ankam, verflüchtigten sich seine Phantasien im Nu vollständig. Einen Augenblick lang war er wie vom Donner gerührt. Das Auto stand dort vor seinen Augen und war auf wahrscheinlich unrettbare Weise beschädigt, ruiniert durch mehrere Kratzer auf der Beifahrerseite. Es war unmöglich, das nicht zu sehen. Nicola schloss die Augen, in der aberwitzigen Hoffnung, die Kratzer würden verschwunden sein, wenn er sie wieder öffnete. Doch es war keine Sinnestäuschung: Einen Augenblick später waren die Kratzer noch da. Wohingegen sie gestern mitnichten dagewesen waren.

Innerhalb weniger Sekunden wurde diese Entdeckung zur

nachträglichen Rechtfertigung seiner schlaflosen Nacht und der Nervosität, die ihn schon am Abend zuvor gequält hatte. Von einem Augenblick zum anderen glaubte er eine Menge Dinge zu verstehen. Jetzt hatte er wahrhaftig einen guten Grund, seinen Sohn, diesen Unglücksraben, zu wecken.

Er stürmte die Treppe hinauf, nahm drei Stufen auf einmal und ließ den Adrenalinstößen in seinen Adern freien Lauf. Vor der Wohnung angekommen, fühlte er sich so erhitzt und wütend, wie er es sich schuldig zu sein meinte. Vielleicht sah seine Frau den Schatten, der vor der Küchentür vorbeischoss, und ahnte das kommende Unheil, denn sie hörte auf, das Frühstück zuzubereiten und spähte durch die Tür, um zu verstehen, was vor sich ging.

Tancredi lag noch immer genau so da, wie er ihn verlassen hatte, ein Zeichen, dass er tief und fest schlief. Das machte Nicola noch rasender, denn es war der Beweis, dass Tancredi der Schaden, den er dem Auto zugefügt hatte, völlig egal war. Sein Sohn schlief seelenruhig, obwohl er um die Katastrophe wusste, die er angerichtet hatte, während er selbst schon aufgrund einer leisen Vorahnung eine schlaflose Nacht verbracht hatte. In einer Sekunde war er bei der Couch, und in der nächsten Sekunde sah Tancredi sich auf den Fußboden geschleudert. Nachdem Nicola damit erreicht hatte, dass sein Sohn die Augen öffnete, rührte er ihn nicht mehr an. Er begnügte sich damit, über ihm zu knien und sein puterrotes Gesicht sehr dicht über Tancredis Gesicht schweben zu lassen, damit das Aufwachen für ihn möglichst noch traumatischer wurde als die Tracht Prügel, die er eigentlich verdient hatte. Die konnte später noch kommen. Erst einmal fing er an zu brüllen.

»Was hast du angerichtet? Los, sag, was hast du angerichtet? Wach auf! Wach auf, du nichtsnutziger Lümmel!«

Er schrie und gestikulierte heftig, denn Tancredis Erwachen sollte wie der Sturz in einen Alptraum sein, ohne Erinnerung an sich und den Ort, wo er sich in diesem Moment befand. Wahrscheinlich erinnerte er sich nicht einmal an die Ereignisse des gestrigen Abends. Doch Nicola würde schon dafür sorgen, dass ihm die Erinnerung kam, wenn er ihm das Gesicht an die zerkratzte Karosserie des Volvo pressen würde, wie man es bei Katzen macht, die an einer verbotenen Stelle gepinkelt haben. Ohnehin hätte sogar ein Idiot wie sein Sohn kapieren müssen, worum es sich handelte, wenn er Nicola in diesem Zustand sah. Nur etwas, was das Auto betraf, konnte ihn derart in Rage bringen.

Tancredi versuchte, eine Position einzunehmen, von der aus er sich besser verteidigen konnte, doch die Arme des Vaters zu beiden Seiten seines Kopfes bildeten zwei unüberwindliche Barrieren. Erst nachdem Nicola Dampf abgelassen hatte, hörte er auf zu schreien und hinderte Tancredi nicht mehr an einem Versuch, sich zu erheben, beschimpfte ihn jedoch weiter.

»Nichtsnutz! Schmarotzer!«

Vor einer Minute hatte Tancredi noch geschlafen, aber das erschien ihm bereits unendlich lang her. Nicola hatte ihn gezwungen, das Zwischenstadium schlaftrunkener Benommenheit zu überspringen, so dass ihm die Situation sofort klar vor Augen stand. In ihrer ganzen Dramatik, aber klar. Trotz der brutalen Behandlung gelang es dem Sohn, sich aufzurichten. Bevor er zu irgendeiner beliebigen Verteidigungsstrategie griff, machte er noch einen peinlichen Versuch, das Ganze zu ignorieren: »Was hast du bloß?«

Und an die Mutter gewandt, die wie angewurzelt in der Küchentür stand und die Hände rang: »Was hat er? Ist er durchgedreht?«

Tancredi zupfte an seinem Hemd, ein Versuch, das ordentliche Erscheinungsbild zurückzugewinnen, das ihm vielleicht ermöglichen würde, die Diskussion in gesittetere Bahnen zu lenken. Doch Nicola wünschte klarzustellen, dass dies ein Angriff war und blieb, dass Tancredi das Opfer war und dass er es verdient hatte.

»Du weißt nicht, was ich hab? Das weißt du nicht, wie? Was hast du gestern abend mit dem Auto angestellt? Was hast du gemacht?«

Vielleicht hatte Tancredi beim Schlafengehen gehofft, er werde ein paar Stunden Ruhe haben, bevor sein Vater den Schaden entdeckte. Vielleicht war er gestern abend noch zuversichtlich gewesen, dass die Situation sich bei Tageslicht und mit Hilfe von ein wenig Schmirgelpaste wieder normalisieren würde. Vielleicht hatte er am Abend zuvor getrunken und das Leben war ihm deshalb sehr viel freundlicher erschienen, als es sich in diesem Moment zeigte, um kurz nach sieben und vor seinem Vater, der bereits alles wusste.

»Was hast du angerichtet? Was hast du angerichtet? Was hast du angerichtet?«

Nicola war wie hypnotisiert von diesem Satz, er wiederholte ihn unaufhörlich, mit wachsender Lautstärke, während er auf seinen Sohn zuging. Tancredi wich zurück, verzweifelt nach einer Entschuldigung suchend. Sein Schweigen reizte den Vater noch mehr, denn gerade das Ausbleiben einer Reaktion brachte ihn zur Weißglut.

»Na los, antworte! Sag mir wenigstens irgendwas! Einen von deinen dämlichen Sprüchen. Dass du's nicht absichtlich gemacht hast! Dass es dir leid tut! Sag es! Sprich, du Schwachkopf!«

Tancredi fiel nichts Besseres ein, als die Anregung aufzunehmen: »Ich hab's nicht absichtlich gemacht.«

Das war die falsche Antwort. Der Vater nahm einen sarkastischen Ton an, bedrohte ihn jedoch weiter: »*Ich hab's nicht absichtlich gemacht!* Fährt mir ein Achtzig-Millionen-Auto zu Schrott und sagt: *Ich hab's nicht absichtlich gemacht!* Sag mal, hältst du mich für vollkommen verblödet? Hältst du uns alle hier für bescheuert? Er ramponiert mir das Auto, aber er hat's nicht absichtlich gemacht, und damit ist die Sache für ihn erledigt. O nein, die ist absolut nicht erledigt!«

»Ach, nun komm schon, zu Schrott gefahren! Ein kleiner Kratzer! Ein Freund hat mir gesagt, das kriegt man sofort wieder weg.«

»Feine Freunde hast du! Was verstehen deine Freunde schon von Autos! Wann haben sie in ihrem Leben jemals schon so ein Auto gesehen? Bevor deine Freunde von meinem Auto sprechen dürfen, müssen sie sich den Mund mit Scheuerpulver auswaschen!«

»Na gut …«

Mit jeder Rechtfertigung, die Tancredi vorbrachte, wurde die Situation nur noch schlimmer. Dieses hingehauchte *Na gut* trieb den Vater dazu, seinen Vormarsch nun auch mit schwachen Stößen gegen Tancredis Brust zu begleiten. Schwache, aber vielsagende Stöße: Für seinen Geschmack wich Tancredi nicht schnell genug zurück. Trotzdem sah der Junge sich innerhalb weniger Sekunden mit dem Rücken ans Fenster gedrängt. Nicola befahl: »Guck raus!«

Tancredi drehte sich um, aber nicht ganz, er blieb auf der Hut, weil er fürchtete, den Vater und dessen eskalierende Gewalt aus den Augen zu verlieren, wenn er sich einen winzigen Augenblick lang ablenken ließ. Den Kratzer konnte man jedenfalls von dort, wo sie standen, nicht sehen. Der Volvo glänzte wie üblich. Doch Tancredi wusste, dass der Makel da war, und sein Vater wusste es auch.

»Du hast mir das Auto ruiniert!«

»Wegen eines Kratzerchens stellst du dich so an …«

»Ein *Kratzerchen*! Ein *Kratzerchen*!«

Nicola drehte sich zu seiner Frau um: »Schaff ihn mir aus den Augen, sonst bring ich ihn um!«

Doch Loredana war verschwunden. Dem Sohn eine Ohrfeige zu geben, schien Nicola ein guter Kompromiss zwischen Laufenlassen und Erwürgen, wozu er versucht war. Es war eine schallende, heftige Ohrfeige, und seitens ihres Empfängers gab es keinen Versuch, sie durch Zurückweichen abzuschwächen. Das treffsichere Ausholen bis zum Zusammenprall von Hand und Wange überraschte mit seiner Perfektion selbst Nicola.

Tancredi steckte den Schlag schlecht weg. Angesichts der kombinierten Wirkung aus brennender Wange und Demütigung verlor er jede Selbstkontrolle, und seine Reaktion war ein Hagel kleiner Fausthiebe, die der Körpermasse seines Vaters und der Kraft, die von dieser einen Ohrfeige ausgegangen war, freilich nicht das geringste entgegenzusetzen hatten. Es war Nicola ein leichtes, Tancredis Handgelenke festzuhalten. Während er ihn bewegungsunfähig machte, lächelte er traurig, war dies doch der Beweis für die Unfähigkeit seines Sohnes, sich wie ein Mann zu verhalten.

In diesem Moment hörte Nicola Schritte in seinem Rücken. Loredana war Hilfe holen gegangen, und der erste, den sie gefunden hatte, war ihr Neffe Masino, den sie wer weiß wo aufgestöbert hatte. Von dem Durcheinander geweckt, hatten sich inzwischen auch Fonzio und Rosa im Wohnzimmer materialisiert. Die Großmutter fing an zu schreien: »Basta! Basta! Das ist genug!«

Und Loredana flehte: »Hört auf! Hört auf! Wollt ihr wohl aufhören? Bitte ...«

Schreckensstarr beobachtete Fonzio die Szene. Masino zeigte sich tatkräftiger als der Großvater, er ging auf die Streitenden zu, um als Friedensstifter zu agieren.

»He! He!«

Natürlich bestand diese Arbeit weit eher darin, Nicola von seinem Sohn fernzuhalten, als umgekehrt. Doch um seine Aufgabe zu erfüllen, musste Masino Tancredi den Rücken zukehren, was zur Folge hatte, dass er eine Reihe der für Nicola bestimmten Faustschläge kassierte. Er fuhr jedoch fort, seine Absicht in die Tat umzusetzen, indem er alle miteinander zur Vernunft rief, einschließlich seines Cousins, den er bat, doch bitte aufzupassen, wohin er schlug: »He! He!«

Im Versuch, die Effizienz seiner Faustarbeit zu verbessern, ging Tancredi nun dazu über, systematisch von oben nach unten mit den Fingerknöcheln zuzuschlagen, eine in der Schule unter dem Namen »Kopfnuss« bekannte Methode. Diese

Schläge erzielen nur dann eine schmerzhafte Wirkung, wenn sie den Gegner oben am Schädel treffen, hier aber waren sie fast völlig zwecklos, da Nicola sich nicht mehr in seiner Reichweite befand. Tancredis Kopfnüsse zielten zum größten Teil ins Leere. Unversehens traf einer jedoch den höchsten Punkt auf Masinos Schädel. Dieser reagierte mit einem letzten, schrillen »Heee!«

Dabei wandte er sich Tancredi zu, um seinem Ausruf einschüchternde Nachhaltigkeit zu verleihen. Er warf dem Cousin einen Blick zu, der bedeuten sollte: Hör mal, ich arbeite hier für dich, ich versuche, deinen Vater davon abzuhalten, dich totzuschlagen, also pass auf, wo du hinhaust. Einen vielsagenden Blick, der mit einem Augenblick nachlassender Aufmerksamkeit zusammenfiel. Just diesen Augenblick wählte Nicola, um dem Kopf seines Neffen einen Boxhieb zu versetzen. Einen richtigen Boxhieb, mit denen von Tancredi nicht zu vergleichen. Freilich war er schlecht plaziert und heimtückisch, kam er doch von hinten und traf mit voller Wucht auf ein Ohr. Die Heftigkeit dieses Faustschlages genügte, den Mediator zu überzeugen, seine Rolle zu wechseln und Partei zu ergreifen. Zunächst einmal wurde Tancredi schachmatt gesetzt. Masino versetzte ihm einen eher fachmännischen als brutalen Stoß, der ihn zurückdrängte, bis er über die Armlehne des Sofas fiel und liegend auf dem Sofa landete. Das gab Masino Zeit, sich auf seinen Onkel zu konzentrieren, einen weitaus tückischeren Feind.

Im Unterschied zu der vor kurzem von Tancredi angewendeten Taktik besaß Masinos Reaktion wahre Würde. Er versuchte es mit der besten Nummer aus seinem Repertoire: dem Kopfstoß auf die Nasenwurzel. In diesem Fall verwehrten ihm allerdings Nicolas Bauch und seine Körpergröße, den Anlauf zu nehmen, der für die erforderliche Kraftentfaltung benötigt wurde. Nachdem mehrere Versuche fehlgeschlagen waren, wählte er einen Angriffspunkt, der den Umständen angemessener war. Er zielte mit einer Reihe von Tritten auf die Hoden, eine Technik, die er fernöstlichen Kampfsportarten abgeschaut hatte. Trotz mehrmaliger Versuche gelang es Nicola jedoch immer, Masinos Füße mit den Händen abzuwehren, zumal er wusste, dass sein Neffe keinerlei Kampfsport praktizierte und mit diesen Tritten nur versuchte, ihn und das Publikum zu beeindrucken.

Zum besseren Verständnis muss man sich vor Augen halten, dass Nicola in seinem Neffen sowohl ein ideales Vorbild sah als auch eine Ursache glühenden Neides. Masino war neben seinem Sohn aufgewachsen, hatte jedoch einen völlig entgegengesetzten Charakter entwickelt. So lammfromm Tancredi war, so gerissen und unternehmungslustig zeigte sich Masino. Nicola hätte alles darum gegeben, wenn Tancredi wie Masino gewesen wäre. Er hätte sofort in einen Tausch eingewilligt. Auch bei diesem nunmehr auf sie beide beschränkten Kampf bewies sein Neffe Mut: Nicola war sehr viel kräftiger, doch da Masino sich auf seine größere Wendigkeit verlassen konnte, hielt er seinen Gegner mit ununterbrochenen Attacken auf Abstand, damit es nicht zum direktem Körperkontakt kam, ein Kampf, bei dem Nicola ihn mit Leichtigkeit bezwungen hätte. Tatsächlich sah dieser sich durch die Angriffslust seines Neffen genötigt, sich auf den gezielten Einsatz seiner Hände zu beschränken und die ankommenden Tritte mit Schlägen abzuwehren. Eine Zeitlang blieb es bei dieser Abfolge: Tritt, Schlag mit der Hand, Tritt, Schlag mit der Hand, Tritt, Schlag mit der Hand. Während dieser Wiederholungen hatte Nicola Gelegenheit, darüber nachdenken, dass er endlich einen ebenbürtigen Gegner gefunden hatte, keinen Schlappschwanz wie seinen Sohn. Er konnte sich austoben und Masino gleichzeitig eine Lehre erteilen: So lernte er, nicht wie Tancredi, ja sogar viel besser als Tancredi zu sein.

Nachdem er zu dieser Schlussfolgerung gelangt war, verwandelte er einen Schlag, der zunächst wie die vorhergehenden schien, in einen eisernen Griff. Damit brachte er sich in den Besitz eines gegnerischen Beines und hob es an, bis Masino das Gleichgewicht verlor. Er fiel zu Boden, ohne den Sturz abfangen zu können. Das erste, was auf dem Boden aufschlug, war einer der Ellenbogen. Doch nicht um den Ellenbogen durfte Masino sich Sorgen machen: Jetzt war Nicola über ihm, und während er noch versuchte, seine zerstreuten Extremitäten einzusammeln und zu ordnen, gelang es Nicola, mit brutaler Direktheit jenen Tritt auszuführen, den Masino ihm vor kurzem vergeblich zu verpassen versucht hatte. Es war nur ein Tritt, doch präzise und kraftvoll, mitten zwischen die Beine.

Nicola hielt inne, um seinem Neffen an den Augen abzulesen, was ihm durch den Kopf ging: Es hat gar nicht weh getan. Dann: Merkwürdig, es hat gar nicht weh getan. Und weiter: Dabei hat er mich doch direkt dort hingetreten. Für seinen Neffen mussten diese Momente eine Erleichterung sein. Doch es waren eben nur Momente. In diesen Fällen kommt das Böse zeitversetzt, wie der Donner auf den Blitz folgt. Manchmal denkt man sogar, die Verspätung könnte den Fall zur

Ausnahme von der Regel machen, doch das geschieht niemals: Auf den Blitz folgt immer der Donner. Nicola musterte den wechselnden Ausdruck auf Masinos Gesicht, bis er die Gewissheit hatte, dass das Dröhnen des Schmerzes mitsamt seinem Anlauf angekommen war, denn meist braucht es eine Weile, bis es seinen Höhepunkt erreicht.

Nicola beobachtete seinen Neffen nur, ohne gegen ihn vorzugehen. Masino stockte der Atem. Es wird behauptet, in solchen Fällen bestehe das einzige Gegenmittel darin, mit aller Kraft die Hacken zusammenzuschlagen. Masino stand auf und versuchte es, erzielte aber nicht das gewünschte Ergebnis, im Gegenteil, trotz mehrfacher Versuche nahm der Schmerz mit jeder Sekunde zu. Nicola kam sich äußerst anständig vor, weil er den erbärmlichen Zustand seines Gegners nicht ausnutzte, um Schläge auszuteilen, ja, sogar stillstand und ihn nur betrachtete. Auch Masino blickte Nicola an und sah, dass er lächelte. Sein Onkel lächelte über ihn.

Das schien eine ebenso rasende wie nutzlose Wut in ihm zu entfachen, denn obwohl er nicht einmal die Kraft zum Sprechen hatte, tat er Nicola mit einer Geste kund, was er beabsichtigte. Er steckte eine Hand in den Beutel, den er am Gürtel trug, und zog sie mitsamt einem Gegenstand wieder hervor, der für Nicola und alle Anwesenden zur Neuigkeit des Tages wurde: Masino hatte eine Pistole.

Die erste Folge dieser Erscheinung war die unverzügliche Wiederherstellung seines Ansehens in den Augen des Publikums. Die Verwandten wirkten sehr beeindruckt von der Neuigkeit. Alle, bis auf Nicola, der nicht aufhörte, zu lächeln, ja, Masino sogar provozierte: »Du willst mich also umbringen, ja? Deinen Onkel Nicola willst du kaltmachen? Na los, bring mich um! Hier bin ich!«

Der folgende Moment zog sich in die Länge, und schließlich schoss Masino doch nicht. Das hatte Nicola erwartet, denn er wusste, dass Masino die Pistole nur dazu diente, in dieser für ihn demütigenden Lage die Hierarchie des Respekts wiederherzustellen. Tatsächlich ließ sein Neffe nach ein paar Sekunden, die der Einschüchterung dienten, die Waffe sinken und steckte sie zurück in den Beutel. Darauf wurde Nicolas Lächeln zu einem richtigen Gelächter, einer Reihe fetter Lacher, zwischen denen er sagte: »Masino hat ein Pistölchen!«

Auch Loredana, Rosa und Fonzio, ja sogar Tancredi, alle fingen an zu lachen. Es war ein befreiendes Lachen, denn die beiden hatten endlich aufgehört, sich zu prügeln, und Nicolas Scherzwort war als das Ende der Kampfhandlungen aufgefasst worden. Doch Masino stimmte nicht in das allgemeine Gelächter ein. Denn ausgerechnet in dem entscheidenden Sekundenbruchteil, der genügt hätte, die Sache als erledigt abzutun, wiederholte Nicola seinen eigentlich deeskalierend gemeinten Satz: »Masino hat ein Pistölchen!«

Es folgte ein allseits verstärktes Gelächter, an dem Masino abermals als einziger nicht teilnahm. Nicola blieb noch Zeit für die Erkenntnis, dass sein Neffe ihn missverstanden hatte. Er wollte ihn nicht beleidigen, denn er wusste, dass es eine schwere Beleidigung gewesen wäre. Wahrscheinlich hätte er sich Masino auch erklärt, wenn er noch Zeit dafür gehabt hätte. Doch genau in diesem Moment, einen Augenblick bevor Nicola aufhörte zu lachen, um zu seiner Erklärung anzusetzen, zog Masino erneut die Pistole aus dem Beutel und schoss dreimal.

Die letzten Worte seines Vaters sind: »Was soll das, machst du Spaß?«

Selbst wenn Nicola noch mehr Worte sprechen wollte, er könnte nicht, denn in den letzten Augenblicken seines Lebens ist er damit beschäftigt, zu fallen, und obwohl er sich dabei Mühe gibt, fällt er schlecht. Tancredi sieht, wie der einhundertzehn Kilo schwere Körper seines Vaters ungebremst zu Boden stürzt und wild um sich schlägt, im Versuch, eine Stütze zu finden, wobei er schließlich ein Tischchen aus dem Holzbaumarkt als Zwischenetappe benutzt und sämtliche Nippsachen darauf umstößt, ohne dass die Anwesenden etwas dagegen tun können. Der Vater geht mit dem Gesicht voran zu Boden und atmet sofort hörbar mühevoll. Es ist eine Art Röcheln, auf das er verständlicherweise alle verbliebenen Kräfte konzentrieren muss. Aber viele sind es nicht, sie reichen nur noch für wenige Sekunden Überleben. Der letzte Atemzug, den er holen kann, bleibt ihm in den Lungen stecken und bricht nach der Hälfte ab.

Aus Vorsicht, denn vielleicht will er den Atemzug noch beenden, und aus Respekt wartet die Mutter einen Augenblick, bevor ihr Schrei ertönt: »Aaaa!«

Dann wirft sie sich auf den am Boden liegenden Körper und versucht ihn anzuheben, was ihr nicht gelingen kann.

Also nimmt sie einen Arm, den sie unnatürlich verdreht, während sie ausruft: »Nico! Nico! Was hast du getan? Was hast du bloß getan?«

Tancredi denkt nach. Logischerweise müsste sie diese Frage eher an Masino richten, doch andererseits ist klar, dass sich der Gesichtskreis seiner Mutter in diesem Moment auf den Leichnam ihres Mannes beschränkt. Der Rest der Welt verschwindet davor, er ist alles, und er antwortet nicht, niemand antwortet.

Die drei Schüsse im Zimmer haben einige Sekunden benötigt, um vollends zu verhallen und bei Masino ein hyperaktives Delirium auszulösen: Mit der Pistole in der Hand macht er Sprünge und rennt wie ein Tiger im Käfig hin und her, um seine Nervosität abzureagieren. Und er spricht mit sich selbst, obwohl auch er sich an den Toten wendet: »Das hast du nun davon! Einen Tritt in die Eier hast du mir gegeben? Ich werd dich lehren, mir in die Eier zu treten! Mir trittst du nicht in die Eier! Mir nicht!«

Ist ein Turnus an Beschimpfungen beendet, folgt der nächste mit minimalen Varianten. Irgendwann scheint Masino sogar den Impuls zu verspüren, die Leiche mit Fußtritten zu traktieren, er macht zwei Schritte darauf zu, vielleicht hofft er, dass man ihn zurückhält, doch da ihn keiner zurückhält, hält er sich schließlich selbst zurück. Niemand achtet auf Masino in diesen Minuten. Auch Großmutter Rosa stürzt sich auf die Leiche und versucht, als die Kräftigere, Nicolas Oberkörper hochzuheben. Doch auch sie kann sein Gewicht nicht tragen, also verharrt sie weinend an seiner Seite und begnügt sich damit, den Kopf ihres Sohnes anzuheben, damit er nicht auf dem Fußboden liegt. Ein Detail, das auch Tancredi in diesem Moment sehr wichtig erscheint, doch es ist nicht das einzige, um das man sich kümmern muss.

Über allen schwebt drohend die Katastrophe. Gleich einer

verheerenden Lawine werden bald unzählige Dinge, die erledigt werden müssen, Notlagen, die bewältigt werden müssen, Hindernisse, die überwunden werden müssen, auf sie einstürzen. Das weiß Großmutter Rosa, obwohl sie noch einige Sekunden bestürzt am Boden kniet, das weiß auch Loredana, die sich dagegen von ihrem Platz neben dem Ehemann erhebt, um zu Masino zu gehen und ihm mit größter Vorsicht die Pistole aus der Hand zu nehmen, während sie sagt: »Du Unglücksjunge! Das Ding da nehme ich besser an mich.«

Obwohl er noch äußerst angespannt wirkt, lässt Masino sich widerstandslos entwaffnen, und mit der Pistole verliert er auch die Lust, hin und her zu laufen, die ihm bis jetzt Halt gegeben hat. Rosa hebt die Augen zu ihm: »Was hast du angerichtet?«

Masino antwortet, ohne sie anzusehen, er versucht, die Reste seiner Überheblichkeit zusammenzusammeln.

»Frag ihn das doch.«

»Ein bisschen Respekt, Masino. Ist dir klar, was du getan hast? Was sollen wir jetzt machen?«

Dieser Frage schließt sich Loredana an, deren Verzweiflung sich auf die Vergangenheit richtet, das heißt, die mit dem Gatten verbrachten Jahre, auf die Gegenwart, also den tot daliegenden Gatten, doch auch auf die Zukunft ohne fürsorglichen Gatten, die ihr bevorsteht.

»Und was soll ich machen?«

Tancredi hat noch nicht die Kraft und den Mut gefunden, sich von dem Sofa zu erheben, auf dem er während des Kampfes gelandet ist. Wenn er könnte, würde er sich gar nicht mehr von dort wegbewegen, doch eines meint er sagen zu müssen: »Das hat er sich selber eingebrockt.«

Sofort schlägt sich Masino auf seine Seite, es ist der Versuch, eine Koalition der männlichen Jugend zu bilden, eine auf Vetternschaft basierende und zu desillusionierter Nüchternheit neigende Koalition: »Das hat er sich selber eingebrockt.«

So ein Verhalten können die beiden Frauen nicht durchgehen lassen. Die Großmutter stößt missbilligend hervor: »Also so was!«

Dem fügt sie nichts hinzu, und Loredana schweigt ebenfalls. Die Situation ist zu ernst, als dass man auch noch Streit anfangen sollte. Zwischen den beiden Fronten erhebt Großvater Fonzio die Stimme, um ausnahmsweise einmal seine Meinung kundzutun: »Der Ärmste! Er ruhe in Frieden.«

Dieser Einwurf des Großvaters stellt eine Art Kompromissantrag dar, mit dem alle einverstanden sind. Als Zeichen der Ehrerbietung wiederholen sie im Chor, der eine lauter, der andere fast flüsternd: »Er ruhe in Frieden.«

Ermutigt durch diesen Konsens, kramt der Großvater eine Weile in seinen Gedanken, findet eine zweite Meinung und wagt sich vor: »Das hat er nicht verdient.«

Diesmal dauert das Schweigen jedoch ein paar Augenblicke zu lang, was auf einen unterschwelligen Dissens hindeutet. Man ahnt, dass mindestens zwei der Anwesenden Einwände vorzubringen hätten, doch sogar Masino zieht es vor, den Mund zu halten. Ohnehin schaltet sich die Mutter ein, bevor jemand diesen Meinungsverschiedenheiten Ausdruck verleihen könnte.

»Gott hat uns schon wieder strafen wollen. Schon wieder wollte er uns strafen. Und was kann unsereins da machen? Nichts können wir machen. Wir sind vom Unglück verfolgt. Die Wege des Herrn sind …«

Ihr fehlt der Begriff, also beendet sie den Satz nicht, sondern ersetzt das letzte Wort durch hemmungsloses Schluchzen. Ihr Blick fällt auf die Pistole, sie vertraut sie Großmutter Rosa an und kehrt zu ihrem Mann zurück, um seinen Arm in eine Stellung zu bringen, die ihr vermutlich weniger dramatisch erscheint. Seit einiger Zeit breitet sich ein Blutfleck unter der Leiche aus. Auch die Großmutter hat ihn bemerkt, sie missbilligt sowohl den Fleck als auch die ganze Situation, in die sie alle geraten sind.

»Also so was.«

Auch sie weint und trocknet sich die Tränen mit einem Taschentuch, das sie zusammengeknüllt in den Ärmel ihrer Strickjacke steckt und fortwährend wieder daraus hervorholt. Man sieht, dass sie mit widerstreitenden Gefühlen kämpft und nicht weiß, welchen sie den Vorrang geben soll. Dennoch versucht sie, die Sache auf ihre Weise vernünftig zu bewältigen: »Nicola ist tot, Masino wird wahrscheinlich verhaftet, und wir sind hier.«

Sie breitet die Arme aus, um das ganze Ausmaß der Trostlosigkeit ringsumher zu beschreiben. Als er sich in dieses Unheil einbezogen sieht, rebelliert Masino gegen das ihm prophezeite Schicksal: »Verhaftet? Wer wird hier verhaftet? Nicht ums Verrecken lass ich mich verhaften!«

»Und wie willst du das machen?«

»Wie ich das mache? Ich hau ab. Ich lass mich doch nicht erwischen.«

»Und deine Mutter? An deine Mutter denkst du nicht? Die ist noch dazu Witwe, sie hat nur dich. Wie willst du deine Mutter ernähren?«

Prompt empört sich Loredana, als sie hört, dass die Schwiegermutter sich Sorgen um Masinos Mutter macht: »Und wer denkt an uns? Wer sorgt für uns? Was soll ich denn bloß ohne Nicola machen? Ohne Nicola, was soll ich denn da bloß machen? Auf die Pension vom Großvater warten wir doch immer noch … Tancredi, von dem reden wir besser gar nicht …«

Die Mutter lässt ihre Tränen fließen, sie unternimmt keinen Versuch, sie aufzuhalten. Und mit den Tränen strömen die Worte. Ein Wortschwall, der ihr auf eine gewisse Weise vielleicht auch Erleichterung verschafft: »Solange wie mein Mann da war, solange er da war, konnten wir uns vielleicht noch irgendwie behelfen, aber jetzt …«

Sie schweigt, um zu bekunden, dass es ihr unmöglich ist, über das Dunkel der Gegenwart hinauszudenken. Doch da es nun einmal darum geht, Worte zu finden, um die Tragik dieses Augenblicks zu bewältigen, übernimmt Großmutter Rosa das Sprechen: »Masino, wie ist es dir bloß eingefallen, zu schießen? Worüber habt ihr denn gestritten, dass du mir nichts dir nichts einfach schießt?«

»Seine Schuld! Er hat mich beleidigt! Er hat mir den Respekt verweigert!«

»Was redest du da? Was soll dieser Unsinn mit dem Respekt?«

»Auf jeden Fall, was passiert ist, ist passiert. Er ist tot, und Schwamm drüber. Macht ihr doch, was ihr wollt, ich hau jetzt ab.«

»Aber du kannst nicht abhauen, du bist bei euch der einzige, der ein Gehalt nach Hause bringt. Ein festes Gehalt für deine Mutter muss sein. Wenn du jetzt abhaust …«

»Wenn ich nicht abhaue, verhaften sie mich, also läuft das

aufs gleiche raus …«

Großmutter Rosa stößt missbilligende Laute mit der Zunge zwischen Zähnen und Gaumen aus, die diesmal bedeuten: Sei still, lass mich ausreden: »Also, sie verhaften dich, wenn wir beschließen, dass sie dich verhaften sollen.«

Zunächst fügt sie dem nichts hinzu, so dass Masino es wagt, ihr mit einem halb skeptischen, halb frechen Grinsen zu antworten, das sie im Nu auffängt und dem Absender mit der Kraft rationaler Argumentation zurückschickt: »Weißt du was? Der Tote gehört zu uns, oder? Niemand sonst hat was damit zu tun. Auch wenn man dich verhaften will, was mischen sich die anderen eigentlich ein? Ist es nicht schon genug, dass mein Sohn tot ist, der mein ein und alles war? Nein, sie müssen auch noch unsere ganze Familie ins Elend stürzen! Findet ihr das gerecht?«

Masinos Lächeln erlischt. Tancredi bemerkt, dass die anderen Familienmitglieder jetzt aufmerksam den Worten der Großmutter lauschen, da sie angefangen hat, einem Gedanken Form zu verleihen, der bei allen in der einen oder anderen Weise insgeheim bereits aufgekeimt ist, sich jedoch nur schwer mit öffentlicher Würde vereinbaren lässt. Großmutter Rosa aber gelingt es. Sie hat einen Anfang gefunden, und jetzt geht es darum, den Gedanken bis zur äußersten Konsequenz zu durchdenken.

»Ich hab doch recht, oder? Ich sage: Wenn der Tote jemand anderes gewesen wäre, jemand aus einer anderen Familie, oder wenn ihn jemand anderes, aus einer anderen Familie, umgebracht hätte, na, dann wär ich die erste, die sagt: Verhaftet ihn und Gute Nacht. Aber wo alles, was passiert ist, hier unter uns passiert ist, scheint es mir doch richtig, dass wir die Sache hier unter uns regeln.«

Eine knallharte und vielleicht sogar etwas gewagte Theorie, besonders in einem Moment wie diesem. Darum lässt Großmutter Rosa allen Zeit, damit sie nachdenken und eventuelle Unreinheiten auf den Grund ihres jeweiligen Gewissens sinken lassen können. Jeden Augenblick kann jemand von den Anwesenden aufstehen und öffentlich erklären, wie absurd diese Argumentation ist. In diesem Fall wäre Großmutter Rosa bereit, das zur Kenntnis zu nehmen und ihren Vorschlag zurückzuziehen.

»Sagt mir, ob ich mich irre.«

Tancredi lässt seinen Blick über die Gesichter der Anwesenden schweifen. Insbesondere seine Mutter hat als Witwe ein Vetorecht. Innerhalb weniger Sekunden richten sich alle

Blicke auf sie, doch sie scheint gepeinigt von der Vorstellung, entscheiden zu müssen, überdies allein entscheiden zu müssen, jetzt, da ihr Mann tot ist. Sie beißt sich auf die Unterlippe, trocknet eine Träne, öffnet den Mund und spricht jene Worte, die aus der vertrackten Situation herausführen und eine unerwartete Beschleunigung der Ereignisse auslösen: »Wir müssen uns aber beeilen …«

Der Satz wirkt sich unmittelbar belebend auf alle Anwesenden aus und disponiert sie innerlich zum Handeln. Sogar Tancredi ist jetzt entschlossen, seinen Beitrag zu leisten. Einige Minuten lang herrscht Unruhe, einverständige Blicke werden getauscht, Fäuste werden geballt und Worte der Gegenwehr geflüstert. Doch nachdem nun festgestellt wurde, dass etwas getan werden muss, bleibt ein entscheidender Punkt zu klären: was genau? Großmutter Rosa ist die einzige, die sich nicht von Panik überwältigen lässt.

»Natürlich, die sind schon auf dem Weg. Irgendeinen Dreckskerl, der die Bullen ruft, gibt es immer.«

Masino unterbricht sie, um seine Erfahrung mit den Reaktionsweisen der Ordnungskräfte zur Verfügung zu stellen: »Klar, die Schüsse haben sie bestimmt gehört.«

»Also müssen wir uns beeilen. Masino, du hast doch kapiert, dass wir das für dich machen?«

»Das soll ich nicht kapieren? Und ob ich das kapiere!«

»Du weißt, dass das ein großes Opfer ist, das wir bringen?«

»Klar, weiß ich, obwohl es ja nicht so ist, dass –«

»Na, na! Warte. Wenn du das kapierst, kapierst du auch, dass du dich bemühen musst. Ich helfe dir, und du hilfst mir. Ist das soweit klar?«

»Ihr sagt mir alles, was zu tun ist, und wir erledigen das.«

»Aha, ich glaube, wir haben uns verstanden.«

Loredana schaltet sich ein, allerdings wirkt ihr Beitrag etwas fehl am Platz: »Heilige Mutter Gottes … was ich soll ich nur machen? Erst meine Tochter, dann mein Mann. Was hab ich Gott denn bloß getan, dass er mich so behandelt? Was hab ich getan?«

Der Einwurf wird von allen als eine kummervolle Parenthese aufgefasst, was in diesem Zusammenhang vollkommen verständlich ist. Andererseits hat sie es selbst gesagt: Eile tut not. Großmutter Rosa wartet, bis Loredana fertig ist, dann setzt sie ihre Rede fort, diesmal jedoch an Tancredi gerichtet: »Tancre', du weißt, wieso das alles eigentlich passiert ist?«

Es war eine Tragödie, die auch ihn angeht, natürlich. Doch er gewöhnt sich gerade an den Gedanken, dass das Geschehen ihn nur betrifft, insofern er Sohn des Opfers ist. Als er sich jetzt angesprochen sieht, zuckt er erschrocken zusammen: »Warum?«

»Na hör mal, du bist schuld.«

»Ich? Wer hat denn angefangen zu prügeln? Mein Vater! Ich hab hier gelegen und friedlich geschlafen, da hat er mich gepackt.«

»Und wer hat das Auto kaputtgefahren?«

Tancredi senkt die Augen, doch gleich darauf wird ihm klar, dass das ein Fehler war. Jetzt fühlt die Großmutter sich ermächtigt, das Salz der Erinnerung auf die Wunde seiner Gewissensbisse zu streuen.

»Wenn du nicht gegen die Mauer gefahren wärst, wäre überhaupt nichts passiert. Dann ist Masino gekommen, weil deine Mutter ihn gerufen hat. Aber was hatte er überhaupt damit zu tun? Er saß friedlich zu Hause und dachte sich nichts Böses. Wenn du und dein Vater nicht mit der Streiterei angefangen hättet, säß er immer noch bei sich zu Hause. Das ist doch nicht gerecht, dass wir jetzt nur ihn bluten lassen, oder?«

Tancredi ist nicht ganz klar, worauf die Großmutter mit ihren Reden hinauswill. Und das bereitet ihm Unbehagen. Er spürt ein Gewicht, das sich zunehmend schwerer auf ihn legt.

Er versucht, es abzuschütteln, indem er die Augen und obendrein sich selbst vom Sofa erhebt. Dann stellt er sich in die Mitte des Wohnzimmers, wodurch er die Aufmerksamkeit aller Anwesenden auf sich lenkt und mit dem Leichnam seines Vaters als Blickfang konkurriert, ja, ihn von dem Moment an sogar in den Hintergrund drängt.

»Ihr könnt mir doch jetzt nicht Vorwürfe machen! Das einzige, was ich verbrochen hab, ist ein kleiner Kratzer am Lack des Autos! Wenn hier jemand Schuld hat, dann ist es mein Vater, der mich verprügelt hat. Das sieht ja schon fast so aus, als hätte ich ihn erschossen!«

An der allgemeinen Verlegenheit, die nun folgt, erkennt Tancredi, dass er den Kern der Sache getroffen hat: Er war zwar nicht derjenige, der geschossen hat, aber aus einer Reihe von Gründen wäre es besser, wenn er es gewesen wäre. Dann wäre jetzt alles sehr viel einfacher. Das Gesetz der Tragödie sieht vor, dass der Sohn den Vater selbst tötet, ohne Mittelsmänner. Weil er nicht Manns genug war, hat er die ganze Symmetrie zerstört. Seine Rolle in dem Drama lässt sich mit einer einfachen Feststellung wieder in die richtige Größenordnung bringen: Er ist ein Detail. Überdies ein deplaziertes Detail. Großmutter Rosa gibt ihm noch eine Hilfestellung, damit er in das logische Gedankengebäude eintreten kann, das sie zu entwerfen versucht: »Dein Vater, der Ärmste, hat schon gebüßt. Er war nicht immer im Recht, aber er hat gebüßt, und wie! Er ruhe in Frieden.«

Schon öffnet Fonzio den Mund, um ebenfalls den lieben Gott anzurufen, doch seine Frau bringt ihn mit einer Handbewegung zum Schweigen: Die Zeit drängt.

»Wir hier müssen uns jetzt überlegen, wie wir uns von nun an durchschlagen. Wenn Masino im Ucciardone landet, sitzen wir alle gemeinsam auf der Straße: seine Mutter und wir auch. Übrigens, weiß deine Mutter, dass du hier bist?«

»Nein, wieso denn?«

»Wer weiß es?«

»Wer soll das schon wissen? Niemand natürlich.«

»Um so besser. Tancredi, du musst mir jetzt mal sehr gut zuhören: Bist du imstande, uns vier plus seine Mutter, also fünf Personen, zu ernähren? Seine Mutter musst du auch dazuzählen, denn wenn du nicht gewesen wärst, hätte ihr Sohn überhaupt nichts damit zu tun.«

Auf diese Worte hin nickt Masino, und das zeigt Tancredi, dass das vor kurzem stillschweigend geschlossene Bündnis zwischen der männlichen Enkelgeneration als aufgelöst gelten kann: jeder für sich allein. Zumindest so lange, bis ein neues Bündnis geschlossen wird. Tancredi sieht sich von allen verlassen. Er wurde aufgefordert, eine Hypothek auf seine Zukunft zu unterschreiben, aber ihm fällt nichts Besseres ein, als ein ungläubiges Gesicht zu machen, das sich sowohl auf die allgemeine Situation als auch auf die Frage beziehen könnte, die Großmutter Rosa ihm gestellt hat: Sieht er sich imstande, für den Lebensunterhalt all dieser Verwandten zu sorgen? Wie sehr er sich auch bemüht, es will ihm nicht gelingen, sich eine Zukunft als Familienoberhaupt vorzustellen. Und nicht nur das: Die gesamte Situation muss richtig eingeschätzt werden. Großmutter fasst zusammen: »Um eine fünfköpfige Familie durchzubringen, braucht man heutzutage … weißt du, was man da braucht? Da braucht man eine richtige Arbeit. Keine befristete Anstellung, nein, was Richtiges, mit einem Lohn am Monatsende und allem Drum und Dran. Aber wer gibt einem heutzutage schon eine richtige Arbeit, vor allem jemand wie dir? So lieb du mir bist, oder vielmehr: so lieb du uns bist …«

Tancredi schaut abwechselnd Großmutter und Mutter an. Erst die Großmutter, dann die Mutter. Doch von keiner der beiden erhält er die erhoffte Solidarität. Er hat das deutliche

Gefühl, dass er kurz davor steht, aufzugeben. Seine letzte Verteidigungsbastion ist: »Wir können das Auto verkaufen.«

Rosa lächelt über die Naivität dieser Hypothese und darüber, wie leicht sie sich widerlegen lässt:

»Tja. Und selbst wenn? Du verkaufst es, und was kriegst du dafür? Nicht mal die Hälfte von dem, was es uns gekostet hat. Masino, sag du: Wie viel zahlt man für diese gebrauchten Autos, auch wenn sie nagelneu sind?«

Es handelt sich um eine rhetorische Frage, darum bleibt Masino keine Zeit, sich auf die Antwort zu konzentrieren, denn die Großmutter ist schon weiter: »Nichts kriegst du. Und selbst wenn du vierzig Millionen kriegst, wie lange hältst du damit schon durch? Außerdem kriegst du die ja nicht mal! Und dann kommt noch die Beerdigung dazu, der Anwalt … Einen Anwalt wirst du deinem Cousin doch wohl zahlen, oder? Das kostet dich allermindestens ich weiß nicht wie viel. Richtig große Ausgaben sind das. Hör auf mich, für das Auto kriegen wir gerade mal eben zwanzig Millionen, wenn überhaupt, weil jetzt ist es ja obendrein beschädigt.«

Tancredi interveniert mit der Kraft der Verzweiflung: »So stark dann auch wieder nicht …«

Die Großmutter schließt einen Moment lang die Augen.

Sie öffnet sie wieder, und das ist die einzige Konzession, die sie an Tancredis Erwiderung macht. Sie fährt an der Stelle fort, wo sie unterbrochen wurde: »… und zwanzig Millionen sind in einem Monat weg, in unserer Lage. Na gut, in zwei Monaten. Allerallerspätestens in sechs Monaten. Und danach sind wir wieder pleite.«

Demokratisch gewährt sie Zeit für eventuellen Einspruch, der nicht erfolgt. Währenddessen setzt die Mutter sich auf das Sofa, um Tancredi nahe zu sein, der schon wieder verzagt.

»Komm her. Nimm deine Mutter in den Arm.«

Sie legt die Arme um ihn und drückt ihn fest an sich. So

getröstet, lauscht Tancredi ergeben den Schlussfolgerungen der Großmutter: »Das ist vielleicht nicht unbedingt ein festes Gehalt, was Masino kriegt, aber er bringt jedenfalls Geld nach Hause. Hab ich recht? Masi', sag mal, was verdienst du?«

»Tja, so ungefähr …«

»Es ist so viel, wie es ist. Ich will's gar nicht wissen. Sag mir lieber was anderes, was uns viel mehr interessiert: Reicht das Geld, um dich, deine Mutter und uns auch noch durchzubringen?«

Masino tut so, als dächte er darüber nach, doch es ist offensichtlich, dass er schauspielert, denn er antwortet fast sofort: »Meiner Meinung nach reicht es.«

»Deiner Meinung nach reicht es?«

»Ja, ja, es reicht.«

»Und du strengst dich ganz wirklich ehrlich an, damit auch uns hier nichts abgeht?«

Masino muss seit geraumer Zeit begriffen haben, worauf die Großmutter hinauswill, und jetzt sieht er einen unverhofften Ausweg aus seinen Schwierigkeiten. Er gibt sich zuversichtlich: »Aber klar doch! Ich kann euch alle miteinander, wie ihr hier seid, jeden Monat durchbringen. Kein Problem.«

»Den Anwalt, das Begräbnis – das zahlst alles du?«

»Kein Problem.«

»Aber ein schönes Begräbnis.«

»Ein sehr schönes.«

»Einen guten Anwalt.«

»Einen sehr guten.«

»Versprochen?«

»Versprochen.«

»Schwör das bei deinem seligen Vater.«

»Ich schwöre.«

Dem gibt es nicht mehr viel hinzuzufügen. Freilich bedarf der Plan der Zustimmung aller, insbesondere Tancredis. Wenn er einen Rückzieher macht, ist alles hinfällig. Was gesagt werden musste, wurde gesagt, die Situation ist mittlerweile geklärt, jetzt muss sofort eine Entscheidung fallen. Wieder spürt Tancredi auf seinen Schultern die Last des erwartungsvollen Schweigens der ganzen Familie. Er muss nicht nur über seine eigene Zukunft, sondern auch über die aller Verwandten entscheiden. Ihm wird klar, dass das Nachdenken seine Angst nur verstärken und den ganzen Plan gefährden wird. Die Polizei kann jeden Augenblick kommen, und dann wäre es für eine Sinnesänderung, gleich welcher Art, zu spät. Einige angespannte Sekunden vergehen, die er nach dem Willen aller dazu benutzen soll, um die wichtigste Entscheidung seines Lebens zu fällen. Doch Tancredi weiß in diesen Sekunden, dass er bereits entschieden hat. Er kann auf keine echte Alternative bauen. Zu viele Menschen wären betroffen, wenn er ablehnt, zu viele Existenzen seinetwegen ruiniert. Die Verantwortung, die auf sich zu nehmen er willens ist, ist weniger entsetzlich als jene, die ihn träfe, wenn er in einem solchen Moment ablehnt. Von den Armen seiner Mutter fest umschlungen, kann er kaum herausbringen, was er sagen will: »Was soll ich tun?«

Großmutter Rosa wirkt auf einmal zu Tode erschöpft von

den Mühen ihrer Überzeugungsarbeit, sie zieht sich zurück, um am Leichnam ihres Sohnes zu beten. Im Geist gibt sie das Wort an Loredana weiter, die Tancredis Kopf streichelt und es übernimmt, ihm die Rolle zu erklären, die er in Kürze wird spielen müssen. Schwierig war nur die Entscheidung, doch nun, da das erledigt ist, besteht Hoffnung, dass der Rest für Tancredi leichter wird.

»Du sollst gar nichts tun. Gar nichts. Du hältst den Mund, das ist alles.«

»Wieso den Mund halten?«

»Du hältst den Mund. Mach dir gar keine Sorgen. Mach dir

keine Sorgen. Was immer sie dir sagen, was du tun sollst, tu es. Aber sag nichts. Sag bloß nichts. Was immer sie dir sagen, was du sagen sollst, sag es nicht.«

Mit diesen Empfehlungen zeigt Loredana, dass sie befürchtet, das schwache Glied in Großmutter Rosas feingeschmiedetem Plan könnte ausgerechnet Tancredi sein. Sie kann es zwar niemandem gestehen, doch sie verhehlt sich nicht, dass ihr Sohn nicht einmal für die Rolle des Sündenbocks taugt. Tancredi ahnt, was in ihr vorgeht, ebenso wie er ahnt, dass jetzt nichts mehr zu ändern ist, sie müssen ihm vertrauen. So stehen die Dinge nun mal: Man muss sich abfinden. Er muss sich mit seinem Schicksal abfinden, aber sie müssen sich auch mit ihm abfinden. In der Stimme seiner Mutter liegt nun deutlich die Absicht, ihn aufzumuntern.

»Tancre', du musst ruhig bleiben. Ganz ruhig.«

»Ich bin ruhig. Aber was machen sie mit mir?«

Masino kratzt sich am Kopf. Es hat nur wenige Minuten gedauert, schon scheint er wieder der alte Gauner zu sein. Er übernimmt die Antwort, weil sie sich beeilen müssen und weil er sichergehen muss, dass es keine Missverständnisse gibt.

»Sie bringen dich ins Ucciardone.«

Mit einem Blick macht Loredana deutlich, dass sie die brutale Sachlichkeit dieser Mitteilung missbilligt, doch gleich wendet sie sich wieder tröstend dem Sohn zu: »Sie können dich sowieso nicht lange dabehalten. Es gibt mildernde Umstände. Stimmt doch, oder?«

Alle Verwandten pflichten ihr bei: Mildernde Umstände gibt es.

»Wir werden dich verteidigen, stimmt's?«

Wieder herrscht Einhelligkeit: Sie werden ihn verteidigen.

»Wir erklären das dem Richter, dass du ihn nicht töten

wolltest. Wir können sagen, dass es Notwehr war. Notwehr, ja. Du kennst dich doch mit sowas aus, Masino, was sagst du: War es nicht Notwehr?«

Masino zuckt die Achseln, verständlicherweise möchte er nicht derjenige sein, der unbegründete Hoffnungen weckt. Es kann Notwehr gewesen sein oder auch nicht. Das hängt davon ab, wie die Sache erzählt wird, es hängt vom Anwalt ab und vom Richter. Aber dies ist nicht der rechte Moment für solche Feinheiten. Rosa hört auf zu beten und widmet sich wieder dem Stand der Dinge.

»Mir scheint, wir sind uns einig. Masi', was du zu tun hast, weißt du. Vergiss das nicht. Denk immer dran, dass wir hier auf dich zählen. Geh jetzt nach Hause und beweg dich von da nicht weg.«

Masino lässt sich nicht lange bitten und flitzt zur Tür. An der Schwelle wird er noch einmal von Rosa angehalten.

»Masi'!«

Gereizt, weil kostbare Zeit verloren wird, dreht der Cousin sich um. Mit zwei Fingern hält Rosa ihm die Pistole hin.

»Was soll das, willst du die hierlassen?«

Masino läuft schnell zurück, nimmt sie und sagt nur: »Danke.«

Er versteckt die Pistole im Beutel und stürzt wieder zur Tür, um ihren Blicken zu entschwinden. Tancredi, die Mutter, Großmutter Rosa und Großvater Fonzio lauschen seinen Schritten, die sich im Treppenhaus verlieren. Sie bleiben allein zurück, mit der Leiche des Familienoberhauptes mitten im Wohnzimmer. Sogar in diesem Zustand vermag sein massiger Körper zu beeindrucken, obwohl es Tancredi vorkommt, als wäre er, seit er tot ist, auf eine weniger aggressive Größe geschrumpft. Der Blutfleck unter ihm wird nicht mehr größer, dafür hat er eine dunkelrote Farbe angenommen. Es handelt sich nur um ein Detail, doch es verleiht der Szene eine

Anmutung von der Zeit, die vergangen ist, die gerade vergeht und die immerdar vergehen wird.

Jetzt, wo Masino abgetreten ist, schnappt sich die Großmutter ihren Enkel.

»Komm mit.«

Tancredi löst sich aus der Umarmung der Mutter, um von einer weniger liebevollen, eher fachgerechten Umarmung der Großmutter empfangen zu werden, die ihn Schritt für Schritt bis zur Badezimmertür führt.

»Du setzt dich da rein und schließt von innen ab. Ich warne dich: Mach niemand auf. Egal, was du hörst, egal, was passiert, du sagst kein Wort und machst nicht auf.«

Tancredi gehorcht folgsam. Im Grunde ist dies das erstemal in seinem Leben, dass er Verantwortung übernehmen muss. Es tröstet ihn, dass er sich dabei wenigstens auf ein passives Verhalten beschränken darf. Er muss nicht mehr tun, als darauf zu warten, dass das Schicksal seinen Lauf nimmt. Immerhin gestaltet sich dieses Opfer in gewisser Weise wie eine regelrechte Übernahme in ein Arbeitsverhältnis. Es gibt Leute, die ihr Leben fristen, indem sie auf die Ferienhäuser anderer Leute aufpassen, es gibt die selbsternannten Parkwächter, die die Autos anderer Leute bewachen. Und er hat jetzt Gelegenheit, eine ganz neuartige Tätigkeit auszuprobieren: stellvertretende Gefängnishaft. Nicht unbedingt eine Arbeit, die ihm zusagt, im Gegenteil. Doch in seiner Lage ist eine Anstellung so gut wie die andere. Wenn man es recht besieht, müsste er sich freuen: Endlich kann er der Familie nützlich sein. Paradoxerweise wäre sogar sein Vater stolz auf ihn.

Obwohl das alles sehr schnell gegangen ist, hat Tancredi das abgekartete Spiel, das seine Verwandten ausgeheckt haben, innerlich schon fast so weit akzeptiert, dass es ihm ganz real vorkommt. Es waren wenige, fast unmerkliche Gedankenschritte: Nach der Ordnung der Dinge hätte er seinen Vater töten müssen, es wäre besser gewesen, wenn er es gewesen wäre, also ist er es gewesen. Noch einen kleinen Schritt weiter, und er wird vollends von dieser Schlussfolgerung überzeugt sein.

Er sucht nach einem interessanten Satz, den er sagen kann, bevor er sich einschließt, aber ihm will keiner einfallen. Oder vielleicht doch, einer: »Mit Mariantonia hatte ich vereinbart, dass wir uns heute morgen treffen …«

Die Großmutter blickt die anderen Verwandten an, dann nimmt sie das schnurlose Telefon und überreicht es dem Enkel.

»Hier. Ruf sie an. Aber ich warne dich …«

Tancredi wählt die Nummer, dabei schaut er mal auf das Telefon, mal blickt er zu den Verwandten hoch, die ihn ihrerseits beobachten. Er wartet ein paar Sekunden, bis am anderen Ende seine Freundin antwortet, dann sagt er: »Marianto' … Ciao … Hö, hö … hör mal. Heute morgen können wir uns nicht sehen … Es ist was passiert …«

Eile und Diskretion verbindend, schließt Großmutter Rosa die Tür. Eine Sekunde später dreht Tancredi den Schlüssel im Schloss um, er hat sich eingeschlossen. Er hört, wie die Großmutter sich hinter der Tür an die anderen wendet: »Wir haben uns verstanden?«

Seit den drei Schüssen sind erst zehn Minuten vergangen. Weitere fünf vergehen, dann hört man in der Ferne, erst leise, dann immer lauter, das Geräusch der Sirenen. Die Geschichte kann anfangen.

Italienische Literatur
im Carl Hanser Verlag

Alessandro Baricco
Seide
Roman. Neuausgabe
Aus dem Italienischen von Karin Krieger
2011. 130 Seiten

Alessandro Baricco
Land aus Glas
Roman
Aus dem Italienischen von Karin Krieger
2009. 256 Seiten

Alessandro Baricco
Diese Geschichte
Aus dem Italienischen von Annette Kopetzki
2008. 312 Seiten

Claudio Magris
Verstehen Sie mich bitte recht
Aus dem Italienischen von Ragni Maria Gschwend
2009. 64 Seiten

Claudio Magris
Blindlings
Roman
Aus dem Italienischen von Ragni Maria Gschwend
2007. 416 Seiten

Roberto Saviano
Das Gegenteil von Tod
Aus dem Italienischen von Friederike Hausmann
und Rita Seuß
2009. 72 Seiten

Roberto Saviano
Gomorrah
Reise in das Reich der Camorra
Aus dem Italienischen von Friederike Hausmann
und Rita Seuß
2007. 365 Seiten

Antonio Tabucchi
Die Zeit altert schnell
Erzählungen
Aus dem Italienischen von Karin Fleischanderl
2010. 170 Seiten

Antonio Tabucchi
Tristano stirbt
Aus dem Italienischen von Karin Fleischanderl
2005. 232 Seiten

Antonio Tabucchi
Es wird immer später
Roman in Briefform
Aus dem Italienischen von Karin Fleischanderl
2002. 288 Seiten